Joesi Prokopetz

Hofer

Ein 70er-Jahre-Krimi

edition a

Das Erste, das Walter überkam, war Brechreiz. Dennoch konnte er seine Augen nicht von dem toten Mann abwenden, der unmittelbar neben dem Gehsteig auf dem Kopfsteinpflaster der schmierigen Vorstadtgasse lag. Man hätte ihn für eine Alkoholleiche halten können, wäre er nicht auf seiner linken Seite gelegen, den Kopf mit dem Kinn auf seine rechte Schulter gedreht, und sein Gesicht zerschnitten gewesen. Zerschnitten auf eine geometrische Art, als hätte jemand versucht, es in neun gleichgroße Quadrate zu teilen. Die Außenlinien dieser Quadrate waren erstaunlich exakt erkennbar und nur von dünnen Blutlinien gezeichnet.

Walter starrte noch immer, den Brechreiz niederringend, auf den Toten, als geschulte Hände ihm den rechten Arm auf den Rücken drehten und ihn in den Polizeigriff nahmen, sodass Walter sich vorbeugen musste. Er übergab sich synchron mit den von jemandem hinter ihm hervorgestoßenen Worten: »So. Und jetzt keinen Blödsinn machen, Bürscherl!«

Bevor Walter einordnen konnte, wie ihm geschah, legte ihm ein Zweiter Handschellen an.

Erst jetzt, wo ihn die beiden flankierten, konnte er sehen, wer ihn da festgenommen hatte. Zwei uniformierte Wiener Polizisten, ein feister, grobschlächtiger, etwa 50-jähriger Mann mit buschigem, aber sorgfältig zurechtgestutztem Schnurrbart, der sich als Bezirksinspektor Franz Faustenhammer vorstellte. Und ein zweiter, Rayonsinspektor Anton Altendorfer, ein jüngerer Beamter mit bis an den Unterkiefer reichenden Koteletten, die seit Mitte der 1960er Jahre bei der Polizei en vogue waren.

»Da schau, so einen langhaarigen Affen haben wir da. Angespieben hat er sich. Wohl zu viel LSD geraucht, was?«

Walter spürte den säuerlichen Geschmack seines Erbrochenen im Mund. »LSD wird nicht geraucht!«, ächzte er.

»Und ein Fachmann obendrein«, meinte der ältere Polizist spöttisch. »Haben wir einen Blutrausch gekriegt, was?«

Walter war dermaßen angeschlagen, dass es ihn nur fortgesetzt reckte.

Der jüngere Polizist schob den älteren, seinen Vorgesetzten, von Walter weg. »Aufpassen, Herr Oberinspektor, er speibt gleich wieder.«

»Drecksau!«, entfuhr es diesem. Angewidert sprang er einen Meter zurück.

In den Zinshäusern rundum wurden etliche Fenster geöffnet und Stimmenwirrwarr hallte in der Gasse wider.

»Was ist los?«

»Um Gottes willen, eine Leich'!«

»Also doch eine Leich'! Ich hab' mich schon die ganze Zeit gewundert, was das da ist …«

»Aber die Polizei hat den Mörder schon! Endlich ist einmal ein Wachmann da, wenn man einen braucht. Bravo!«

»Aber nein, der Kerl war das doch nicht, der Tote liegt schon eine ganze Weile da!«

»Was, der liegt schon länger da?«

»Ja, seit gut einer Stunde, nur hab' ich nicht gemerkt, dass das ein Toter ist.«

»Ja, was dann?«

»Was weiß ich? Ein Mistsackerl, ein großes, oder so.«

Die beiden Wachmänner blickten ratlos von einem Fenster zum anderen. »Haben Sie etwas beobachtet?«, rief der Herr Bezirksinspektor. »Kommen Sie herunter, Herrschaften, Sie müssen alle eine Aussage machen!«

Als die Menschen das hörten, zogen sie sich von den Fenstern zurück, denn mit der Obrigkeit wollten sie nichts zu tun haben. Im zweiten Stock allerdings wurde ein Fenster geöffnet. Eine Frau mit einem um den Kopf geschlungenen Handtuch beugte sich hinaus und meldete über die Schulter: »Ferdl, wir sollen da eine Aussage machen!«

»Mach's Fenster zu, Lintschi, das geht uns nix an«, sagte – nicht sichtbar – ihr Mann. Wenige Minuten später allerdings trat ein bereits leicht angemürbtes Ehepaar durch eines der quietschenden Haustore und ging zögernd auf die beiden Polizisten und den erstarrten Walter zu. »Meine Herren«, sagte der in einen verfilzten Schlafrock gehüllte Gatte, »dieser Gammler da war das nicht ...«

»Das war sicher der Hofer ... da, vis-à-vis, auf Nummer 20 wohnt der«, setzte seine vollschlanke Gattin, in ein beiges Negligé gezwängt, hinzu.

Langsam wagten sich immer mehr Anwohner auf die Straße und übertrafen einander mit kriminalistischen Theorien.

»Herr Inspektor, das war sicher dieser Hofer, der hat nämlich ein bisserl einen Klopfer ...«

»Bei dem hat oft und oft die ganze Nacht das Licht gebrannt ...«

»Und so eine Lärmmusik spielt er immer ...«

»Bei unserem Heurigen da vorn war er auch noch nie!«

»Jetzt haben wir schon hübsch eine ganze Zeit lang nichts mehr gehört oder gesehen von ihm! Ist er vielleicht gar eing'sperrt?«

»Gehören tät's ihm, weil aufgestanden ist der nie vor zehn, elf zu Mittag.«

»Alles mit der Ruhe, Herrschaften, alles mit der Ruhe«, beschwichtigte der Bezirksinspektor, kaute mit dem Unterkiefer an seinem Schnauzer und wandte sich an seinen sichtlich überforderten jungen Kollegen im Range eines Rayonsinspektors. »Altendorfer, nehmen Sie die Aussagen dieser Zeugen auf. Klären Sie hauptsächlich die Personalien dieses Hofer und welchen Aufenthaltes sich dieser derzeit befindet. Wenn es Probleme gibt, rufen'S im Wachzimmer an.«

In die Züge des Rayonsinspektors stahl sich Beklemmung. »Ja, aber Herr Bezirksinspektor ... bitte, wie soll ich denn ...«

Aber Faustenhammer machte bereits Anstalten, Walter abzuführen, der sich nur halbherzig sträubte. Der Bezirksinspektor bemerkte daher den untersetzten Mann mit der senfgelben Jacke und dem Bürstenhaarschnitt nicht, der sich wie ein muskulöser Bullterrier aus dem Haus stahl.

Kaum war dieser in der nächsten Quergasse verschwunden, kam, in einem akkurat weißen Arbeitsmantel, offenbar die Hausmeisterin aus dem Zinshaus Speckbachergasse Nr. 20 heraus, ging geradewegs auf die Polizisten zu, zeigte auf das Mordopfer und sagte mit fester Stimme und slawischem Akzent: »Das war nicht die Hofär! Aber sicherlich.«

»Woher wollen Sie denn das wissen, Frau Potočnić, haben Sie ihn denn so gut gekannt?«, fragte der Herr im Schlafrock.

»No besser als wie Sie, Herr ... der hot gewohnt in meine Haus. Manchmal war auch im vierten Stock.«

»Und warum sind Sie sich da so sicher, dass er's nicht war?«, wollte Faustenhammer wissen.

»Weil der Leiche do die Hofär ist!«

Teil 1

Riders on the Storm

Riders on the storm
Into this house, we're born
Into this world, we're thrown
Like a dog without a bone
An actor out on loan
Riders on the storm

The Doors, 1971

Kommissar Ludwig Haselbacher saß übergewichtig hinter dem abgenutzten Schreibtisch des verrauchten Amtszimmers, in dem er bereits seit Mitte der 1960er Jahre saß, als er zum Kommissar befördert worden war. Die Wände, ursprünglich wahrscheinlich in einem munteren Ockergelb gestrichen, waren im Laufe der Jahre zu einem matten Durchfallbeige verkommen, da und dort schimmerte schmutzig weiß die Wand durch. Über einem klobigen Rollkasten hing ein vergilbtes Schild, auf dem die Distinktionen und die dazugehörigen Titel von Beamten im Polizeidienst nach Ranghöhe, von oben links bis unten rechts, abgebildet waren.

Hinter Haselbacher sollte eigentlich das Schwarz-Weiß-Bild von Bundespräsident Franz Jonas hängen, aber das hatte er, entgegen der allgemeinen Anweisung, es zentral in den Amtsräumen aufzuhängen, gewissermaßen asymmetrisch auf die Seite des Zimmers verbannt, neben das Fenster, wo es am dunkelsten war in dem Raum. Der Bundespräsident gehörte der anderen Reichshälfte, nämlich der roten, an und die war nicht die politische Heimat Haselbachers. Hinter ihm hing ein mit Reißnägeln befestigtes Poster aus den 60er Jahren.

BIST DU JUNG, GESUND UND FREI,
KOMM' ZUR WIENER POLIZEI.

Auf halber Höhe daneben, an einer Stelle, die vom Tageslicht bevorzugt war, klebte ein altes, postkartengroßes

Foto einer jungen Frau, die, ein flottes Käppi am Kopf und das Gesicht über eine Schulter nach hinten gewandt, treudeutsch lachte.

Haselbacher strich sich mit Daumen und Zeigefinger von den Nasenflügeln über seine Ulkusfalten bis zu den Mundwinkeln und sagte im galligen Tonfall eines Magenkranken: »Ah so, die jugoslawische Hausmeisterin hat das Opfer identifiziert? Wie kann die das denn so genau wissen, bei dem zerschnittenen Gesicht? Na gut, da werden wir noch nachfragen, weil was so eine Tschuschin sagt … man kennt das ja.«

Dann fiel sein Blick mit Missfallen auf Walter. »Bringen'S den angespiebenen Halbstarken in die Dusche bei der Ausnüchterungszelle, Altendorfer, der stinkt ja wie ein Pestfetzen.«

Angeekelt wedelte er mit einer Hand vor seiner Nase hin und her.

»Ich hab' überhaupt nichts gemacht«, protestierte Walter, ließ sich aber von Rayonsinspektor Altendorfer, der erfolglos versuchte, ihn nicht zu berühren, widerstandslos zur Dusche führen. Dort empfing ihn ein knabenhaft wirkender Bursche, offenbar so etwas wie ein Polizeischüler, um ihm ein Stück Seife und ein nicht weichgespültes Handtuch auszuhändigen.

»Die gehören alle in ein Arbeitslager«, räsonierte Haselbacher, zündete sich eine *Johnny* ohne Filter an, räusperte lautstark Schleim hoch, den er in ein verklebtes Taschentuch spuckte. »Sowas hätt's unterm …«

»Herr Kommissar«, unterbrach ihn Bezirksinspektor Faustenhammer, »sollten wir nicht einen Fotografen zum Tatort schicken?«

»Natürlich«, polterte Haselbacher, »und dann schreiben'S einen Bericht und schaun'S, dass die Leich' auf die Gerichtsmedizin kommt! Und Faustenhammer: Lassen'S den Asozialen mit den langen Haaren auch gleich erkennungsdienstlich abfotografieren.« Er blickte auf seine Uhr. »Wieder einmal kein Heimkommen, Herrgott noch mal«, sagte er gereizt, obwohl zu Hause niemand auf ihn wartete.

Er griff zum Telefon, wählte die Nummer der Pathologie in der Sensengasse, ließ es läuten und läuten, wollte schon wieder auflegen, als sich eine ruhige Stimme meldete.

»Dr. Weintritt, Gerichtsmedizin. Was ist denn, ich wollte gerade das *Geschäft* zusperren?«

»Ja, ich kann auch nicht nach Haus' gehen, Herr Doktor. Wir haben eine Leiche mit einem verdrehten Kopf und einem zerschnittenen Gesicht. Und keinerlei Papiere oder sonst was, die auf die Identität des Opfers hinweisen würden. Vielleicht können Sie bei Ihren Zahnärzten nachwassern ...«

»Was heißt, ›meine‹ Zahnärzte, Sie sind gut, hören Sie! Wurscht. Legen Sie ihn mir auf den Tisch. Ich schau' mir das beizeiten dann an. Schönen Abend, Herr Haselbrunner!«

»...bacher, Haselbacher!«, sagte der Kommissar genervt, aber Dr. Weintritt hatte schon aufgelegt.

Der wäre mir damals gerade recht gekommen, dachte er, was bildet sich dieser Leichenschänder eigentlich ein?

• • •

Walter saß im, wenn überhaupt ganz schlecht gelüfteten, Amtszimmer von Kommissar Haselbacher, ohne Handschellen, geduscht, trotz Ausnüchterungszelle halbwegs ausgeschlafen, in einem Unterleiberl aus Polizeibeständen, rauchte eine von Haselbachers Zigaretten und trank aus einem Häferl mit der Aufschrift »133 Polizei« heißen Kaffee.

Haselbacher beugte sich vor und blies Walter Rauch ins Gesicht. »Wollen'S eine *Topfengolatsche*?«[1]

»Ja«, sagte Walter, »bitte!«

»Ich auch. Aber wir haben keine.« Haselbacher grinste hämisch, wurde aber sofort wieder amtlich. »Also, schildern Sie den Tathergang, Herr Walter Horvath. Haben Sie diesem Hofer zuerst den Hals umgedreht und ihm dann das Gesicht zerschnitten, oder …« Er unterbrach sich und legte vor Walter ein A4-großes, schwarz-weißes Foto hin. »Sagen Sie, mit was haben Sie dem denn das Gesicht quadriert? Ich hab' sowas noch nicht gesehen.«

Walter blies in den heißen Kaffee, schaute zuerst das Foto, dann den Beamten an, der wiederum ihn, Walter, mit einem durchbohrenden Blick ansah, was Walter erschrocken denken ließ: Der Typ ist ein Irrer, der kann

[1] Quarktasche

doch nicht wirklich glauben, dass ich das war. Aber vielleicht ist das Verhörtaktik oder sowas. »Ich hab' gar nichts, Herr Polizeichef, ich hab' ihn nur gefunden, ich hab' überhaupt nichts damit zu tun, ich wollt' heimgehen und auf einmal ...«

»... ist Ihnen die Leich' vor die Füße gefallen?«

»Aber nein, Herr Polizei...«

»Wenn'S noch einmal ›Herr Polizeichef‹ zu mir sagen, lass' ich Sie wieder einsperren, Sie Kasperl! Kommissar, *Herr* Kommissar heißt das.«

Nachdem er Walter über die Dienstränge aufgeklärt hatte, lehnte er sich zurück und musste erst mal Luft holen. »Also«, fuhr er fort, »heimgehen wollten Sie, Sie sind wohnhaft im 16. Bezirk, Wurlitzergasse 19, stimmt das?«

»Ja, das Haus gleich neben dem Männerheim, Zimmer, Küche. Wasser und Klo am Gang«, erläuterte Walter seine Wohnsituation.

»Haben Sie das Opfer gekannt oder sonst irgendwie mit ihm je zu tun gehabt?«

»Aber nein, Herr Po... Herr Kommissar, ich kenn' den gar nicht, nie gesehen.«

»Wenn Sie in der Wurlitzergasse wohnen, warum gehen Sie dann durch die Speckbachergasse?«, fragte Haselbacher argwöhnisch. »Von wo sind Sie denn gekommen und was haben Sie dort gemacht?«

»Ich war bei einem Freund in der Reizenpfenniggasse und wollte heimgehen, sonst nichts.«

»Und was haben Sie bei Ihrem Freund gemacht? Wie heißt der überhaupt, Ihr Freund?«

»Der Jack? Jack heißt der ...«

Ludwig Haselbacher verzog den Mund und drückte die Säure hinunter, die ihm aus dem Magen über die Speiseröhre bis in den Mund zu steigen drohte. »Jack, Jack ... Hauptsache amerikanisch, was?«

»Bitte: Jakob. Jakob Goldmann.«

»Jakob, aha ... ein Jud'?«

»Weiß ich nicht, Herr Kommissar.«

»Ah, wissen Sie also nicht«, brummte Haselbacher in sich hinein. »Früher hat man das gewusst.« Dann wieder zu Walter gewandt: »Und?«

»Und was?«

»Was haben Sie dort gemacht bei Ihrem Freund?«

»Ich hab' seine Schwester besucht, die Edna. Wir sind zusammen.«

»Moment, Herr Horvath, was heißt, Sie haben seine Schwester besucht? Wohnt die bei ihm, oder was?«

»Vorübergehend, bis wir zusammenziehen, also bis ich mir das Wasser einleiten lassen und mir eine Dusche mit Sitzbadewanne in der Küche leisten kann.«

»Da schau her«, Haselbacher dämpfte seine *Johnny* aus, »und weiter?«

Walter Horvath dämpfte nun auch seine Zigarette aus. »Was weiter? Der Jack war nicht zu Haus'.«

»Haben Sie seine Schwester *ditschgerlt*[2], gell?«

[2] Wienerisch für: Geschlechtsverkehr ausüben.

Walter schaute Haselbacher an und überlegte, ob er ihm den Aschenbecher auf den Kopf hauen sollte. Er fühlte sich, weniger durch dieses Wort als durch die Tatsache, dass Haselbacher es aussprach, gedemütigt und seine Beziehung mit Edna angepatzt.

»Make love, not war«, sagte Walter schließlich.

»Reden'S gefälligst Deutsch, hörn'S? Und haben'S Rauschgift konsumiert?«

»Aber woher denn«, log Walter entrüstet.

»Mir können'S nichts erzählen. Das seh' ich doch gleich, wenn ich so einen Hascher vor mir sitzen hab'. Also, Herr Horvath: Als Täter kommen Sie nicht infrage, mit Ihren Oberarmen wie Fensterhaken können'S niemandem den Hals brechen. Aber wir beide sind noch nicht fertig miteinander, das sag' ich Ihnen. Altendorfer!«

Rayonsinspektor Altendorfer trat ein. Haselbacher machte eine Bewegung, als würde er eine Fliege verscheuchen. »Geben'S dem da seine Sachen zurück und schicken'S ihn heim.«

»Herr Kommissar«, meinte Walter, »kann ich das Leiberl da anlassen, weil meine Sachen stinken sicher noch immer ...«

»Hat Sie ein Aff' gebissen? Glauben Sie, wir kleiden Sie hier ein?«

• • •

»Also: Eindeutig Tod durch gewaltsam herbeigeführtes Verdrehen und dadurch Brechen der Halswirbelsäule«, sagte Dr. Weintritt. »Keine Anzeichen von Vermeidbewegungen an den Händen des Opfers …«

»Von was?«, fragte Haselbacher.

»Von Gegenwehr. Wahrscheinlich ist er von hinten angegriffen worden. Ein kurzer, kraftvoller Ruck und … aus. Lautlos und sehr professionell!«

»Auftragsmörder?«, fragte der Kommissar.

»Kann ich nicht sagen. Das müssen Sie herausfinden, Herr Haselb…«

»…bacher, Ludwig Haselbacher!«

»Sag' ich ja«, beschwichtigte Weintritt. »Ich habe ein paar Fotos von seinem Gebiss gemacht und an meine Zahnärzte geschickt. Bis jetzt nichts. Mich tät überhaupt wundern, wenn der in den letzten zehn Jahren bei einem Zahnarzt gewesen ist, so wie dem seine *Hauer*[3] beieinander sind. Und noch was: Seine Haut, sein Teint, weist auf einen Südländer hin. Muss aber nicht sein.«

»Und mit was hat der Täter dem sein Gesicht so zugerichtet?«

»Keine Ahnung. Sie sind der Kommissar. Die Verunstaltungen wurden dem Opfer übrigens erst nach seinem Tod beigebracht, sonst hätten sie mehr geblutet.«

»Danke. Sie sind mir eine große Hilfe, Herr Doktor.«

»Übrigens: Todeszeitpunkt vor ungefähr 36 Stunden!«

[3] Alt-Wienerisch für Zähne

Der Kommissar schaute sich um. Jedes Mal, wenn er sich im *Gruselkabinett des Dr. Weintritt*, wie er dessen Arbeitsplatz bei sich nannte, aufhielt, wunderte er sich, wie ein Studierter das Tag für Tag und Jahr für Jahr aushalten konnte. Diese Stille, in der jedem Geräusch ein gespenstischer Nachhall folgte, das Klirren dieser ausschließlich der Totenschau dienenden Geräte, von kleinsten Skalpellen über diverse Sägen, metallische Schalen und eine mechanische Waage, die stumm drohend im Raum neben dem weiß emaillierten Leichentisch stand, auf dem jetzt, mit absurd offenen Augen im entstellten Gesicht, der Leichnam dieses Hofer lag. Haselbacher schaute auf die Uhr.

Er hatte die ganze Zeit nur flach geatmet, weil er fürchtete, den Tod zu inhalieren, traute sich erst auf dem Gang der Pathologie wieder einen tiefen Atemzug, hustete trocken und murmelte in sich hinein: »No, das kann was werden.«

• • •

Kaum, dass Walter wieder in seiner Wohnung war, holte er Wasser von der *Bassena*[4]. Der Gang zur Bassena war jedes Mal ein kleines Abenteuer, lief man doch Gefahr, einer der drei Witwen oder, gottbehüte, allen dreien, die außer den Eheleuten Summer und Walter ebenfalls im dritten Stockwerk wohnten, in die Hände zu fallen. Denn die Sache mit dem Bassena-Tratsch ist zwar legendär, jedoch nie bloß Le-

[4] Wasserstelle am Gang in Wiener Altbauten.

gende gewesen. Wenn sich meist ältere und oft verwitwete Frauen beim Wasserholen an der Bassena trafen, dann stellte sich wie von selbst eine Art Nachrichtendienst ein. Konnte man sich nicht, wie Walter, mit der Ausrede, etwas »am Herd« vergessen zu haben, entschuldigen, so war man gezwungen, alle Ungeheuerlichkeiten aus der Umgebung über sich ergehen zu lassen, diesen, wenn möglich, noch etwas hinzuzufügen, sich diverse *Vernaderungen*[5] anzuhören und, bevor man sich endlich zurückziehen durfte, noch *ausfratscheln*[6] lassen musste.

Walter hatte Glück.

Die Luft war rein. Er schleppte die volle drei Liter fassende Kanne in seine Wohnung und goss Wasser in das Plastiklavoir, das auch der täglichen Körperreinigung diente, obwohl man sich nur mit größter Anstrengung den ganzen Körper reinigen konnte. Um Gesicht, Hals, Achseln und Hände zu waschen, reichte es aber gerade. Zuvor musste er das Wasser fast immer in einem Topf, der ausschließlich diesem Zweck diente, auf einer der zwei Gasflammen des vorsintflutlichen Herdes erwärmen.

Er weichte seine übelriechende Wäsche ein, »drückte sie durch«, wie man sagte, zog sich um und ging hinunter zu der Telefonzelle auf der Straße, um Jack anzurufen.

»Ja?«

»Horch einmal zu, ich erzähl' dir was ...«

Und Jack hörte zu.

[5] Alt-Wienerisch für jemanden verunglimpfen, schlecht machen.

[6] Alt-Wienerisch für jemanden aufdringlich aushorchen.

»Diese Hausmeisterin«, fragte Jack schließlich, als Walter geendet hatte, »die hat gesagt, dass der Tote der Hofer war, *unser* Hofer?«

»Wenn ich es dir sag'!«

»Ja, aber wie kann die das behaupten, wenn das Gesicht so zerschnitten war?«

»Aber gar so zerschnitten war's ja nicht, es war nur so würfelig ... und eigentlich nur ein bisserl blutig.«

Jack schwieg einen Moment.

»Jack?«

»Ja, ich bin eh noch da. Und du ...« Jacks Ton wurde ungewohnt sachlich. »Du bist dir hundertprozentig sicher, dass es nicht der Hofer war?«

»Wenn ich's dir doch sag'!«

»Sehr suspekt.« *Suspekt* war ein Lieblingswort Jacks, das er oft verwendete, auch, wenn es gar nicht passte.

»Ist die Edna da?«

»Ja, Moment ...«

»Hallo, Waldi«, sagte Edna. »Wo bist du denn?«

»Geh, sag nicht dauernd Waldi zu mir ...«

»Wo du doch so einen Dackelblick hast.« Sie kicherte. »Kommst du dann her?«

»Ja, ich dusch' mich bei euch und dann gehen wir zu mir ...«

Jack wohnte in einer der neueren Genossenschaftsbauten, und bei diesen waren im Gegensatz zu den Wiener Altbauten Wasser und Klo (Sanitäranlagen, wie man sagte) von vornherein eingebaut.

»Okay, weil ich glaub', der Jacky geht heut' nicht weg.«

»Ist er krank?«

»Nein. Er kriegt Besuch von einem Mädel, Suskia oder so. Einer Neuen.«

»Wie heißt die?« Doch bevor Edna den Namen von Jacks Neuer wiederholen konnte, brach die Verbindung ab, und Walter hatte keinen Schilling mehr, um nochmals anzurufen.

• • •

Der bittersüße Geruch von türkischem Haschisch, vermischt mit dem indischer Räucherstäbchen, hing in Jacks Wohnung, der gemeinsam mit Edna und Walter auf einem abgewetzten Teppich im Wohnzimmer saß und einen Joint anzündete. Nach einem tiefen Zug und einem geräuschvoll verhauchten Ausblasen gab er ihn weiter.

»Und diese Hausmeisterin hat was vom *vierten Stock* gesagt? Woher weiß denn die das?«, fragte Jack.

»Keine Ahnung«, antwortete Walter und blies ein wenig hustend Haschischrauch aus, »aber gesagt hat sie's.«

»Das heißt doch gar nichts«, meinte Edna und nahm Walter ungeduldig den Joint weg, »hörst, du wohnst schon wieder auf dem Gerät, gib her«, und nahm ihrerseits zwei kurze, abgehackte Züge. »Das heißt gar nichts, sie ist doch die Hausmeisterin, natürlich weiß die was vom vierten Stock. Wahrscheinlich hat sie ihn einmal hineingehen sehen.«

»Trotzdem suspekt«, sagte Jack und nahm einen tiefen Zug. »Ich meine, klar kennt die den *vierten Stock*, aber weiß die, was Sache ist?«

Er blies den Rauch über teils zerfledderte Taschenbücher, die auf dem Boden verstreut lagen: Handkes »Die Angst des Tormanns vor dem Elfmeter«, E. A. Poes »Der Doppelmord in der Rue Morgue« und »Unterwegs« von Jack Kerouac.

»Keine Ahnung«, sagte Walter, der neben Edna saß und mit dem Rücken an einem abgewetzten Fauteuil lehnte, den Jack und er von einem Flohmarkt in die Wohnung geschleppt hatten. Locker legte er einen Arm über ihre Schulter und spielte gedankenverloren mit einer ihrer Brüste, »aber wir sollten schauen, ob da noch was vom Hofer seinem Zeug da ist. Wenn die Polizei da herumstierlt …«

»Geh«, sagte Edna leichthin, klopfte Walter auf seine Hand und entzog sich seiner Umarmung, »warum soll denn die Polizei da was machen?«

»Die Polizei steckt überall die Nase rein. Und wenn die vielleicht noch einen Hund mithaben …«

»Schnauze.«

»Was?«

»Hunde haben eine Schnauze«, kicherte Edna und nahm Walter bei der Nase, »eine Schnauze, gell, Waldi?«

»Aber gerade deswegen, weil sie eine Schnauze haben, haben sie eine Nase für's Haschisch«, dozierte Jack.

»Wir sollten hingehen und schauen, ob noch was da ist.«

Walter blickte ausdruckslos auf den fast aufgerauchten Joint. »Da ist sicher noch was da«, murmelte er. »Der Hofer hat doch immer gesagt, dass sein Vorrat *unerschöpflich* ist.«

»Ich trau mich das nicht«, sagte Edna. »Überhaupt wird das Haustor sicher zugesperrt!«

»Aber erst um sechs oder so.« Walter stand ein wenig mühsam auf, blieb stehen und murmelte beeindruckt: »Pfo, der Stoff kann was, ich taumle, haha ...«

»Wo willst denn hin?«

»Auf's Häusl.«

Walter verbrachte in somnambuler Versunkenheit gute zehn Minuten auf dem Klo, ehe er sich wieder neben Edna fallen ließ. »Komm, fahren wir ins *Voom*«, sagte er. Und der Form halber fügte er hinzu: »Gehst du mit, Jacky?«

»Nein, ich bleib' da, ich bin eingeraucht wie ein Oberrabbiner.«

• • •

Das *Voom*, eigentlich *Voom Voom*, war zu jener Zeit *die* Diskothek in Wien. Sie lag in der Daungasse, im achten Bezirk, in der Josefstadt. Hier wurde Musik aufgelegt, die man nie im Radio zu hören bekam. Die *Beatles* und im weitesten Sinne auch die *Rolling Stones* waren am Weg, gesellschaftsfähig zu werden. Im *Voom* liefen Jimi Hendrix, Frank Zappa, *Pink Floyd, Country Joe and the Fish,* Captain Beefheart, *The Pretty Things* ... Underground eben.

Am Türsteher kam nicht jeder vorbei. Man musste schon eindeutig ein Progressiver sein, um die Stufen in die Tiefen des Orkus hinuntersteigen zu dürfen und den mit psychedelischen Lichtspielen verzauberten Discotempel zu betreten. Auf der Tanzfläche herrschte Freestyle. Die meist überschminkten Mädchen tanzten entweder in lasziver Trance oder mit grotesken Zuckungen, während die Burschen sich meist mittels abgehackter Verrenkungen gebärdeten. Manche Paare wiederum standen weltvergessen, eng umschlungen, unaufhörlich zungenküssend da, nur kleine, geschmeidige Beckenbewegungen andeutend; ganz egal zu welcher Musik. Für die Elterngeneration ein Sündenpfuhl, von dessen Existenz sie nichts ahnen durfte.

Wenn man unzweideutig ein Progressiver war oder persönlich bekannt, musste man keinen Eintritt bezahlen. Gäste, die im *Voom* Eintritt zahlten, gehörten nicht zum inneren Kreis. Als Bursch musste man lange Haare haben, die gern mit schütterem Bartwuchs kombiniert sein durften. Modisch gab es ganz klare, ungeschriebene Gesetze: Möglichst Ungebügeltes, ja Zerknülltes, Hemden und Blusen in ausgewaschenen Farben, die allerdings langsam mehr oder weniger farbenfrohen Blumenmustern zu weichen begannen, denn die Zeit der Blumenkinder war angebrochen, und musikalisch begann man auf Leonard Cohen aufmerksam zu werden.

In dieser Szene, die vorwiegend in Diskotheken wie dem *Voom Voom* zu Hause war, fiel ein junger Mann mit Kurzhaarschnitt, Trevira-Hosen aus dem »Kleiderhaus zum Eisenbahner[7]« und einem dunkelblauen Hemd mit einem ärmellosen, großmütterlich gemusterten Pullover darüber selbstverständlich sofort auf. Er stand wie ein schlechter Geruch in einer nicht ausgeleuchteten Ecke der Tanzfläche und ließ den Blick nicht von Walter und Edna, die beiläufig miteinander tanzten.

»Was schaut denn der Typ da die ganze Zeit her?«, fragte Edna und deutete mit ihrem Kinn so unauffällig wie möglich in Richtung des Fremdkörpers. Walter wendete träge den Kopf und blickte durch die Rauchschwaden auf den provozierend aus dem Bild fallenden Burschen.

»Keine Ahnung. Aber ich hab' den schon irgendwo gesehen, bilde ich mir ein.« Mit diesen Worten ging Walter auf den Kerl mit dem ärmellosen Pullover zu.

»Was schaust?«, fragte er sachlich.

Der Angesprochene wand sich ein wenig und blickte scheu um sich. »Ich kenn dich. Du warst heute am Wachzimmer«, flüsterte er kaum hörbar.

Walter stutzte und blickte sich nun seinerseits um.

»Ottakring. Grubergasse«, fuhr der Bursche fort.

»Bist du ein *Kieberer*[8]?«

»Was? Bei der Polizei ist der?« Edna war zu den beiden getanzt und auch sie schaute sich witternd um.

»Ich bin noch in der Ausbildung. Ein ›provisorischer Wachmann‹, wie es offiziell heißt«, erklärte der Bursche.

[7] Heute »Modehaus Eisenbahner«; damals »Kleiderhaus zum Eisenbahner«; Bezugsquelle für altmodisch-spießige Garderobe

[8] Wienerisch: Verächtlich für Polizist

»Ich hab' dir gestern bei der Dusche die Seife und das Handtuch gegeben.«

»Ah ja, genau, du warst das.«

»Ich bin der Vitus. Aus Zwettl. Vitus Veitschegger.«

»Ich bin der Walter, das ist die Edna.«

»Ich weiß«, sagte Vitus.

»Und? Musst du uns jetzt ausspionieren, oder was?«

»Aber wo! Mir gefällt das nur so da bei euch in Wien. Bei uns in Zwettl ...«, er machte eine ausholende Bewegung, »gibt's ja das alles nicht.«

»Da können wir dir leider auch nicht helfen«, sagte Edna abweisend, wollte Walter schon wegziehen, aber Walter hatte eine Idee.

»Horch zu, Vitus ...«

• • •

Kommissar Ludwig Haselbacher und Bezirksinspektor Franz Faustenhammer standen vor der Hausmeisterwohnung des Zinshauses Speckbachergasse Nummer 20 in Wien-Ottakring. Sie hatten mehrmals geläutet, aber nachdem die Türglocke offensichtlich kaputt war, begannen sie, begleitet von energischen Rufen, lautstark an die Tür zu klopfen. »Polizei, Frau Potočnić, aufmachen! Wir wissen, dass Sie da sind!«

Tatsächlich konnte man durch die bereits leicht devastierte Wohnungstür hören, wie dahinter irgendetwas herumgeräumt und, so vermeinte Haselbacher, hastig getuschelt wurde. »Jooo, ich komm' gleich! Machen'S nicht so ein Lärm!«

Dann hörten die beiden Polizisten, wie aufgesperrt wurde. Kurz darauf riss Frau Potočnić die Tür auf und rief ungehalten: »Polizei, Polizei! Glauben Sie, ich wart' auf Ihnen? Ich hab' einen kranken Mann, verstehen Sie? Pflägefall! Was ist denn los?«

Die beiden Herren deuteten an, dass sie an der Hausmeisterin vorbei in die Wohnung gehen wollten. Frau Potočnić wich keinen Zentimeter von der Stelle.

»Frau Milana Potočnić?«, fragte Bezirksinspektor Faustenhammer der Ordnung halber.

»No, stäht auf Türe?«, fragte die Hausmeisterin lakonisch.

»Frau Potočnić«, Kommissar Haselbacher gab sich einen Ruck, »wir sind hier, um Sie zu dem Tod ... zu dem Mordfall von vor drei Tagen zu befragen. Das wird sich nicht zwischen Tür und Angel erledigen lassen, gehen'S auf die Seit'n. Wir reden drinnen weiter!«

Die Frau trat nach ein paar Augenblicken zurück und gab den Weg in die Hausmeisterwohnung frei. Das Vor- und auch das Wohnzimmer wirkten penibel sauber, sah man von einem Wandteppich mit maritimem Motiv ab, der abgeschabt war und den Eindruck erweckte, das Meer am Horizont des Bildes bewege sich. Ein deutlicher Chlorgeruch lag in der Luft. Die beiden Ermittler zogen hörbar die Luft ein.

»Ollas muss sein ... stäril, versteht?«, erklärte Frau Potočnić. »Mann bettlägrig, Schlaganfall, holbseitig gelähmt. Kann nicht gehen, nicht sprächen. Nix essen, gor nix. *Lepo sranje*[9]*!*«

»Und der Gatte ist ... ?«, fragte Faustenhammer.

»No in Bett, sog ich ja ganze Zeit.«

»Aha«, sagte Haselbacher und nahm unaufgefordert auf einem Sofa Platz, das Teil einer durchaus zeitgemäßen Sitzgarnitur war, wenn auch das Design von schwarzen Katzenköpfen auf orangem Grund zunächst irritierte. Faustenhammer setzte sich auf einen dazu passenden Hocker, während Frau Potočnić ein wenig überrumpelt in der Mitte des Zimmers stand.

»*Wollen Sie einen Rakija*[10]*?*«, fragte sie. Faustenhammer schaute zu Haselbacher und massierte gewohnheitsmäßig seinen Schnurrbart mit der Unterlippe, während der Kommissar aufgeräumt antwortete: »Ja, bitte schön.« Mit Blick auf Faustenhammer fügte er hinzu: »Zweimal!«

Als Frau Potočnić ins Vorzimmer ging, das gleichzeitig die Küche war, flüsterte Faustenhammer: »Im Dienst?«

»Man muss Vertrauen aufbauen, verstehen Sie, Faustenhammer?«

Mit drei großzügig gefüllten Schnapsgläsern auf einem Bakelit-Tablett kehrte Frau Potočnić zurück, stellte vor jedem der Herren ein Glas hin und hob das ihrige. »*Živeli!*«[11], sagte sie, während sie auf dem freien orangefarbenen Katzenkopf-Sitzmöbel Platz nahm. Sie leerte

[9] Serbisch: Schöne Scheiße

[10] Scharfer serbischer Schnaps

[11] Serbisch: Prost

ihr Glas in sich hinein, ohne den Kehlkopf zu bewegen. Die beiden Herren taten es ihr gleich, nur um sofort darauf einen kläffenden Hustenanfall zu bekommen, die Luft scharf einzuziehen und sie danach keuchend auszustoßen.

»Pflortsch!«, sagte Faustenhammer heiser und Haselbacher bestätigte: »Habe d'Ehre, das ist vielleicht ein Rachenputzer!« Er zündete sich eine *Johnny* an.

Frau Potočnić schwieg, lächelte aber hämisch.

»Also«, begann Haselbacher, »Sie haben das Mordopfer als Hofer identifiziert. Wissen Sie, wie der mit dem Vornamen heißt?«

»Nix waas da.«

»Woher kennen Sie denn diesen Hofer, was hat der gemacht, von was hat er gelebt, was für Freund' hat er gehabt? Oder gar eine Freundin? Solche Sachen eben.«

Bei jeder der Fragen schüttelte Frau Potočnić den Kopf, um abschließend zu antworten: »Nix waas da. War ein ... wie heißt deitsch? Einzelgängär ...«

»Und warum, glauben Sie,« mischte Faustenhammer sich ein, was ihm einen missbilligenden Blick seitens Haselbachers eintrug »und warum glaubt die ganze Nachbarschaft, dieser Hofer war der Täter, wo doch er selber das Opfer ist?«

»Jo, waas da nix, war wie gesagt Einzelgängär. Hat nix gesprochen mit Leut' und so.«

»Was mir nicht eingeht, Frau Potočnić, wieso hat denn von den Nachbarn keiner den Toten als Hofer erkannt?«

»No, zerschnittenes G'sicht?«

»Und wieso haben Sie ihn dann erkannt?«

»Ich hab' Auge für solche Sachen.«

In diesem Moment war ein ungeduldiges Krächzen aus dem Schlafzimmer zu vernehmen. Frau Potočnić rief etwas auf Serbisch. »Mann braucht was!«, sagte sie und erhob sich. Sie eilte geflissentlich ins Schlafzimmer und ließ die beiden Polizisten sitzen.

• • •

Im ersten Wiener Bezirk, im Café *Savoy*, saß Walter Horvath mit seiner Freundin Edna Goldmann, ihrem Bruder Jakob »Jack« Goldmann und einem erneut für die progressive Location peinlich unpassend gekleidetem Vitus Veitschegger, dem provisorischen Wachmann aus Zwettl.

Das Café *Savoy* war, noch vor dem *Hawelka*, die erste Adresse für Gammler und angehende Eleven[12] der Flowerpower-Bewegung, um stundenlang bei einem kleinen Braunen für 2 Schilling und 10 Groschen herumzulungern, dabei einander die Welt zu erklären und zu diskutieren, wo Ginger Baker, der Schlagzeuger der Gruppe *The Cream* (Gesang, Bass: Jack Bruce; Gitarre, Gesang: Eric Clapton; Schlagzeug: Ginger Baker) vorher getrommelt hatte.

Die einen sagten bei *Blind Faith*, die anderen bei *Ginger Baker's Airforce*.

Recht schienen die zu haben, die behaupteten, er hätte vor *The Cream* bei der *Graham Bond Organization* gespielt,

[12] Schüler, Lehrling

denn diese Version wurde von Herrn Theo, dem alerten Kellner des *Savoy*, vertreten und glaubwürdig belegt.

Der schlaksige Herr Theo war eine der interessantesten Figuren im gastronomischen Wiener Underground, genügte es doch, in seinem »Revier« Platz zu nehmen und ein »Gedeck« zu bestellen, worauf Herr Theo einen kleinen Braunen, ein Glas Wasser und, verborgen unter der Tasse, ein sogenanntes *Hunderter-Piece*[13] servierte.

Mit Vitus ins *Savoy* zu gehen, war gestern von Jack und Edna noch als Irrsinn, ja geradezu als Verrat bezeichnet worden, aber Walter zerstreute ihre Bedenken.

»Je mehr der mit uns herumkommt, je mehr sich der schuldig macht, desto mehr gehört er uns«, hatte er erklärt. »Unser Mann bei der Polizei, verstehts ihr mich?«

Schließlich zeigte sich Jack einverstanden.

»So blöd ist das wirklich nicht. Wir wüssten dann vielleicht schon im Voraus, wo die Polizei sich wichtig macht.«

Auch Edna lenkte schließlich ein.

»Na ja, der will ein Progressiver werden, der ist nicht glücklich bei der Polizei«, dachte sie laut. »Und in Zwettl schon gar nicht. Wir zeigen ihm unseren Underground und er zeigt uns den seinigen.«

Und so kam es, dass Vitus Veitschegger aus Zwettl gewissermaßen im Wiener Zentrum des Drogen-Detailhandels saß, die Augen aufgerissen und die Ohren weit offen, aber nicht um polizeilich zu beobachten, sondern

[13] Haschisch im Gegenwert von 100 Schilling

um sich in dieser für ihn neuen Dimension halbwegs zurechtzufinden.

»Pass auf«, sagte Jack jetzt möglichst unverfänglich, »wir führen dich in die Szene ein, wir können dir Sachen zeigen, von denen du keine Ahnung hast und ohne uns nie eine haben würdest, und du gibst uns ein paar *Ezzes*[14], was sich polizeilich so tut, verstehst du? Und vielleicht brauchst du von uns auch einmal einen Tipp.«

Vitus nickte, hätte zu allem genickt, weil gerade ein Mädchen mit Minirock ins *Savoy* gekommen war, sich zu einer Gruppe dazusetzte, sich vorbeugte und zu Edna herüberwinkte, wobei eine ihrer Brüste aus der ziemlich offenen Bluse zu gleiten drohte.

In Wien gab es die 68er-Bewegung praktisch nicht. Keine nennenswerte Politszene, so gut wie keine Demonstrationen, kaum Gefechte mit der Polizei wie in Deutschland, keinen Rudi Dutschke, keinen Benno Ohnesorg und schon gar keinen Andreas Baader und keine Ulrike Meinhof. In Wien wurde der Kampf der Generationen mittels langer Haare, Miniröcke, Verzicht auf den BH, freier Liebe, Leistungsverweigerung, Haschisch und Rockmusik ausgefochten.

»In Zwettl täten's die verhaften ohne Busenhalter«, murmelte Vitus heiser.

»Schau nicht so hin«, stieß ihn Jack an, »das wirkt suspekt!«

»Hast du noch nie eine Brust gesehen?«, grinste Edna, während sie zurückwinkte.

[14] Jiddisch: Tipps, Ratschläge, Auskünfte

Jack nahm Vitus an der Schulter, drehte ihn zu sich und sagte: »Damit du siehst, dass wir es ehrlich meinen, sagen wir dir jetzt was: Der Tote von vorvorgestern ist gar nicht der Hofer gewesen. Vielleicht hilft dir das einmal.«

Vitus, kurz abgelenkt, fragte: »Ah geh, wer war der denn dann?«

»Das wissen wir auch nicht«, sagte Walter, »der Hofer jedenfalls nicht.«

»Kennts ihr den denn?«

»Wurscht«, sagte Edna.

»Also, Vitus«, drängte Walter sanft, »was ist?«

»Gut, aber ihr dürft mich nicht verraten!«

»Hörst, wir sind doch nicht deppert, pass nur auf, dass dir auf deinem Wachzimmer nichts herausrutscht.«

»Nur weil ich aus Zwettl bin, bin ich noch lang kein Trottel«, erwiderte Vitus ein wenig eingeschnappt.

»Na super«, rief Walter, »alsdann, Herr Theo, ein Ged…«

Jack stieß ihn in die Rippen.

»Spinnst?«, zischte er. »Doch jetzt noch nicht!«

Doch davon bekam Vitus schon nichts mehr mit. Wie ein balzender Auerhahn blickte er auf das Mädchen in der offenherzigen Bluse mit dem zarten Blumenmuster.

• • •

»Wir gehen zu Fuß, beim Gehen kann ich gut denken«, sagte Kommissar Haselbacher zu Rayonsinspektor Anton

Altendorfer, der im grünen Dienst-VW wartete, »und Sie fahren mit dem Auto in die Grubergasse.«

Bezirksinspektor Faustenhammer war nicht erfreut. So weit kannst du gar nicht gehen, dass du zum Denken anfängst, dachte er.

Just als die beiden an einem 16-Bogen-Plakat vorbeigingen, auf dem ein Bub einen großen, slawisch wirkenden Mann fragte: *I haaß Kolaric, du haaßt Kolaric. Warum sogn's zu dir Tschusch?*, gab Haselbacher ein Knurren von sich.

»Die lügt, die Hausmeisterin, das sag' ich Ihnen, Faustenhammer. Die Tschuschen lügen alle. Das haben wir gebraucht, das Gsindl. Wie wir damals mit der Wehrmacht gekommen sind, haben die sich die Fersen in den Orsch g'haut vor lauter Davonrennen.«

»Wie meinen'S das, Herr Kommissar, bei was lügt sie denn?«

»*Nix waas da* hier, *nix waas da* dort ... die weiß sicher was, das weiß ich.«

»Ja, was weiß sie denn?«

»Das weiß ich nicht.«

»Ist Ihnen aufgefallen, dass die Frau ein blaues Aug' gehabt hat, Herr Kommissar?«

»Ja, jetzt wo Sie's sagen.« Nach einer Pause setzte Haselbacher nach: »Wenn ich einen halbseitig Gelähmten zu Hause liegen hab', dann riecht's anders. So einem muss man die Scheiße abputzen und wickeln und diese Sachen.«

»Ja, aber es hat doch eh nach Chlor gerochen, wie in einem Schwimmbad«, antwortete Faustenhammer verwirrt.

»Eben«, schnauzte Haselbacher.

• • •

Wie alle Vormittage in Wien damals war auch der heutige trotz Sonnenschein trist. Das lag aber nicht etwa an der fahlen Sonne, sondern an der monotonen Tristesse und dem grauen, rußigen Film, der die Häuser überzog, aber auch an der Spießigkeit, an den nationalsozialistischen Ressentiments, dem Katholischen und der Rückwärtsgewandtheit seiner Bewohner.

Das Sonnenlicht, das sich knappe drei Stunden, namentlich von neun bis Viertel vor zwölf, durch eines der beiden Fenster von Walters Wohn- und Schlafzimmer stahl, schien auf Ednas blondes Haar. Sie erwachte, drückte sich an Walter, der brummend die Augen aufschlug, sich zu ihr umdrehte, sie in die Arme nahm, aus denen sie sich aber alsobald herauswand, sich aufrichtete und aufstand. Walter blickte ihr mit schlafumflorten Augen nach und dachte wie immer, wenn er sie nackt von hinten sah: *Ein Wahnsinn, dieser Arsch ...*

Sie schlüpfte in ihr ärmelloses, mit verwaschenen Orangetönen gestreiftes Kleidchen, nahm den Kloschlüssel vom Türstock in der Küche, die gleichzeitig das Vorzimmer war, und ging in den Gang hinaus. Walter hörte, wie das Türschloss der Gemeinschaftstoilette klackte und Edna aufs Klo ging. Wenig später hörte Walter, dass die Tür zur Nachbarwohnung geöffnet wurde und Frau Summer, die klimakterische Nachbarin und Gattin von Herrn Summer, auf den Gang trat, um ebenfalls die Gemeinschaftstoilette aufzusuchen.

»Müssen Sie immer wie ein *Flitscherl*[15] herumrennen?«, kreischte sie. »Schämen'S Ihnen nicht? Mein Mann ist ganz fertig, wenn er Sie so sieht!«

Edna murmelte etwas von »alter Scheißer« und kam wieder in die Wohnung.

»Das hab' ich gehört!«, rief Frau Summer von draußen.

Zwischen Walter und den Eheleuten Summer kriselte es, seit Walter eingezogen war, denn bereits nach einer Woche hatte Herr Summer knapp nach 23 Uhr an die Tür gebumpert und sich mit neurotischer Fistelstimme über die zu laute Musik beschwert und Walter von da an als »katilinarische Existenz« bezeichnet. Später, als Edna immer häufiger zu Besuch kam, war sie für Frau Summer »die blonde Flitsch'n von nebenan«.

Edna und Walter hörten die Spülung der Gemeinschaftstoilette rauschen. Dann wurde die Klotür zugeschlagen.

»Irgendwann zeigen wir euch an, ihr ...«, rief Frau Summer kurz darauf, mit dem Gesicht offenbar ganz nah an Walters Wohnungstür.

»Ich weiß nicht, ob ich das aushalten werd', Walter«, seufzte Edna und ließ sich ins Bett fallen. »Selbst mit eingeleitetem Wasser und Sitzbadewanne.«

[15] Wienerisch für: Leichtes Mädchen

• • •

Jakob »Jack« Goldmann saß mit einem exotisch aussehenden Mädel um die Mittagszeit im *Savoy*. Langes, schwarzes, leicht gelocktes Haar, große, schwarze Augen, im Licht schimmernde Kreolen hingen an ihren Ohren, in ein weites, indisch anmutendes Gewand gehüllt, lehnte sie sich an Jack, der ihr frisch verliebt in die Augen sah.

Walter und Edna wussten gleich: Das war eine von ihnen. Jack bemerkte die beiden erst, als sie unmittelbar vor dem Tisch standen.

»Das ist die Suskia«, sagte Jack nicht ohne Besitzerstolz. Suskia lächelte ätherisch.

»Peace.«

Die vier saßen beim Frühstück, sprachen kaum und wenn bloß Oberflächliches. Schließlich war es Jack, der aussprach, woran alle dachten.

»Heute gehen wir in den *vierten Stock* und schauen, ob der Hofer dort wirklich sein Zehntausender-Piece versteckt hat, wie er immer gesagt hat.«

»Piece ist gut« sagte Walter mit vollem Mund, »das ist sicher so groß wie eine Tafel Schokolade.«

»Und wir sollen dort alle hingehen?«, fragte Edna. »Wir alle vier?«

»Klar.« Jack stellte seine Schale Kaffee hin. »Der Walter und ich gehen hinein und ihr zwei steht vor der Tür Schmiere.«

Suskia nahm einen Schluck von ihrem Tee.

»Die Leiche, die sie vor einer Woche oder was gefunden haben, war das wirklich der Hofer?«, fragte sie, als sie die Tasse absetzte. »Der ist doch bitte seit Monaten in der Türkei.«

Walter tauschte einen Blick mit Jack.

»Kennst du den Hofer?«

»Sicher. Ich habe ihm vor gut einem halben Jahr geholfen, seinen *Shit*[16] in 100er-Stücke zu verpacken. Im *vierten Stock*. Den kenn' ich nämlich auch.«

Die drei waren baff.

»Und«, fragte Jack vorsichtig, »hat der wirklich ein Zehntausender-Piece dort versteckt?«

»Könnte gut sein, dass noch was da ist.« Suskia spülte den Mund mit Jasmintee, der sich seit Neuestem steigender Beliebtheit erfreute. »Genaues weiß ich nicht«, fuhr sie fort.

»Im *Vanilla* haben's gesagt, der Hofer ist in die Türkei getrampt, Stoff kaufen. Aber wie gesagt ... wer weiß ...«

• • •

Kommissar Ludwig Haselbacher dämpfte ungehalten seine Zigarette im grauslich vollen Aschenbecher aus und hustete Bezirksinspektor Faustenhammer Rauch ins Gesicht. »Das gibt's doch nicht! Alle Hofer, die ich im Zentralen Meldeamt finden kann, sind entweder vor kurzem verstorben oder wohnen weiß Gott wo, nur nicht in der Speckba-

[16] In den 70er Jahren Insiderbezeichnung für Haschisch

chergasse 20. Bis auf einen, ein gewisser Gerald Hofer, der aber seit ein paar Jahren in einem Pflegeheim in Atzgersdorf vor sich hinstirbt. Wenn's nach dem ZMA geht, gibt es unseren Hofer gar nicht.«

»Außer der Hausmeisterin hat nie jemand behauptet, dass der Hofer im Haus Speckbachergasse 20 wohnt ... im vierten Stock ...«

»Was denn für ein vierter Stock?« Haselbacher breitete vor Faustenhammer den Auszug aus dem ZMA aus. »Das Haus hat ja nur drei Stö... äh ... Stockwerke! Schaun'S doch.«

Faustenhammer blickte auf.

»Vorladen!«, sagte Haselbacher laut. »Wir werden diese saubere Hausmeisterin amtlich vorladen, da kann sie sich nicht auf ihren kranken Mann ausreden und im Schlafzimmer verschwinden, wenn's eng wird.«

»Gar keine schlechte Idee, Herr Bezirksinspektor.«

»Und noch was!« Haselbacher fuchtelte mit einem Zeigefinger. »Dieses Zimmer samt dem Pflegefall werden wir uns auch noch genau anschauen.«

Er stand auf, ging zur Tür, öffnete sie und steckte den Kopf hinaus.

»Veitschegger!«, rief er.

»Bitte, Herr Kommissar.«

»Kommen'S rein, Bub, ich geb' Ihnen gleich was und das bringen'S dann zum Herrn Hofrat in die Bezirkshauptmannschaft.«

• • •

Das *Vanilla*, neben dem *Voom Voom* das zweite Epizentrum des Wiener Undergrounds, war ein aufgelassenes Textilgeschäft im Erdgeschoss eines gut erhaltenen Altbaus in einer sonst unbedeutenden Seitengasse der Wiener Innenstadt, unmittelbar neben der Minoritenkirche.

Es wurde von einem älteren Ehepaar, beide bereits über dreißig, als »exklusiver« Club geführt. Gegen eine Einschreibgebühr von 150 Schilling wurde man Clubmitglied, erhielt einen Schlüssel, der die Haustür sperrte, und war gegen eine monatliche Zahlung von 25 Schillingen stets gern gesehener Gast.

Es bestand aus einem großen Hauptraum und zwei von diesem links und rechts abgehenden Nebenräumen: ein Raum mit einem *Wuzzler*[17], der andere mit einem Flipper. Der gesamte Club war mit einem violetten Teppichboden ausgelegt und ebenso gestrichen, mit einem Violett, wie es als begleitender Farbton auch gern bei Begräbnissen zu finden ist. Über die ganze Breite gab es eine Bar, die meisten Gäste hockten aber auf entlang der Wände stehenden Styroporquadern, die entweder abgekletzelt waren oder von Brandlöchern verunziert, was aber aufgrund der gnädig unzureichenden Beleuchtung kaum zu bemerken war.

Erst, wenn zur Sperrstunde grelles, weißes, ernüchterndes Licht aufgedreht wurde, sahen die Gäste die ganze Erbärmlichkeit des Interieurs und verließen ohne Murren oder Protest die Räumlichkeiten.

[17] Tischfußballgerät

Im *Vanilla* wurde die gleiche Musik gespielt wie im *Voom Voom*, jedoch ließ sich eine Präferenz für *Deep Purple* erkennen. Es verkehrten auch mehr oder minder die gleichen Leute da; von wegen exklusiv.

Hier im *Vanilla* saßen Edna, Suskia, Walter und Jack auf einem der Styroporklötze und wirkten traumatisiert, denn sie hatten ein Erlebnis oder »Abenteuer«, wie sie es untereinander nannten, hinter sich, das, nachdem sie in den Arkaden der Minoritenkirche noch einen durchgezogen hatten, umso wuchtiger in ihnen nachhallte.

Es war knapp vor 18 Uhr gewesen, und die Tür zum Haus Speckbachergasse 20 war noch unversperrt. Wie besprochen, lümmelten Edna und Suskia an der Hausmauer, standen Schmiere oder gingen, wie von ungefähr, vor dem Haustor auf und ab, während Walter und Jack den Hof betraten und zu einem Holzschuppen schlichen, der schief in einem Mauereck des Hinterhofes lehnte. Eine jahrzehntealte, knorrige Platane, die an der Längsseite der Holzhütte zu kleben schien, verbarg die beiden notdürftig, und sie waren froh, dass es allmählich dunkelte.

Deutlich hörten sie, wie in dem Verschlag in einer fremden Sprache, so etwas wie Russisch, gesprochen wurde, wobei die eine Stimme gewissermaßen hier und jetzt sprach, während die andere knarzte, gelegentlich pfiff und rauschte, also aus einem Funkgerät zu kommen schien, wobei die Funkstimme befehlsgewohnt klang, während die andere, ohne Widerspruch zu wagen, antwortete.

In diese Unterhaltung mischte sich immer wieder eine weitere zeternde Männerstimme, die mit dem, was die andere zu der kratzigen Stimme aus dem Funkgerät sagte, nicht einverstanden zu sein schien. Die Männerstimmen wurden immer lauter und ließen keinen Zweifel daran, dass in hohem Maße Uneinigkeit herrschte. Die Funkstimme überschlug sich geradezu bei dem Versuch, sich Gehör zu verschaffen. Da flog unvermittelt die aus Holzlatten zusammengenagelte Tür auf, und ein untersetzter, bulliger Mann zerrte einen zweiten, der vergeblich versuchte, sich an dem senfgelben Kurzmantel des ersten aufzurichten, an dessen langen, weißen Haaren aus dem Verschlag, trat ihn mit Füßen, fauchte wütend, zog ihn bis zur Haustür, schlug ihm den Ellbogen ins Gesicht und warf ihn hinaus auf die Gasse.

Walter und Jack hörten, wie die beiden Mädchen draußen erschraken, der stämmige Mann rief dem Hinausgeworfenen noch drohend etwas nach und kehrte, geräuschvoll ausspuckend, wieder in den windschiefen Verschlag zurück. Er besprach mit der Stimme aus dem Gerät noch ein paar Minuten sachlich irgendetwas, um danach den Schuppen zu verlassen, und versperrte die Bretterbude mit einem Vorhängeschloss, ehe er in die Hausmeisterwohnung eilte.

Erst Minuten später lösten sich Walter und Jack aus ihrer starren Angespanntheit, lugten hinter der Platane hervor und huschten auf Zehenspitzen, immer noch kaum atmend, durch den Hof und beim Haustor hinaus. Nach dem, was gerade geschehen war, beschlossen sie in stiller Übereinkunft, den Schuppen ein andermal zu durchsuchen. Die beiden Mädchen, die sich in den Eingang des Nachbarhauses gedrückt hatten, kamen vorsichtig heraus.

Alle vier liefen wie auf Kommando davon und blieben erst zwei Gassen weiter, heftig atmend, stehen.

»Sehr arg!«, keuchte Suskia. »Total aggressiv!«

»Schschschtt«, zischte Jack. »Kommts, gehen wir.«

»Russisch?«, fragte Edna und bohrte Stunden später im *Vanilla* ihren Zeigefinger in den Styroporquader, während sie das Erlebte zu verstehen versuchte. »Wieso denn grad Russisch?«

»Ja, Ostblock halt, was weiß denn ich.« Walter schüttelte den Kopf.

»Habts ihr eine Ahnung, wer das war?«, erkundigte sich Suskia, während sie mit einem Stück herausgebrochenem Styropor spielte.

»Keine Ahnung«, sagte Jack, »auf jeden Fall sehr suspekt.«

Walter blickte in sein Bier.

»Ich sag' nur eins: Spionage, Geheimdienst oder sowas!« Jack warf sein beinahe schulterlanges Haar nach hinten. »Der Typ hat die Tür von der Hütte zugesperrt.«

»Schlamassel!«, sagte Edna.

»Das ist gar nicht *leiwand*[18]«, stimmte ihr Walter zu. Leiwand war Walters Wort, mit dem er die Welt einteilte. Leiwand oder nicht leiwand.

[18] Wienerisch für: sehr gut, sehr schön

• • •

»Ja!«, rief Oberst Hofrat Ableitinger undeutlich, denn er kaute gerade an einem Butterbrot mit Schnittlauch. Als nach dem zögernden Anklopfen niemand eingetreten war, schluckte er den Bissen hinunter und spülte mit einem Mundvoll saurer Milch nach. »Herein!«, schrie er.

Langsam öffnete sich die Tür und Vitus Veitschegger betrat schüchtern das für ihn Allerheiligste, das Refugium des höchsten aller Polizisten des 16. Wiener Gemeindebezirks.

Er verbeugte sich unwillkürlich und trat erst näher, nachdem der Herr Hofrat bellte: »No, kommen'S schon her ... äh ...«

»Veitschegger, Vitus Veitsch...«

»Jaja, der Haselbacher von der Grubergasse schickt Sie, gell? Geben'S her.«

Ableitinger nahm dem befangenen provisorischen Wachmann das Formular aus der Hand und überflog es. »Was will er, einen Durchsuchungsbeschluss? Für eine Hausmeisterwohnung? Ah so, das ist im Zusammenhang mit dem Fall Hofer. Ja, steht denn dem seine Identität schon fest?«

Oberst Ableitinger griff nach seinem Parker-Kugelschreiber und unterfertigte schmissig das Formular.

Vitus Veitschegger murmelte etwas mit gesenktem Kopf, Ableitinger blickte auf.

»Was brabbelst denn da in deinen nicht vorhandenen Bart, Burscherl?«

»Äh … das Mordopfer ist gar nicht der Hofer …«

Vitus biss sich auf die Lippen mit einem Gefühl, das bei Schiller so treffend beschrieben wird: *Doch kaum war ihm das Wort entfahren, wollt' er's im Busen gern bewahren …*

Die Atmosphäre im Raum, die für den Zwettler in ihm aus allen Richtungen Abgehobenheit und einschüchternde Macht signalisierte, raubte ihm die Bodenhaftung, hatte ihn die Vernunft und sein Versprechen an Walter vergessen lassen. Die Macht, die hier herrschte, war einfach zu ähnlich jener, die ihn in opulent ausgestatteten Kirchen und bei orgelnden Gottesdiensten unwillkürlich die Hände falten ließ. Ableitinger lehnte sich zurück und blickte Vitus an, als wäre er ein seltenes Insekt.

»Hahaha«, lachte er ölig. »Hast zu viel *Maigret* g'schaut, was? Woher willst du denn das wissen? Wer hat dir denn das gesagt?«

Vitus wollte sich selbst auf den Mund schlagen, da fiel ihm ein Satz ein, den er in einem *Jerry-Cotton-Heft* gelesen hatte. »Ich gebe meine Informanten nicht preis«, sagte er, doch er brachte kaum mehr als ein Wispern zustande.

Der Herr Hofrat schwieg verdutzt. Dann begann ihn ein konvulsivisches Lachen zu schütteln und sein Gesicht rötete sich bedenklich. »Hahahaha! Er gibt seine *Informanten* … hahaha … nicht preis! Wenn ich das erzähl', das glaubt mir kein Mensch! Wie heißen Sie?«

»Veitschegger, Herr Hofr…«

»Ah ja, Sie sind der Bursch aus Zwettl, wie mir scheint.«

Ableitinger war vor Lachen kurzatmig geworden. »Gehen'S raus und lassen'S sich den Wisch abstempeln, habe die Ehre. Und grüßen Sie mir Ihre Informanten ... hahaha!«

Veitschegger machte die ersten Schritte rückwärts, ehe er sich dem Herrn Oberst den Rücken zuzukehren getraute. Die Tür war noch nicht ins Schloss gefallen, da drückte Ableitinger den Knopf seiner Gegensprechanlage. »Gehen'S, verbinden'S mich mit diesem Haselbacher, Wachzimmer Grubergasse!«

• • •

»Ehrlich gesagt, hab' ich kein gutes Gefühl«, sagte Jack, lümmelte sich an Suskia und legte seinen Kopf zutraulich auf ihre Schulter, »nämlich so gar nicht!«

Walter und Edna schauten ihn neugierig an und Suskia strich ihm übers Haar. »Na komm, Jacky, sprich zu uns«, hauchte sie.

Jack richtete sich ein wenig auf und schob eine Hand in Suskias Wohnkleid. »Ob wir dort noch einmal hingehen, in den *vierten Stock*? Der Typ ist ja ein Berserker.« Er drehte die Augen nach oben, schaute zuerst Suskia an, dann Edna. »Ihr hättet sehen sollen, wie der dem anderen mit den weißen Haaren den Ellbogen ins Gesicht gerammt hat«, sagte er.

»Wieso war denn der so ... aggressiv?«, fragte Suskia und blies in Jacks Haare.

»Der mit der gelben Jacke hat so eine Wut auf den Weißhaarigen g'habt. Wenn der mir so eine reinhaut, fall' ich tot um«, sagte Walter.

»Ja, aber warum?«, fragte Edna.

Jack richtete sich endgültig auf, nahm seine Hand aus Suskias Kleid und wurde sachlich. »Der Walter hat schon recht, glaub ich, wenn er von Spionage und Geheimdienst und so redet. Das ist sicher irgendetwas Politisches. Etwas Kommunistisches, glaub' ich.«

»Was Kommunistisches?«

»Ja, weil's Russisch geredet haben. Weil, wenn nicht, hätten's Englisch geredet.«

»Da wüssten wir wenigstens ungefähr, um was es geht«, sagte Suskia und zog Jacks Hand wieder in ihr indisches Kleid.

»Eines möchte ich schon sagen«, warf Edna ein, »der Kommunismus ist von der Idee her nichts Schlechtes. Was zum Beispiel der Jesus gesagt hat, war auch kommunistisch, wenn halt mit Religion ...«

»Obwohl nicht feststeht, ob dem Ganzen die Religion nicht erst später übergestülpt worden ist«, hörten sie eine Stimme, gewissermaßen von außerhalb.

Herr Theo, der Ober des *Savoy*, war an den Tisch getreten und hatte den von Edna Goldmann begonnenen Satz fertig gesprochen. Er griff in die Gesäßtasche seiner schwarzen, speckig glänzenden Hose, nahm seinen *Fleck*[19] heraus und sagte etwas zu laut: »Zahlen gewünscht, bitte sehr ...«

[19] Wienerisch: Kellnerbrieftasche

»Wir wollen ja gar nicht zahlen«, sagte Edna verwundert, aber Herrn Theos Mimik und Körpersprache spielten weiter »Zahlen gewünscht«, während er, nur für die vier hörbar, eine Frage zwischen den Zähnen hervorknirschte. »Was ist? Habts ihr das 10.000er-Piece vom Hofer gefunden?«

Alle vier starrten ihn an. Woher wusste er davon?

»Es wird geredet«, sagte Herr Theo undeutlich, denn er öffnete kaum den Mund beim Sprechen und benahm sich ansonsten so, als würde er tatsächlich kassieren.

»Wer redet?«, fragte Walter misstrauisch.

Herr Theo beugte sich etwas vor und wischte mit seinem *Hangerl*[20] beiläufig über den Tisch. »Ihr selbst habts geredet, als ihr das letzte Mal hier wart.« Dann schaute er Suskia an und sagte etwas anzüglich: »Du, Frau Bellowitsch, hast doch von 100er-Stückerln geredet, die du ihm einpacken geholfen hast. Und irgendetwas von einem vierten Stock.«

Als alle verdattert schwiegen, fügte Herr Theo an: »Wenn ihr das Piece auftreibt, können wir ins Geschäft kommen.«

Herr Theo machte elastisch auf der Ferse kehrt und schnalzte im Abgehen mit seinem Hangerl.

»Der ist mir nicht ganz koscher«, sagte Edna.

»Der muss hören wie ein Luchs«, staunte Walter.

»Wieso weiß der, dass du Bellowitsch heißt?«, fragte Jack.

[20] Wienerisch: Allzwecktuch aus weißem Stoff für Kellner

»Ah, gar nichts, wir haben einmal was g'habt. Ich war mit dem zusammen«, sagte Suskia.

»Ganz kurz nur, Jacky, du brauchst dir nichts denken.«

Wie um sie Lügen zu strafen, blickte Herr Theo aus der Distanz Suskia durchdringend an.

»Sehr suspekt«, brummte Jack.

• • •

»Haselbacher«, sagte der Kommissar ungewohnt höflich in den Hörer. Er zündete sich eine *Johnny* an, um die Unruhe, die ihn immer ergriff, wenn er mit Vorgesetzten sprach, zu verblasen. »Sagen Sie, Haselbacher, wen haben'S mir denn da geschickt?«

»Bitte, wen meinen Sie, Herr Oberst?«

»No, der junge Bursch da, dem ich den Durchsuchungsbefehl für diese Hausmeisterwohnung genehmigt habe.«

»Ah so, der Lehrbub! Ein gewisser Veitschegger, Vitus Veitschegger, provisorischer Wachmann. Was ist mit dem, war er frech?«

»Aber nein.« Ableitinger trank den letzten Schluck saure Milch. »Das Bürscherl war ganz desperat. Aber eines, Haselbacher, möchte ich Sie wissen lassen!«

»Herr Oberst?«

»Er hat mir gesagt, dass diese Leiche, die ihr da habts, dass die gar nicht dieser Hofer ist.«

»Was?« Haselbacher unterbrach sich. »Ich meine, wie bitte, Herr Oberst?«

Dieser Respekt, ja die Unterwürfigkeit gegenüber Ranghöheren, war Haselbacher bereits in der Hitlerjugend zu eigen gewesen.

Seinen Scharführer hatte er angehimmelt, während er den Kameraden gegenüber überheblich gewesen war und nicht nur einmal den einen oder anderen eines Regelverstoßes wegen zur Meldung gebracht hatte.

Wehe, er fühlte sich von Ranggleichen gehänselt oder herabwürdigend behandelt, da ging er schon einmal so weit, sie zu verleumden.

»Er hat gesagt, er gibt seine Informanten nicht preis. Und jetzt frage ich Sie, Haselbacher, welche Informanten kann der Bursch haben, und vor allem, welche Informationen, die Sie nicht haben? Und, Haselbacher, was läuft da bei Ihnen in der Grubergasse, von dem ich nichts weiß?«

»Ich bitte Sie, Herr Oberst, gar nichts läuft bei uns! Sie wissen doch, dass ich Sie umgehend informieren würde, wenn …«

»Also, das möcht' ich auch hoffen! Und Haselbacher: Schauen'S dazu, dass da was weitergeht in der leidigen Sache. Wiederhören!«

Bevor Ableitinger auflegte, murmelte Haselbacher etwas von: »den Buben werde ich mir vorknöpfen«, und saß dann eine Zeit lang unverwandt vor sich hinschauend da.

Er hatte sich damals bald zum Kriegsdienst gemeldet, aber nach dem Blitzkrieg gegen Polen erkannt, dass Kriegsgetümmel seinem Charakter nicht entsprach, und bei der Polizei angeheuert, ohne es jemals, wie er es herbeigewünscht hatte, in die GESTAPO zu schaffen, hatte sich aber, bei entsprechenden Aktionen, als deren Handlanger hervorgetan.

Ein quietschendes Bremsgeräusch kam von der Straße und ließ ihn aus seinem Tagtraum schrecken. Haselbacher hustete etwas Schleim herauf und spuckte ihn in den Papierkorb.

»Altendorfer!«, rief er ungehalten.

Rayonsinspektor Altendorfer machte die Tür von außen ein wenig zögerlich auf und trat schlurfend in das abgewetzte Dienstzimmer.

»Schleichen Sie nicht herum wie ein Friedhofsdeserteur, hören'S, und heben'S die Füße beim Gehen!«

Altendorfer warf sich nur geringfügig in die Brust und zwirbelte mit der Linken eine seiner Koteletten. »Was liegt an, Herr Kommissar?«

»Wo ist denn unser Frischgefangter?«

»Veitschegger? Der ist mit dem Bezirksinspektor auf der Kreuzung Thaliastraße/Panikengasse wacheln üben.« Haselbacher schlug mit der flachen Hand auf seinen Tisch.

»Reden'S nicht wie ein Trottel, Altendorfer«, rief er erbost. »Das heißt Verkehrsregelung und nicht ›wacheln‹, Sie Seifensieder! Wenn der Veitschegger auf die Wachstube kommt, schicken'S ihn sofort zu mir.«

Er lehnte sich in seinem Sessel zurück, zündete sich noch eine *Johnny* an und griff zum Telefon, um seine Frau anzurufen, ehe ihm mitten in der Bewegung einfiel, dass sie vor knapp drei Jahren gestorben war. Als er sie 1942 geheiratet hatte, war sie gerade zwanzig Jahre alt gewesen und, obwohl Wienerin, ein richtiges deutsches Mädel, das es bereits nach drei Jahren im *BDM*[21] zur Mädelscharführerin gebracht hatte und mit Strenge und einer selbstverständlichen Überzeugung ihren Pflichten nachging.

Ihre ganze Liebe gehörte zwar dem Führer, sie hatte sich aber trotzdem mit nicht einmal 19 Jahren in den strammen und verwegen linientreuen Polizisten Ludwig Haselbacher verliebt. Es war nicht nur dieses gemeinsame Weltbild gewesen, das die beiden verband, sondern die beinahe sakrale Besessenheit, die sie für Liebe hielten, zumindest auf Seiten Haselbachers.

Wenn sie über das zu erwartende rassenreine Dritte Reich sprachen, so bemühte sich der junge Haselbacher stets, ihre Begeisterung noch zu übertreffen. Dieser Ehrgeiz war es, der ihn seinen Dienst vorbildlich, ja vorausschauend, und nicht selten übereifrig versehen ließ.

Die beiden heirateten und sie blieb sein Ein und Alles, wie man sagt. So gern wäre er zur GESTAPO gegangen, um ihr zu zeigen, dass er ›jemand‹ war, dass es ehrenvoll war, seine Frau zu sein. Aber offenbar war er für die geheime Staatspolizei nicht geheim genug.

Nach 1945, als sich der Endsieg als Schimäre erwiesen hatte und sich niemand mehr herrenmenschliche *Spompanadeln*[22] leisten konnte, wohnten die Eheleute Haselbacher nach wie vor in einer auf einen anonymen Hinweis seiner-

[21] Bund deutscher Mädchen - Mädchenorganisation des Naziregimes

[22] Alt-Wienerisch: Untriebe, Schikanen, Faxen

seits hin arisierten, großbürgerlichen, von alliierten Bomben verschont gebliebenen Wohnung, und es gelang ihnen, auf die eine oder andere Art glücklich zu sein. Beide hatten so oft beteuert, sie wären niemals Nazis gewesen, dass sie es allmählich selbst zu glauben begannen. Ein Verdrängungskunststück, das damals Tausende mühelos zuwege gebracht hatten.

Die Nachricht von ihrem unerwarteten, plötzlichen Tod vor drei Jahren, verschuldet durch die revanchistische Haltung eines, wie er vermutete, jüdischen Arztes, warf ihn erneut aus der Bahn. Seine Seelenlandschaft war spätestens von da an eine finstere. Erhellt wurde sie einzig von dem Licht, das gelegentlich aufleuchtete, wenn er an seine verstorbene Frau dachte.

Haselbacher hustete und dämpfte die Zigarette aus, die so weit herabgeraucht war, dass sich die Kuppen von Zeige- und Mittelfinger zu entzünden drohten.

• • •

The times they are a changing, flutete aus den hohen Lautsprechern über der Tanzfläche und selbst die erstklassige Tonanlage in der *Camera Obscura* – neben dem *Voom Voom* die andere In-Disco Wiens, denn im *Vanilla* tanzte man ja nicht – schaffte es nicht, die blecherne Gießkannenstimme Bob Dylans zu entzerren.

Hier, in der *Camera*, legte ein Discjockey auf, der sich »Lipperl« nannte, und der es zu einer Art Kultstatus gebracht hatte. Wer den Lipperl kannte oder wem der Lipperl gar einen Musikwunsch erfüllte, der galt etwas in der Szene. Die Mädels himmelten ihn ganz offen an, obwohl er, wie die eifersüchtigen Burschen sagten, klein und *schirch*[23] war.

Edna und Suskia bewegten sich frivol auf der Tanzfläche, während Walter und Jack mit Vitus Veitschegger an einem Tisch in gnädiger Ferne von den pulsierenden Boxen saßen. Dylan hatte ausgekrächzt und Lipperl entschied sich für die *Doors* und »L. A. Woman«.

Walter hielt Vitus mit beiden Händen an der Schulter und schüttelte ihn kräftig durch.

»Du hast diesem Kommissar gesagt, wer wir sind?«, fragte er. »Und dass der Hofer gar nicht der Hofer ist? Das ist nicht leiwand, hörst? Überhaupt nicht leiwand!«

»Was hätte ich denn tun sollen? Die haben mich ... irgendwie ... zur Sau gemacht.«

Vitus wand sich aus Walters Griff und erzählte, wie er vor Haselbachers Schreibtisch mit hochgezogenen Schultern und gesenktem Blick gestanden war und Rayonsinspektor Anton Altendorfer ihm ins Ohr geflüstert hatte, man könne ihm vielleicht nicht viel nützen, aber erheblich schaden. Bezirksinspektor Franz Faustenhammer, der nebenher in der Polizeisportvereinigung als Trainer für Selbstverteidigung tätig war, hatte mit seiner suppentellergroßen Hand Vitus' Kopf wie einen Handball genommen und in Richtung Haselbacher gedreht, sodass er

[23] Wienerisch: hässlich

ihn anschauen musste. Dieser hatte sich vorgebeugt und gemeint, er habe Mittel und vor allem Methoden, der Wahrheit auf die Sprünge zu helfen. Das hätte er gelernt, seinerzeit.

»Ich habe nur gesagt, dass ich den Walter kenne, von euch anderen wissen die nichts«, versuchte Vitus, sich herauszureden.

»Was glaubst du, wie schnell, bis die uns im *G'nack*[24] sitzen werden?«, fragte Jack.

Suskia wisperte bedeutungsvoll. »Das ist ein Krieg da draußen, verstehst?«

Wie um ihre Worte zu unterstreichen, sang Jim Morrison:

Motel money murder madness
Let's change the mood from glad to sadness

»Wir werden ihn halt nicht mehr treffen oder ihn gar wohin mitnehmen«, sagte Edna bestimmt.

»Pass auf.« Walter schaute ihn an.

»Wenn du unser Freund bleiben willst, dann sagst du uns, was die vorhaben, ob uns die verhaften wollen, ob's uns beobachten und solche Sachen. Und zwar sofort! Auch wenn du nur einen Verdacht hast, verstehst?«

Vitus stimmte fast allem zu. »Die müssen aber schon den Eindruck haben, dass ich auf ihrer Seite bin, sonst kann ich euch gar nichts stecken«, schränkte er ein.

[24] Wienerisch: Genick

»Na schön«, sagte Jack versöhnlich, »vielleicht wird ja doch ein anständiger Mensch aus dir.«

»Nicht wir sind deine Informanten, sondern du bist unser Informant«, sagte Edna suggestiv.

»Einer von uns!«, bekräftigte Walter.

If they say I never loved you, sang Jim Morrison, *you know they are a liar*, und in Vitus' Herz begann der Kampf zu toben, den der Mensch seit Anbeginn der Zeit mit sich austrägt:

Der Kampf zwischen Pflicht und Neigung.

• • •

Im Innenministerium, in der Herrengasse im 1. Wiener Gemeindebezirk, war alles ruhig. Nichts war von der ansonsten üblichen Nervosität und den hastig einberufenen Besprechungen, die Tücken des Protokolls betreffend, zu bemerken, wenn ein hoher diplomatischer Gast zu Besuch kam.

Für heute Vormittag hatte sich »nur« der Botschafter der »Sozialistischen Föderativen Republik Jugoslawien« (SFRJ) angesagt; da war man entspannt, obwohl man dazu neigte, dem kommunistischen Gast vorzuführen, wie souverän in der freien Welt solch bilaterales Vorkommnis gehandhabt wurde. Darum waren Imbiss und Getränke, die für das Gespräch zwischen dem Minister und dem Botschafter vorbereitet wurden, vom Feinsten. Jourgebäck vom *Demel*[25] mit

[25] Legendäre(s) Wiener Konditorei und Kaffeehaus

Beinschinken, Lachs, spezieller Wiener Salami und vorzüglichem Käse, ausgesuchte Patisserien, Sekt und wientypischer Kaffee.

Gegen Ende der 1960er Jahre wurde die abwehrende Haltung Österreichs gegenüber kommunistischen Ländern zwar abgeschwächt, aber man zeigte doch gern, was man hatte, um zu suggerieren, dass bei uns dieser Wohlstand jederzeit und für alle da war.

Der Herr Botschafter war naturgemäß nicht allein gekommen. Von den drei Herren in den dunklen Anzügen, die seinem Aussteigen vor dem Innenministerium mit unbeweglichen Mienen assistierten und keinen Blick auf die uniformierten Wiener Beamten verschwendeten, war einer mit dem Herrn Botschafter, selbstverständlich in entsprechendem Abstand, mitgekommen.

Der mittelgroße, zur Rundlichkeit neigende Mann mit dem Stiernacken und Augen, bei denen es schien, als würde nie ein Lidschlag ihre Wachsamkeit auch nur für eine Sekunde unterbrechen, stand, die Hände vor seinem Sakko gekreuzt, schweigend und ohne jede Mimik seitlich hinter dem Diplomaten. Der Herr Botschafter setzte sich, heftig ausatmend, dem Herrn Minister gegenüber und wies mit dem Kopf auf seinen Leibwächter. »Das Dragan. Gospodin Dragan Zaradicz.«

Dann griff er auch schon auf die einladend arrangierten Leckereien zu, was der Herr Innenminister mit einem dünnen Lächeln kommentierte. Nach anfänglichem Einleitungsgeplänkel ließ die Süffisanz des

Herrn Ministers nach, als er hörte, was der Botschafter zu sagen hatte. Dieser sprach, wenn auch mit eckigem Akzent, so doch in recht gutem Deutsch und in einem Tonfall, der keinen Widerspruch zuließ. »Herr Innenminister, wie Sie wissen, ist ein weiterer Staatsbesuch von unserem Ministerpräsidenten General Josip Broz Tito geplant gewesen ...«

»Wieso *gewesen*, Herr Botschafter? Es steht doch fest, dass der Herr Ministerpräsident einen neuerlichen Staatsbesuch in Wien absolvieren möchte?«

»Herr Minister, aus verlässlichen Quellen mussten wir erfahren, dass mit großer Wahrscheinlichkeit ein versuchtes Attentat auf den Herrn Ministerpräsidenten zu ... äh ... erwarten ist.«

Der Minister legte das Lachssemmerl, das er gerade zum Mund führte, weg und zeigte sich ehrlich überrascht. »Aber Herr Botschafter, unserem Nachrichtendienst ist nichts von solchen Absichten bekannt!«

»Unseren Nachrichtendiensten eben schon, Herr Minister. Und da wir ängstigen, dass Ihre Polizei ... wie sagt man deutsch ... unvermögend ist, die notwendigen Sicherheitsstandards ... äh ... gewährzuleisten ...«

»... zu gewährleisten?«, sprang der Minister ein.

»... genau, sind wir gezwungen, diesen Staatsbesuch zu absagen.«

»Aber Herr Botschafter! Beim letzten Besuch Ihres verehrten Ministerpräsidenten 1967 sind doch alle Schutzmaßnahmen und Auflagen erfüllt worden!«

»1967, *da*[26], 1971, *ne*[27]«, antwortete der jugoslawische Botschafter lakonisch, »der KGB ist tätig, einen Anschlag auf General Josip Broz Tito zu vorbereiten. Sie wissen, dass zwischen der SFRJ und der UDSSR Spannung ist. Der ›eigene Weg‹ von Sozialismus ist dem Kreml … wie sagt man … Dorn im Auge.«

»Herr Botschafter, ich kann Ihnen garantieren, dass …«

»*Molim*[28]«, sagte der Botschafter ein wenig undeutlich, versuchte er doch, einen der kleinen Punschkrapfen als Ganzes zu essen. »Nichts gratinieren … äh … garantieren, Herr Minister. Möglich, wir können den Besuch verschieben bis …«

»Aber Herr Botschafter, unterstellen Sie Österreich im Allgemeinen und Wien im Besonderen, nicht in der Lage zu sein, die für einen Staatsbesuch notwendigen Sicherheitsvorkehrungen treffen und in der Folge auch durchführen zu können?«

Der Botschafter hatte den Punschkrapfen in sich aufgenommen, griff zu einer Tasse Kaffee und nahm schlürfend einen Schluck. »Herr Minister, bitte vielmals, ich stelle nichts unter. Aber ich verlasse mich auf die Berichte aus Belgrad.«

Der Botschafter wandte sich kurz zu Dragan Zaradicz und man hätte meinen können, dass dieser, ohne mit einem Gesichtsmuskel zu zucken, abschätzig schmunzelte.

[26] Ja

[27] Nein

[28] Bitte

»Unsere Polizei ist nicht schlecht, Herr Botschafter!«, beharrte der Minister.

»Schlecht nicht«, antwortete der Botschafter, »aber *nije dobro.*«[29]

• • •

Walter und Jack kamen gerade aus dem *Hawelka,* als aus dem nebenan befindlichen, gutbürgerlichen Wiener Gasthaus *Reiterer* zwei Männer auf die Straße traten. Der feiste, grobschlächtige Oberkörper des einen steckte in einer derben Jeansjacke mit runenähnlichen Symbolen, der andere, etwas kleiner und gedrungen, in einem senfgelben *Caban*[30]. Zwei weitere Burschen mit ähnlich dekorierten Jeansjacken blieben in der offenen Wirtshaustür stehen.

»Poldi, hack' ihn um, den Tschuschen!«, rief einer, und der andere:

»Fest in die Gosch'n, Poldi, scheiß dir nix!« Der Grobschlächtige, den seine Freunde Poldi nannten, ging auf den als Tschuschen Titulierten zu. »Jetzt pass auf, *Cevapcici*!«, sagte er und wollte ihn vor die Brust stoßen, sein Gegenüber aber trat blitzschnell einen Schritt zur Seite und der Stoß ging ins Leere. Der Runenmann machte einen weiteren Schritt auf den Senfgelben zu, um ihm die rechte Faust an den Kopf zu schlagen, doch der Angegriffene knickte nach links weg, sodass der Schlag erneut vor-

[29] Nicht gut

[30] Kurzer Mantel

beiging, verlagerte sein Gewicht auf das vordere Bein und schlug ansatzlos und explosiv aus der Hüfte in die Bauchgegend seines Gegners.

Poldi wollte wieder zuschlagen, hielt aber in der Bewegung inne, klappte zusammen und ging gespenstisch langsam und lautlos zu Boden – die fatalen Folgen eines trockenen Leberhakens.

Die beiden anderen Burschen schickten sich an, aus der Wirtshaustür hervorzutreten, doch weit kamen sie nicht. Dem ersten schlug der Unbekannte im gelben Mantel kurz mit dem Handballen aufs Ohr, worauf dieser fast zwei Meter seitwärts taumelte. Sein Freund wich möglichst unauffällig in die Gaststube zurück.

Mittlerweile näherten sich ohne Eile zwei von der Kellnerin herbeigerufene Polizisten, sahen einen Mann am Boden liegen und einen zweiten wimmernd die Hand auf das linke Ohr halten. Ein Wachmann half dem am Boden liegenden Poldi auf, trat dann zu seinem Freund und fragte ihn, ob er in Ordnung sei. Er musste seine Frage mit erhobener Stimme wiederholen, da dieser nicht zu hören schien. Der andere Polizist blickte sich um, sah aber nur mehr einen Mann in einer gelben Jacke, der in vollem Lauf in eine der engen Innenstadtgassen abbog. Der Mann verschwand darauf in einem Haustor, zog seinen auffällig senfgelben Caban aus, wendete dessen Inneres nach außen, schlüpfte wieder hinein und trat nunmehr mit einem taubengrauen Kurzmantel unaufgeregt auf die Straße.

Walter und Jack, die aus bester Lage die ganze Szene beobachtet hatten, standen verkrampft vor dem *Hawelka*, hatten sie in dem Geflüchteten doch denjenigen wiedererkannt, der vor ein paar Tagen im Hinterhof, in dem sich Hofers Lager befand, dem weißhaarigen Mann den Ellbogen ins Gesicht gedroschen hatte.

»*Potz!*«[31], sagte Jack, als er sich aus seiner Erstarrung löste, »Habe d'Ehre!«

»Kein Bemmerl«, bekräftigte Walter, »dem Faschisten hat das aber auch gehört. Das ist die einzige Sprache, die so einer versteht.«

»Das nächste Mal gehen wir untertags in die Speckbachergasse, da dürfte der Typ Außendienst haben«, sagte Jack.

»Du willst noch einmal hingehen?«

»Es geht um einen Haufen Geld, bitte«, antwortete Jack. »Oder willst du, dass es sich der Theo holt?«

»Der weiß doch gar nicht, wo er suchen soll.«

»Noch nicht«, murmelte Jack. »Darum sollten wir bald hingehen.«

»Wenn wir dem Gelben in die Hände fallen ... no, das wär' leiwand!«

• • •

»Faustenhammer, sind Sie vom bösen Schwein benagt?«, fragte Kommissar Haselbacher ein paar Tage später,

[31] Jiddisch: No bumm!

als sich der Bezirksinspektor anschickte, vor dem Haus Speckbachergasse 20 einzuparken. »Da hätten wir gleich mit *Tatütata* vorfahren können. Fahren'S unauffällig vorbei und parken'S irgendwo ums Eck.«

Faustenhammer parkte wie befohlen in einer Seitengasse, und die Herren Beamten, Kommissar Ludwig Haselbacher, Bezirksinspektor Franz Faustenhammer, Rayonsinspektor Anton Altendorfer, dessen Koteletten sich langsam zu einem Backenbart auszuwachsen begannen, und der junge provisorische Wachmann Vitus Veitschegger stiegen aus, um demnächst amtszuhandeln. Haselbacher hatte angeordnet, Vitus mitzunehmen, damit er einmal sieht, »was Polizei sein heißt«.

»Alles, was euch spanisch vorkommt, gebts ihr in die Sackerln, die ihr hoffentlich mitgenommen habts«, gab Haselbacher letzte Anweisungen. »Und nicht reagieren, wenn euch während der Hausdurchsuchung wer anredet oder so. Hast' gehört, Veitschegger? Einfach ruhig weitermachen!«

• • •

»Sch...«, entfuhr es Edna, als der VW Variant mit der Aufschrift POLIZEI sich unmittelbar vor dem Haus Speckbachergasse 20 einzuparken schien.

»Sag's ruhig«, ermutigte sie Suskia. »Scheiße!«

Als der Wagen dann aber doch weiterfuhr und in die nächste Gasse einbog, seufzte Edna erleichtert. »Schlamassel wollt' ich eigentlich sagen.«

»Du und deine jiddischen Sager.« Suskia grinste.

Die beiden jungen Frauen standen, wie vor knapp zwei Wochen, vor dem Wohnhaus Schmiere, denn Walter und Jack waren wieder in der Hinterhofbaracke, um nach dem ominösen 10.000er-Piece zu suchen. Nicht genug, dass alle vier das Geld aus dem sicher nicht unbeträchtlichen Verkaufserlös haben wollten, sie *brauchten* es, wenn auch aus gegenläufigen Gründen.

Walter und Edna brauchten es, weil Jack schon einige Male wie von ungefähr gesagt hatte, dass Suskia zu ihm ziehen werde und Walter dazuschauen möge, das Wasser in seine Bassena-Wohnung einzuleiten und die Sitzbadewanne, vermutlich der Wunsch von Edna, installieren zu lassen.

Jack und vor allem Suskia wollten das Geschäft machen, weil Suskia immer wieder den Wunsch äußerte, nach Indien zu reisen, um dort als Blumenkind unter Blumenkindern zu leben, namentlich im Ashram »Rishikesh« des Maharishi Mahesh Yogi. Sie gedachte, dort transzendent zu meditieren, umso mehr, da der Guru mitten im Dschungel luxuriöse Bungalows mit Badewannen hatte bauen lassen, als 1968 die *Beatles* selbst bei ihm die Erleuchtung gesucht hatten.

»In Indien«, hatte Suskia einmal gesagt, während sie mit Jack den *Spliff*[32] danach rauchte, »in Indien sind wir mit unserem Anteil aus dem Verkauf wahrscheinlich die Reichsten in der Kolonie.«

Jack hatte verträumt dem herbsüßen Rauch nachgeblickt, gedankenverloren an sich herumgespielt und Sus-

[32] Kurzer, dünner Joint, auch: Einblatt

kias Hand genommen, um seinen nächsten Satz haptisch zu untermauern. »Und das Kapital wächst, wie du siehst.«

»Dann müssen wir es sofort investieren«, hatte sie gehaucht.

• • •

Als die beiden Mädels die drei Herren in Uniform um die Ecke biegen sahen, wie sie entschlossen auf das 20er-Haus zugingen, wurden sie in die Gegenwart zurückgerissen. Kaum hatte Edna die Sprache wiedergefunden, sagte sie dann doch und mit Überzeugung: »Scheiße.«

Nach kurzer Katatonie riss Suskia das Haustor ein Stück weit auf. »Achtung! Polizei«, rief sie verhalten.

Als sie sich wieder der Straße zuwandte, schaute Suskia Vitus Veitschegger an, dessen Blick flehte: Nicht grüßen oder was, bitte!

»Was schauen denn die zwei *Mentscher*[33] so blöd?«

Faustenhammer kaute mit seinem Unterkiefer auf seinem Walross-Schnurrbart herum, machte das Haustor auf und sagte, ohne Edna und Suskia richtig anzuschauen: »Lungert da nicht herum. Schleichts euch!«

»Seit wann ist es verboten, dass man herumlungert?«, maulte Edna zurück. Sie sagte »herumlungert« so, dass es ein Synonym für »Trottel« hätte sein können.

»Sind'S ruhig«, keifte Haselbacher, »sind'S ruhig, sonst gehen'S mit!«

[33] Alt-Wienerisch für Mädchen

Faustenhammer öffnete das Haustor.

• • •

Das nachmittägliche Sonnenlicht schien durch die Spalten zwischen den schmutzig grauen Brettern, aus denen der Verschlag zusammengenagelt war, und wirkte wie ein hauchfeiner Gazeschleier, in dem aufgewirbelter Staub tanzte.

Das einzige Mobiliar waren zwei alte Küchenkredenzen, die, einstmals weiß, in nahezu farblosem, feuchtem Braun kreuzbrav nebeneinanderstanden. Die ehemaligen Arbeitsflächen waren mit einem über die ursprünglichen Ränder hinausragenden Brett verbunden. Davor stand verzweifelt ein wackeliger Küchensessel.

Walter hatte einen rostigen Nagelzieher aus der Werkzeuglade seiner Mutter mitgenommen. Sein Vater hatte zu Lebzeiten »im Haus« alles selbst gemacht, er war wie fast alle Männer der Kriegsgeneration ein Hobbybastler gewesen. Mit diesem Nagelzieher war es ganz einfach, Schloss und Riegel, die mittels eines Splints in der Holztür steckten, herauszuziehen.

Zwischen Walter und seinem Vater hatte ein Vater-Sohn-Konflikt geherrscht, seit sich herausgestellt hatte, dass Walter für Latein, Mathematik, Physik, Chemie, eigentlich für gar keinen Gegenstand irgendetwas übrighatte, und sein Vater während eines Elternsprechtags erfahren musste, dass er ein »diffiziler« Schüler sei, ins Kritische ausgewachsen. Das Einzige, das Walter in der Schule positiv erlebt hatte, war, dass er in der vierten Klasse Jakob »Jack« Goldmann aus der Parallelklasse kennenlernte, der, wie er selbst Musiker, unbedingt Dichter werden wollte, als Schüler aber unauffällig geblieben war.

Der Vater sperrte Walter die Gitarre weg, strich ihm das Taschengeld, ja verhielt sich grundsätzlich aggressiv gegen ihn. Seine Mutter versuchte wie alle Mütter in solchen Situationen zu vermitteln, einzulenken, gegenseitiges Verständnis zu erreichen, allein die Positionen waren zu festgefahren. Walter wollte Gitarre spielen, Lieder schreiben, singen wie Bob Dylan und die Schule bleiben lassen, sein Vater wollte gerade das Gegenteil.

Erst als der Vater dann in den besten Jahren, wie man sagt, irgendeinen Krebs im Gallengang bekommen hatte, seine Haut dadurch immer gelber wurde und die Ärzte seiner Mutter mitteilten, dass nichts mehr zu machen sei, da änderte sich alles.

Die Mutter hatte darauf bestanden, dass dem »Papa« die Wahrheit nicht zumutbar sei, und in Tateinheit mit den Ärzten und Schwestern im Spital versicherte sie dem Todkranken, es handle sich um eine Gelbsucht und er brauche nur Geduld, bis wieder alles in Ordnung käme.

Durch diese Lüge, das ständige »zuversichtlich in die Zukunft blicken« und »ja kein böses Wort sagen«, wenn sie den Vater im Krankenhaus besuchten, entwickelte sich in dessen letzten beiden Lebensmonaten so etwas wie Zuneigung und Gemeinsamkeit zwischen Vater und Sohn.

Eine Erinnerung an seinen Vater zerriss Walter jedes Mal das Herz, wenn er daran dachte: Ein weiterer Routinebesuch bei dem mittlerweile von Cortison aufgeschwemmten Vater ging zu Ende. Walter und seine Mutter verließen das ebenerdige Krankenzimmer und schauten wie gewohnt von draußen noch einmal hinein. Sein Vater, dessen Bett unmittelbar neben dem Fenster stand, hatte sich aufgerichtet und blickte, so zumindest schien es ihm, Walter mit einem traurigen Lächeln direkt in die Augen, hob den Arm und winkte ihm zu.

Tags darauf war er tot.

Trotz des einfallenden Sonnenlichts konnten Walter und Jack nur allmählich Einzelheiten erkennen. Als sich ihre Augen an das im Inneren des Schuppens herrschende Halbdunkel gewöhnt hatten und sie mit der Suche nach dem 10.000er-Piece beginnen wollten, hörten sie, wie eines der Mädels »Achtung! Polizei!« rief. Sie drückten sich an die Wand und ihre Körper sperrten das feingesponnene Sonnenlicht großflächig aus.

Aber nicht nur Walter und Jack hörten den gepressten Warnruf: »Achtung! Polizei!«, denn unmittelbar danach flog die Tür zu der Bretterbude auf. Einen kurzen Moment flutete das Licht dieses Spätsommertages den Verschlag, dann schloss sich die Tür hinter dem bulligen, gedrungenen Mann, der die beiden Burschen mit stummem Erstaunen ansah.

Er trug einen taubengrauen Kurzmantel, hielt einen Finger an die Lippen und atmete kaum. Walter und Jack starrten ihn oder vielmehr seine Jacke an, die bei der hastigen Geste einen Teil des senfgelben Innenlebens offenbart hatte.

Walter erkannte unter den Stimmen, die von außen hereindrangen, diejenige Haselbachers. »Also, wie besprochen: nichts reden, gründlich und rücksichtslos alles durchsuchen.«

»*Oh, moj Bože! Policija, sranje!*«[34], entfuhr es Milana Potočnić, als sie ihre Wohnungstür öffnete und zum zweiten Mal die Herren von der Polizei vor ihr standen.

Bezirksinspektor Faustenhammer hielt der Hausmeisterin den genehmigten Durchsuchungsbefehl unter die Nase. »Wir schau'n uns nur ein bisserl um«, schnauzte er. Dann betrat er mit den beiden anderen, die Frau unwirsch beiseiteschiebend, das Vorzimmer.

»Sie woren jo schon do lätzte Woche«, sagte Frau Potočnić.

»Ja. Aber heut' bleiben wir ein bisserl länger«, antwortete Haselbacher. Dann sah er die Hausmeisterin an. »Was haben'S denn mit Ihrem Gesicht g'macht?«

Sie strich mit einer Hand über einen Bluterguss auf ihrer linken Wange. »Ich? Goa nix.«

Kaum war das Schließen der Wohnungstür zu vernehmen, rannte der Untersetzte, nicht ohne einen entsprechenden Blick auf Walter und Jack zu werfen, aus der Schaluppe hinaus, überquerte den Hof und schloss hinter sich vorsichtig das Haustor.

[34] Oh mein Gott! Polizei, Scheiße.

Draußen rempelte er die beiden Mädels an, knirschte »*S'puta!*«,[35] und verschwand um die nächste Ecke in der Degengasse.

• • •

Als Anton Altendorfer das Schlafzimmer betrat, vermutete er einen halbseitig gelähmten Mann vorzufinden, jedoch war die nur notdürftig an ein Pflegebett erinnernde Liegestatt leer.

»Herr Kommissar«, rief er, »schaun'S einmal!«

Haselbacher, der gerade mit spitzen Fingern in einer Wäschelade etwas zu finden suchte, blickte auf. »Was gibt's?«

Altendorfer führte ihn zu dem leeren Bett. »Frau Potočnić«, rief er, »wo ist denn Ihr Gatte, der Schlaganfallpatient, der Gelähmte? Ausgeflogen?«

»Mann in Spital«, sagte Frau Potočnić ein wenig kleinlaut, »hat aufamol keine Luft gekriegt. Rettung *tra-ra, tra-ra* und bringt Mann in Spital …«

Franz Faustenhammer drängte ins Zimmer. »Aha, in was für ein Spital denn?«

Frau Potočnić hatte sich wieder einigermaßen gefasst. »Nix waas da. Haben geholt und fertig.«

»No, das werden wir ja bald wissen«, antwortete Haselbacher. »Und wenn in den Aufzeichnungen der Rettung kein … wie heißt der malade Gemahl?«

[35] Aus dem Weg

»Savo.«

»Potočnić?«

»No was sunst?«, versetzte Frau Potočnić.

»Also«, Haselbacher baute sich vor der Hausmeisterin auf, »wenn in den Aufzeichnungen der Rettung kein Savo Potočnić aufscheint, dann schicken wir Sie zurück nach Jugoland.«

Inzwischen kramte Vitus Veitschegger draußen in der Küche desinteressiert in Schubladen herum und fand einen, wie man im Waldviertel sagte, »Wiegehobel«, mit dem man Gemüse, Wurst und Teig in kleine Würfel schneiden konnte. Man legte beispielsweise zwei Paradeiserhälften auf ein Brett, nahm den Wiegehobel an seinem Plastikgriff und stanzte, mit entsprechendem Druck und wiegenden Bewegungen, mit den scharfen, in neun kleine Quadrate angeordneten Messern aus den Paradeiserhälften jeweils neun Würfel.

Veitschegger erinnerte sich an das Foto des toten Hofer, der wahrscheinlich gar nicht der Hofer war, und an dessen zerschnittenes Gesicht. Er steckte den Wiegehobel sicherheitshalber ein.

• • •

Walter und Jack lösten sich allmählich aus ihrer Verkrampfung.

»Komm«, zischte Walter und zog Jack am Ärmel, »lass uns verschwinden.«

Doch Jack bewegte sich nicht vom Fleck. »Nix, lass uns suchen!«

»Ja, das Weite,« drängte Walter und zog Jack abermals am Ärmel, »daneben ist die Kieberei.«

»Und wenn schon«, flüsterte Jack. »Jetzt sind wir schon da und der gelbe Preisboxer ist fort.«

Sie begannen, sich so geräuschlos wie möglich in der altersschwachen Hütte umzuschauen, öffneten, gewissermaßen in einer Parallelaktion zu jener in der Hausmeisterwohnung, die Laden und Türen der beiden Kredenzen, bis auf eine, die versperrt war, stöberten in den Regalen voller Lurch, fanden zunächst nichts, da zog Walter Jack wiederum am Hemdärmel und hielt ihm schweigend eine staubige Pistole unter die Nase.

»Bist du deppert!«, entfuhr es Jack. »Eine Krach'n!«

»Schscht,« machte Walter, stülpte sein T-Shirt über den Hosenbund, steckte sich die Waffe hinten in die Hose und zog seinen Gürtel enger.

»Wo kann denn der Shit nur sein« sagte Jack enttäuscht. »Die eine Kredenztür ist zugesperrt, wenn ich die aufbrech', macht das sicher einen Lärm ...«

Jacks Blick fiel auf das Blechschild an der Ziegelwand gegenüber den beiden Kredenzen, das auf eine Art Mauervorsprung genagelt war und Hofer wahrscheinlich irgendwann aus einem Altbauhaus hatte mitgehen lassen. Auf dem Schild stand in schwarzen Lettern auf schmutzig weißem Grund *4. STOCK*. Darum hieß der halbverwitterte Holzverschlag ja »vierter Stock«.

»Gib mir den Nagelzieher«, sagte Jack und zog dann mit geringer Anstrengung die nachlässig fixierten Schrauben aus der bröseligen Wand. Als das Schild nur mehr an der Schraube links unten hing, pendelte es auf die Seite, und aus einem Hohlraum dahinter purzelten sieben in Stanniol verpackte, schulheftgroße Tafeln Haschisch auf den Boden. Jack fand noch zwei Weitere in dem Versteck.

Als Walter einen letzten Blick in die Maueröffnung warf, fand er eine handtellergroße Blechdose, in der es schepperte. Er öffnete sie. Es entfuhr ihm ein geflüstertes »Pfo!«. Schätzungsweise gut über fünfzig linsenförmige, orange Pillen lagen darin. »Das sind alles Trips! *Yellow Sunshine*, ich krieg' einen *gojischen*[36] Kopf!«

Da hörten sie, wie die Tür zur Hausmeisterwohnung geöffnet wurde, und die Stimmen der Polizisten drangen über den Hof. Sie schoben die neun Haschischtafeln in den schmalen Zwischenraum, der sich zwischen Boden und Unterkante einer der beiden Kredenzen auftat. Die andere Kredenz hatte keine Beine mehr, darum stand die Küchenmöbelkonstruktion so unglücklich da. Walter drückte mit dem Nagelzieher eine der Schrauben in die rechte obere Ecke des Schildes, sodass es wieder waagrecht hing und den Hohlraum dahinter verbarg.

Keine Sekunde zu früh, denn aus dem Stimmengewirr der Polizisten hörten sie Haselbacher unmittelbar vor der Holztür sagen: »Los, Männer, schauen wir da auch rein!«

[36] Jiddisch: Ich fasse es nicht

Bezirksinspektor Franz Faustenhammer öffnete die Holztür mit mehr Kraft als notwendig, und Tageslicht flutete den Verschlag. Sowohl Walter und Jack als auch die vier Polizisten standen da wie vom Donner gerührt.

Kommissar Haselbacher war der Erste, der sich fing. Sein Blick fiel auf Walter. »Aha, der Herr Horvath. Was genau machen Sie da? Und wer ist der andere Gruftspion?«

Walter schwieg, nicht aus taktischer Überlegung, sondern weil es ihm die Rede verschlagen hatte. An seiner Stelle antwortete Jack, so als hätte man einen Knopf gedrückt. »Jakob Goldmann.«

»Ah, Sie sind dieser jüdische Komplize von dem sauberen Herrn, oder?«, feixte Haselbacher mit hörbarer Geringschätzung und sagte aufmunternd zu seinen drei Kollegen: »Schaut einmal, was es da zu finden gibt. Schaut mir ganz nach einem Drogenversteck aus.«

Die Blicke, die hektisch zwischen Walter, Jack und Vitus gewechselt wurden, fielen gottseidank niemandem auf.

Als sich Faustenhammer und Altendorfer routinemäßig in der Schaluppe umzuschauen begannen, hatte Walter den Eindruck, die Pistole in seinem Gürtel beginne zu glühen.

Nur nichts anmerken lassen, dachte er, nur nicht nach hinten greifen, nur keinen Blick auf den Spalt zwischen Kredenzunterkante und Fußboden werfen, ganz cool bleiben … Er schaute aber dennoch dorthin und bemerkte erschaudernd, dass eine Ecke Stanniol zu sehen war und in einem Sonnenstrahl geradezu aufblitzte.

»Wir wollten nur das Schild, auf dem *4. Stock* steht, abmontieren«, sagte Jack, so harmlos es ihm möglich war. »Ich … äh … wollte es in meiner Wohnung aufhängen.«

»So, so.« Haselbacher nickte und schlug sich mit der flachen Hand gegen die Stirn. »Ah, da kommt das her, was? Das mit dem vierten Stock.« Er wandte sich an seine Kollegen. »Verstehts ihr? Deswegen hat diese Hausmeisterin immer was vom *vierten Stock* gefaselt!«

»Herr Kommissar«, meldete sich Altendorfer und rüttelte an der versperrten Kredenztür.

»Was ist denn da drin?«, fragte Haselbacher tückisch. »Was haben die Herren denn da eingesperrt?«

Walter und Jack zuckten zunächst erleichtert die Achseln, wobei Walters Erleichterung in nächster Sekunde schockartiger Panik Platz machte.

»Und? Wo ist der Schlüssel, ihr zwei Komiker?«, fragte der Kommissar. »Altendorfer, durchsuchen'S die beiden Früchtchen.«

Jack drehte geistesgegenwärtig seine Hosentaschen um, bemühte sich, nicht zu stottern, und stotterte dennoch.

»Bi… bitte, wir haben keinen Schlüssel«, brachte er heraus, während Walter seine ganze Kraft brauchte, gelassen zu wirken.

»Aufbrechen!«, befahl Haselbacher. Faustenhammer blickte suchend um sich, entdeckte den Nagelzieher und schlug mit zwei kräftigen Hieben auf die morsche Kredenztür ein, die seufzend nachgab.

»Was haben wir denn da?«, fragte Faustenhammer, und Altendorfer machte einen Schritt vor, griff in das Kastel und nahm, assistiert von Vitus, ein vorsintflutliches Funkgerät samt Zubehör plus einen vergilbten Zettel heraus, auf dem in kyrillischen Schriftzeichen Unentzifferbares geschrieben stand. Die Herren der Exekutive standen ein paar Sekunden ratlos da, bis Haselbacher, gewissermaßen der Form halber, brummte: »Was brauchen die denn ein Funkgerät?«

Als niemand die Frage beantwortete, herrschte Haselbacher Altendorfer an: »Sicherstellen und mitnehmen!« Dann hatte er eine Idee. »Faustenhammer«, sagte der Kommissar, »gehen'S in die Hausmeisterwohnung zurück und nehmen'S diese Hausmeisterin mit.«

»Wir haben aber keinen Haftbefehl!«, wandte Altendorfer ein.

»Wer hat was von verhaften gesagt? Mitnehmen tun wir sie, das ist alles.«

Als Faustenhammer die sich unkooperativ und widerborstig verhaltende Hausmeisterin vorführte, zeigte Haselbacher ihr das Funkgerät und das Stück Papier mit der rätselhaften Schrift.

»Erstens, Frau Potočnić, zu was brauchen'S denn ein Funkgerät, und zweitens, was steht auf dem Zettel da?«, fuhr sie der Kommissar an.

»Nix waas da von Funkdings. Hat wahrscheinlich gehärt die Hofär und das auf Papierstückl ist Russisch und ich sprichta ka Russisch und das kann net lesen.«

»No, das werden wir am Wachzimmer besprechen, gute Frau«, sagte Haselbacher im Ton des Siegers.

»Und ihr zwei ...« Er wandte sich Walter und Jack zu. »Schleichts euch. Halt! Altendorfer, nehmen'S noch die Personalien von unserem Freund aus dem gelobten Land auf!«

Faustenhammer führte die Hausmeisterin ab und Altendorfer schob Walter und Jack vor sich her.

»Veitschegger«, sagte Haselbacher, »springen'S ins Auto, holen'S ein Polizeisiegel und picken Sie's auf die Holztür da, dass niemand da drin *herumkramanzen*[37] kann.«

Edna und Suskia, die durch den offenen Spalt des Haustors Speckbachergasse 20 ungefähr mitbekamen, was sich im Hof abspielte, gingen, als Walter und Jack, die Polizisten und Frau Potočnić auf die Straße traten, so unbefangen wie irgend möglich Richtung Effingergasse.

Faustenhammer stieß Haselbacher kurz an.

»Schaun'S, Herr Kommissar, die zwei Trutsch'n sind noch immer da.«

[37] Wienerisch für nach etwas suchen, herumwühlen

Teil Zwei

Let There Be More Light

Far, far, far away, way
People heard him say, say
I will find a way, way
There will come a day, day
Something will be done

Pink Floyd, 1968

Restoran Trabicz stand groß auf dem Schild, darunter kleiner, etwas verwittert *Srpski Specijalite* und wieder darunter, kaum lesbar: *S.rbisch. Sp.zialität.n.* Das Lokal machte auf die Wiener, genauer die Ottakringer aus der Umgebung, keinen vertrauenserweckenden Eindruck. Im *Grätzel*[38] sagte man: Da musst du um's Wechselgeld boxen. Es wurde daher so gut wie ausschließlich von jugoslawischen Gastarbeitern, vorwiegend Serben, frequentiert.

Eben vor diesem *Restoran Trabicz* in der Seeböckgasse stand Savo Potočnić und klopfte energisch mit der Faust auf die verschmierte Glastür, durch die man trotz allem ein Schild erkennen konnte, auf dem »Montag, Di.nstag Ruh.tag« stand. Heute war Dienstag. Nach einiger Zeit erkannte Savo die Silhouette einer schlanken, vielleicht 50-jährigen Frau. Sie sperrte die Tür auf, öffnete sie einen spaltbreit und blickte misstrauisch auf Savo.

»Was willst du, du Arschloch?«, fragte sie mit kratziger Stimme auf Serbisch. Savo antwortete, indem er die Tür aufstieß.

»Lass mich rein, du Hexe, die Polizei sucht mich.«

»Du hast ihm beinahe die Nase gebrochen, du Wildsau!«

»Dann soll er mir nicht blödsinnig dreinreden, wenn ich mit Moskau spreche, noch dazu, wo er fast kein Russisch kann!«

»Du bist geisteskrank, Savo«, hörte man eine Stimme aus den Gedärmen des Spezialitätenrestaurants. Ein erschreckend hagerer, großer Mann, gut einen Kopf größer

[38] Teil eines Wiener Wohnviertels

als Savo, kam aus der Küche. Er hatte langes, schlohweißes Haar, rötliche Augen und eine Nase wie ein Habichtschnabel, die von einem robusten Pflaster verklebt war. An seinem Körper schlotterten eine verwaschene schwarze Jeansjacke und eine Hose aus dem gleichen Stoff. Alles in allem erinnerte er an den exzentrischen Bluesgitarristen und Sänger Johnny Winter. Wie er wirklich hieß, wusste wahrscheinlich nicht einmal mehr seine Frau, für alle war er bloß »der Schamane«.

»Tut leid.« Savo warf einen flüchtigen Blick auf die Nase des Schamanen. »Der Partisane ist mit mir durchgegangen.«

»Wie gesagt, du bist geisteskrank. Wie kannst du Moskau garantieren, dass wir den Tito hochgehen lassen? Wer soll denn das machen? Und mit welchem Geld willst du das organisieren?«

»Ich habe einen Plan«, sagte Savo halbherzig, »ich mach' das schon.«

Die Frau des Schamanen lachte bitter.

»Ja, du! Du hast einen Plan, dass ich nicht lache. Der Tito kommt in nicht ganz vier Wochen her, und du stehst da und hast die Polizei am Hals.«

»Du hast doch Geld.« Savo wandte sich an den Schamanen. »Mit deinen dreckigen Rauschgiftgeschäften verdienst du doch ein Vermögen!«

»Red' doch nicht so einen Abfall, Savo«, erwiderte der Schamane, und seine Frau griff sich an den Kopf. »Ich geb' mein Geld sicher nicht her für deine Attentatsfantasien!

Noch dazu, wo du dem Kerl das Genick gebrochen und ihm das Gesicht zerschnitten hast.«

»Was hätte ich machen sollen? Ich geh' in die Hütte im Hof, seh' einen Typen, der sich irgendwie verdächtig umschaut, da hab' ich ihn ...«, erklärte Savo und machte die Geste des Genickbrechens.

»Wie gesagt, du bist geisteskrank, Savo«, bekräftigte der Schamane. »Wieso bist du überhaupt so versessen darauf, den Tito umzubringen? Du bist doch Serbe.«

»Ich bin Serbe, ja. Aber in erster Linie bin ich Kommunist. Und was der Tito bei uns macht, ist kein Kommunismus. Das ist Titoismus! Sich von der Sowjetunion lossagen und Geld vom westlichen Klassenfeind nehmen ist Verrat!«

Savo Potočnić wechselte das Thema und wandte sich der Schamanin zu. »Und du«, er stieß ihr andeutungsweise seinen Zeigefinger vor die Brust, »du mit deinem unchristlichen Nebengeschäft, du hast auch Geld, wenigstens das könntest du in den Dienst der Sache stellen.«

Sie schaute ihn an, als hätte er sich soeben übergeben.

»Vielleicht verzeiht dir die Gottesmutter dann«, fügte Savo hinzu.

»Du schau lieber, dass sie dir verzeiht ... du Mörder.« Sie schüttelte den Kopf, ging Richtung Küche und murmelte: »Ist Kommunist, bringt alle um, aber bemüht die Gottesmutter ... Idiot.«

• • •

Kommissar Haselbacher stand am Gang der Pathologie, wartete auf Dr. Weintritt, den »Leichenschänder«, wie er ihn in dessen Abwesenheit nannte, und rauchte in kurzen, abgehackten Zügen bereits die zweite *Johnny*, denn er wollte weder den hier herrschenden Todeshauch einatmen, noch konnte er den nur schlecht camouflierten Verwesungsgeruch ertragen.

Die Schritte des Pathologen näherten sich, ohne Zielstrebigkeit zu vermitteln. Als Dr. Weintritt am Kommissar vorbeiging, um sein *Geschäft* aufzusperren, warf er einen abschätzigen Blick auf die nur mehr einen Zentimeter lange Zigarette. »Kommen'S rein, Herr Haselberger ...«

»Hasel*bacher*! Können Sie sich das nicht merken?«, grantelte der Kommissar. »Für was haben wir Sie studieren lassen?«

»... drinnen hab' ich einen Aschenbecher.«

Dr. Weintritt setzte sich hinter seinen Schreibtisch, nahm aus einer Lade eine Petrischale heraus, in der keine Kultur angelegt war, sondern nur ein Stück Gewebe lag. Er hielt sie Haselbacher hin und schüttelte sie ein wenig. »Das, Herr Hasel- äh ... -bacher, ist ein Stück von der Blase des noch nicht identifizierten Mordopfers. Sie wissen, wen ich meine?«

»Natürlich, Herr Doktor Wein- äh ... -tritt«, äffte Haselbacher.

»Wir haben da was ganz Interessantes gefunden.«

»Aha?«

»Nämlich eine Substanz, die sich in bestimmten psychoaktiven Pilzen findet. In unserem Fall *Muscimol,* das euphorisierende und halluzinogene Agens des Fliegenpilzes.«

»Fliegenpilz? Sie meinen diese narrischen Schwammerln?«

Dr. Weintritt nickte. »So kann man auch sagen. Die Pilze haben eine jahrhundertealte Tradition, sie wurden und werden zum Beispiel von Medizinmännern indigener Volksstämme eingenommen, vornehmlich aber von Schamanen, vor allem solchen aus slawischen Kulturen, um zum Beispiel den Geistern oder Göttern näher zu sein. Die getrockneten Pilze werden gegessen, und der dabei entstehende Urin wird wiederholt getrunken, da er nach dem Pilzkonsum noch sehr viel *Muscimol* enthält.«

Haselbacher sperrte den Mund auf und es dauerte ein paar Sekunden, bis er das Gesagte begriffen hatte.

»Was? Die trinken ihr … ding … ihr Lulu? Und haben Sie vorhin Kultur gesagt? Slawische Kultur? Vor dreißig Jahren hätt' man Sie eingesperrt dafür. Slawische Kultur, dass ich nicht lach'. Untermenschen hat das g'heißen!«

»Wie die Nazis dazu gesagt haben, ist irrelevant.«

»Ich war nie ein Nazi, bitte!«

»No, freilich.« Dr. Weintritt winkte ab. »Aber die Tatsache, dass wir Reste einer solchen Substanz, nämlich eben das bereits erwähnte *Muscimol,* in der Blase dieses Hofer gefunden haben, könnte ermittlungsrelevant sein.«

»Was ich immer gesagt habe: Rauschgift, da ist Rauschgift im Spiel!«, sagte Haselbacher patzig.

»Ja«, erwiderte Weintritt, »und es kann vor allem auch ein Hinweis auf die Identität des Opfers sein. Dass der vielleicht Hofer heißt, bringt Sie ja nicht weiter. Sie sollten in Kreisen ermitteln, wo es üblich ist, solche Pilze zu konsumieren. Und, Herr …«

»… Haselbacher …«

»… diese Schwammerln wachsen ja nicht auf Bäumen … obwohl es auch Baumschwämme gibt, die …«

»Das ist alles sehr interessant, Herr Doktor, aber Ihre ermittlungstechnischen Ratschläge können Sie sich sparen, ich red' Ihnen in Ihr Metier ja auch nicht rein«, sagte Haselbacher, der sich ärgerte, dass Dr. Weintritt sich unterstand, mit ihm so von oben herab zu reden. Seinerzeit hätte er als Polizist schon gewusst, wie er einen Herrn Doktor, der von slawischer Kultur sprach, in die Schranken weisen konnte.

»Bitte, bitte«, beschwichtigte Weintritt, »ich hab' nur helfen wollen.«

»Danke vielmals, Herr Doktor, ich werd' diese Ihre Informationen in die Ermittlungen einfließen lassen.«

Als Haselbacher das *Geschäft* verlassen hatte, begegnete er auf dem Gang einem Mann, der in einer Art Schutzanzug einen Wagen mit einer beiläufig zugedeckten Leiche vor sich herschob. »Guten Tag«, sagte der Leichenschieber etwas zu laut und etwas zu verbindlich. »Guten Tag«, antwortete Haselbacher ebenso.

Es fiel auf, dass man in der Pathologie niemals grußlos aneinander vorbeiging, als wollte man sicherstellen, dass man selbst und der andere noch am Leben war.

Wie auch immer, der Letzte löschte das Licht.

• • •

Nachdem der Polizei-VW an Jack, Walter, Edna und Suskia vorbeigefahren und in die Wilhelminenstraße eingebogen war, liefen Walter und Jack zurück in den *vierten Stock*, brachen das Polizeisiegel auf, zogen das viele Haschisch und die Dose mit dem LSD unter der Kredenz hervor und liefen wieder über den Hinterhof hinaus, zurück zu den Frauen.

Im zweiten Stock stand ein Fenster offen, das auf den Hof hinausging. Eine Frau mit Lockenwicklern im Haar beugte sich hinaus.

»Ferdl, da rennen schon wieder zwei so langhaarige G'frieser herum«, meldete sie nach hinten.

»Mach's Fenster zu, Lintschi, das geht uns nix an«, sagte, nicht sichtbar, ihr Mann.

• • •

Als Walter und Jack das Haschisch samt dem LSD und dann noch die Pistole auf den Küchentisch in Jacks Genossenschaftswohnung legten, hielt ihr radikales Schweigen für ein paar Sekunden die Welt an. Dann brach Suskia die Stille.

»Ihr habts ein Polizeisiegel aufgebrochen?« Wurde das doch in Kriminalfilmen als besonders perfide und kaltblütig vermittelt.

»Ist ganz einfach«, sagte Jack leichthin, »ist nur Papier.«

Edna stellte daraufhin, mit besorgtem Blick auf die Beute, die Frage zum Tage.

»Und? Wie tun wir jetzt?«

»Wir sollten zuerst einmal ein paar Kostproben rauchen.«

Nach den ersten reihum gemachten Zügen stand fest, das Zeug war 1A, was mit sachkundigen Bemerkungen untermauert wurde.

»Pfo, das fahrt ein!«

»Bist du deppert, das *turnt!*«[39]

»Sagenhaft!«

»Scheiß' mich an, das ist das beste Zeug, das ich jemals geraucht hab'.«

»Libanese?«

»Könnt' sein ... ich tippe eher auf Afghane.«

»Afghane ist schwarz.«

»Nicht unbedingt.«

»Es gibt auch roten Afghanen.«

»Geh! Das ist ganz klar ein roter Libanese.«

»Rot? Eher dunkelbraun!«

»Kann uns das nicht wurscht sein?«, beendete Suskia die Diskussion.

Und dann begann eine wortreiche Lagebesprechung, so als hätten alle Sprechperlen geschluckt, und es wur-

[39] Gesprochen „törnt" – wirkt ungeheuerlich

den die verwegensten Pläne mit den unterschiedlichsten Argumenten für das weitere Vorgehen besprochen. Ob man das Ganze in 100er-Stücke teilen und im *Voom*, im *Vanilla* oder in der *Camera* en detail verdrehen sollte? Oder, noch besser, im Volksgarten beim Theseustempel, respektive hinter der *Liesl* verkaufen? Das hätte den Vorteil, dass man, als harmloser Spaziergänger getarnt, bei Tageslicht tätig sein konnte und nicht in den immer wieder von verdeckten Ermittlern der Polizei auf- beziehungsweise heimgesuchten Szenelokalen dealen musste. Obwohl diese Ermittler so verdeckt waren, dass man sie zehn Kilometer gegen den Wind riechen konnte. Junge *Mistelbacher*[40] mit kurzen Haaren, die lächerlich auf lang gebürstet und akkurat ins Gesicht gekämmt waren, und die sich auf geradezu groteske Weise anbiederten, indem sie läppisch den Anschein gaben, Progressive zu sein.

Mit *Liesl* war das sezessionistische, aus weißem Marmor gehauene Denkmal der Kaiserin Elisabeth gemeint, das unweit des Theseustempels lag und dessen breite Stufen hinauf zu Elisabeth führten, die gelassen auf einer Art Fauteuil saß. Da die *Liesl* ein wenig abgelegen war und daher nur wenig besucht wurde, war es gewissermaßen der ideale Platz, um zu dealen oder gemütlich einen durchzuziehen. Der Theseustempel hatte sich überhaupt in den letzten Jahren zum Epizentrum der Gammler und Hippies

[40] Spottbezeichnung für Polizisten, die in den 70ern unverhältnismäßig häufig aus Mistelbach kamen. Niemand weiß, warum.

entwickelt. Auf seinen Stufen, an die griechischen Säulen gelehnt, saßen langhaarige Burschen, die ausufernd Bob Dylan, Joan Baez, Donovan und in letzter Zeit vereinzelt Leonard Cohen auf der Gitarre spielten. Nur Walter spielte auch Lieder, die er selbst geschrieben hatte, was aber niemanden störte oder vielleicht auch gar nicht auffiel. Grob überschminkte, teils auch nur mit Kernseife gewaschene Mädchen hörten hingebungsvoll zu und nicht wenige verliebten sich in den einen oder anderen Musiker, so: »It's the singer, not the song.«

Alle trugen meist ungebügelte, verwaschene und grundsätzlich abgelebte Gewänder, die den Eindruck vermitteln sollten, man mache sich aber schon so gar nichts aus Kleidung oder überhaupt aus Mode. In Wirklichkeit jedoch wurde jeder Stilfehler sofort bemerkt und kritisch gemustert. Die geringste Spur von Unachtsamkeit, beispielsweise eine Bügelfalte, zog sogleich Misstrauen nach sich.

»Der Herr Theo hat doch gemeint, er möchte mit uns ins Geschäft kommen, oder?«, fragte Edna, nachdem sie einen tiefen Zug genommen hatte.

»Aber der Theo ist suspekt«, winkte Jack ab, »der haut uns höchstwahrscheinlich übers Ohr. Noch dazu, wo der sicher auch noch mit anderen verbandelt ist ... als Großhändler.«

»Aber«, warf Walter ein, »wenn wir die ganze Sache dem Theo verklopfen, dann haben wir auf einen Schlag das Geld, und die Geschichte ist für uns erledigt.«

»Wir müssen es, bis es zu einer Übergabe kommt, irgendwo lagern. Bei mir zu Hause möcht' ich nicht so einen Haufen Shit haben«, sagte Jack.

»Ich tät's schon nehmen, was soll denn schon sein?«, meinte Walter.

Edna griff in seine Haare und beutelte ihn. »Bist du meschugge? Da braucht nur dein depperter Nachbar einmal die Polizei rufen! Die sperren dich ein und schmeißen die Schlüssel weg.«

»Warum soll denn der Summer die Polizei rufen?«

»Walter, die Edna hat recht«, warf Suskia ein, »deine Nachbarn sind alte Trottel. Was weißt du, was denen einfällt.«

»Wisst ihr, was das beste Versteck wär'?«, fragte Jack lächelnd.

Die drei anderen blickten ihn mit geweiteten Augen an. Jack tat geheimnisvoll.

»Dort, wo wir es gefunden haben.«

»Was, im *vierten Stock*?« Edna klang, als hätte sie sich verhört.

»Genau«, sagte Suskia so euphorisch, als hätte sie noch nie eine bessere Idee vernommen. »Dort ist es über ein halbes Jahr gelegen, dort liegt es ein, zwei Monate auch noch gut.«

»Was heißt ein, zwei Monate?« Walter stand auf der Leitung.

»Bis wir es verkauft haben, verstehst du?«, sagte Jack so, als spräche er zu einem Kleinkind.

Und wieder war es Edna, die die dringendste Frage stellte. »Wie viel ist denn das ganze Zeug wert? «

• • •

Haselbacher saß in seinem Zimmer im Kommissariat 1160, Grubergasse, zog an einer Zigarette und beäugte das Funkgerät samt Zubehör, das in dem Holzverschlag im Hinterhof der Speckbachergasse 20 sichergestellt worden war. Faustenhammer, Altendorfer und der junge Veitschegger standen um ihn herum und blickten nicht weniger ratlos vor sich hin.

»Was ist das?«, fragte Haselbacher mehr sich selbst als in die Runde.

»Sowas wie ein Funkgerät«, äußerte Altendorfer unsicher.

»So viel weiß ich auch!«, bellte Haselbacher.

»Aber was will diese Potočnić mit einem Funkgerät? Übrigens, haben wir schon eine Meldung, ob ihr Mann, der Gelähmte ... wie heißt er g'schwind?«

»Savo Potočnić«, meldete sich Vitus Veitschegger.

»... ob der mit einer Rettung abgeholt worden ist?«

»Nein, nichts«, antwortete Faustenhammer. »Ich hab' auch im Wilhelminenspital fragen lassen, Savo Potočnić gibt's keinen.«

»Dann lügt die Potočnić, diese Zigeunerin mit den zusammengewachsenen Augenbrauen«, sagte Haselbacher. »Veitschegger, was haben'S denn da?«

Sein Blick fiel auf den Wiegehobel, den Vitus während der ganzen Fahrt in den Händen gehalten, den aber niemand sonst beachtet hatte.

»Das hab' ich g'funden, in der Küche von der Frau.«

»Ah geh …« Altendorfer fuhr sich mit seinen zu langen Fingernägeln durch die wuchernden Koteletten. »Und? Brauchst den in deiner Küche?«

»Nein, nein, ich hab' mir nur gedacht … wegen dem zerschnittenen Gesicht von diesem Hofer, der ja gar nicht der Hofer sein dürfte …« Er zeigte auf die Anordnung der Schneiden. »Die könnten so ein Muster machen«, stammelte Veitschegger.

Faustenhammer wollte schon hämisch feixen, unterließ es aber, als er sah, dass Haselbacher interessiert aufblickte.

»Der Bursch meint das quadratische Muster im Gesicht dieses … lass einmal anschauen …«

Alle betrachteten den Wiegehobel mit dem Plastikgriff. Haselbacher öffnete die Mappe mit den Fotos vom Gesicht der Leiche im Rinnsal und verglich die geometrische Verunstaltung mit dem Messerblock des Küchengerätes.

»Könnte gut sein. Holt mir diese Hausmeisterin her!«

• • •

Nachdem geklärt war, wo die überreichen Haschisch- und LSD-Bestände zwischengelagert werden sollten, kam Interesse für die Pistole auf. Jack betrachtete sie von allen

Seiten, probierte an ihr herum und blickte schlussendlich in ihren Lauf.

»Jack!«, rief Suskia. »Bist du blöd geblieben? Man schaut doch einer Waffe nicht in den Lauf!«

»Wenn die losgeht«, sagte Edna und schauderte, als hätte sie ein eisiger Lufthauch gestreift.

»Der Theo kennt sich sicher aus mit sowas«, sagte Walter, und als wäre es nicht ohnehin schon festgestanden, dass man sich für die Variante »Herr Theo« entscheiden würde, für das schnelle Geld sozusagen, so galt es jetzt als beschlossen.

»Der Vitus kennt sich sicher auch mit sowas aus«, sagte Jack. »Wenn wir den treffen, zeigen wir ihm die Kanone. Der hat zwar schon einmal geplaudert bei den Kieberern, dass der Hofer nicht der Hofer ist ... und diese Sachen. Aber mir ist lieber, der Vitus erklärt uns die Waffe als der Theo. Der braucht das gar nicht zu wissen.«

»Ob der Revolver dem Hofer gehört? Oder gar diesem Berserker?«

»Zu was hätte denn der Hofer einen Revolver gebraucht?«

»No, hörst? Als Dealer?«

»Ah, da fallt mir ein«, unterbrach Walter, suchte in den Taschen seiner Jeansjacke herum und zeigte den anderen ein zerwuzeltes, ungeöffnetes Kuvert mit eigentümlichen, fremdartigen Stempeln. »Das war heute bei mir in der Post, die Marken dürften türkisch sein oder sowas.«

Edna nahm ihm den Brief aus der Hand, drehte ihn hin und her, schaute auf den Absender. »*Gottfried Gröbel* und drunter ist ein Stempel. Was heißt das? *Hapishane*[41] *Ankara* ... ja, das dürfte Türkisch sein.« Sie nahm einen schmuddeligen Zettel aus dem Kuvert. »Sitze in Ankara im Häfen wegen Rauschgiftschmuggel«, las sie laut vor. »Weiß nicht, was die Türken mit mir vorhaben. Passt mir auf den *4. Stock* auf! Österreichische Botschaft scheißt sich nichts um mich. Hofer.« Schweigen.

»Hat das also doch gestimmt, dass er in der Türkei ist«, sagte Suskia.

»Und *eing'naht*[42] haben's ihn auch gleich«, meinte Walter.

»Den Brief muss er irgendwie rausgeschmuggelt haben.«

»Das hat sicher ein Schweinegeld gekostet.«

»Na ja, Geld wird er ja haben«, mutmaßte Jack. »Überhaupt dürfen die sicher ein paar Briefe schreiben.«

»Ah, der Hofer heißt also in Wirklichkeit Gottfried Gröbel«, rief Suskia. »Der hat sich immer nur Hofer genannt ... Deckname ... gar nicht blöd.«

»Da hätten die bei uns lang nach dem suchen können«, sagte Walter anerkennend, »aber die werden ihn doch nicht wirklich erschießen, oder?«

»Nu«, sagte Jack, »vielleicht hängen sie ihn auch auf, die Türken? Hast du nicht *Midnight Express* gesehen? In der Türkei steht die Todesstrafe auf Dealen und Schmuggeln.«

»Wirklich?«, fragte Edna, und sie erschauderte ein zweites Mal.

[41] Türkisch: Gefängnis

[42] Wienerisch für „in Haft“

»Im Film war's so«, sagte Jack.

»Nein«, sagte Walter, »im Film bricht der Typ irgendwie aus und bringt vorher noch den Wärter um, der ihn die ganze Zeit gequält hat.«

»Ja, im Film schon. Aber in Wirklichkeit? Die Wirklichkeit läuft nicht nach einem Drehbuch.«

»Was kann man denn da machen?«, wollte Walter wissen.

»Wir? Gar nichts«, versetzte Jack.

»Vor allem, was machen wir, wenn er zurückkommt und checkt, dass wir seinen Stoff verkauft haben?«, stellte Suskia in den Raum.

In der drauffolgenden Stille lag unhörbar ein Gedanke: Der kommt nicht zurück. Wiederum erschauderte Edna.

• • •

Hofrat Oberst Ableitinger nahm einen großen Schluck saurer Milch. Er wischte sich mit seinem Stofftaschentuch gerade die Krümel des zuvor verzehrten Butterbrotes aus den Mundwinkeln, als sein Telefon läutete.

»Ableitinger. Was gibt's?«

»Der Herr Polizeipräsident für Sie, Herr Hofrat, ich verbinde.« Ableitinger gab seinem zur Schlaffheit neigenden Körper ein wenig Spannung.

»Schönen Vormittag, Herr Präsident.«

Am anderen Ende wurde zunächst gehüstelt.

»Grüß' Sie, Herr Oberst, wie ist das werte Wohlbefinden?«

»Danke, Herr Prä…«

»Hauptsache, Sie fühlen sich wohl. Wissen Sie, wer vor ein paar Tagen bei mir war?«

»Wer?«

»Der Herr Innenminister. Der Staatsbesuch vom Tito ist abgesagt.«

»Ah so?«

»Und wissen Sie, warum?«

»Nein«, wollte Ableitinger nicht sagen, denn das hätte keinen schlanken Fuß gemacht, also beschloss er, zu schweigen.

Aber der Polizeipräsident hatte ohnehin keine Antwort erwartet.

»Ich hab' mir was anhören können vom Minister«, fuhr er nahtlos fort. »Der jugoslawische Botschafter war bei ihm und hat die Meinung geäußert, dass die Polizei, ›also Ihr Verein‹, hat er gesagt, nicht in der Lage ist, die notwendigen Sicherheitsmaßnahmen zu garantieren, die für so einen … heiklen … Besuch obligat wären. Was ich dazu sage und wie ich mir das weiter vorstelle, wollte er wissen. Es war, wie Sie sich denken können, kein angenehmes Gespräch. Und jetzt frage ich Sie«, die Stimme des Polizeipräsidenten nahm einen maliziösen Ton an, »ich frage Sie, Ableitinger, was sagen Sie dazu, und wie stellen Sie sich vor, wie das weitergeht?«

Der Oberst und Hofrat hasste es, wenn Vorgesetzte nicht nur seine Titel, sondern auch das »Herr« vor seinem Namen wegließen. Noch dazu, wo dieser neue Polizeipräsident lächerlicherweise im Zuge der Ämterübernahme der SPÖ durch ihre absolute Mehrheit vom Feuerwehrkommandanten zum obersten Polizisten Österreichs avanciert war. Seitdem kursierte der Witz in den Gängen der Polizeireviere: Warum gehen so viele junge Männer zur Feuerwehr?

Sie trainieren auf Polizeipräsident.

»Herr Präsident, ich wüsste nicht, wie der Herr Botschafter darauf kommt, dass wir ...«

»Herr Oberst«, unterbrach der Präsident, »ich hab' ein bisserl meine Fühler ausgestreckt. Was ist das für eine G'schicht? Ein noch immer nicht identifizierter Toter mit einem verwüsteten Gesicht? Übrigens, ich hab' mir sagen lassen, dass das Zerschneiden von Gesichtern bei den serbischen Partisanen seinerzeit Brauch gewesen ist, um jemanden zum Verräter zu stempeln. Eben wie bei dieser Leiche, diesem gewissen ... äh ...«

Eine andere Stimme flüsterte in den Hörer: »Hofer, Herr Präsident.«

»... einem gewissen Hofer? Soviel ich weiß, wissen Sie ja nicht einmal den Vornamen.«

»Bitte, ich bin in ...«

»Im Bericht steht, der zuständige Gerichtsmediziner hätte gemeint, vom Hauttyp her könnte das Opfer Südländer sein. Sehr aufschlussreich, unheimlich erhellend, finden'S nicht? Und gestern Abend ist noch was gekommen von diesem ...«

Wieder die Flüsterstimme: »Doktor Weintritt, Herr Präsident.«

»Weintritt, er hätt' irgendein Pilzgift in der Blase des Opfers gefunden.«

»Herr Präsident, ich bin in engem Kontakt mit dem ermittelnden Kommissariat, ich hab' eine Hausdurchsuchung bei der Hausmeisterin genehmigt, die behauptet hat, das Opfer zu kennen ...«

»Großartig, Ableitinger, eine Hausmeisterin also! Da ist es natürlich kein Wunder, wenn die jugoslawische Botschaft Zweifel an unseren Sicherheitsstandards hat.«

»Ich werde mich umgehend ...«

»Umgehend, ja, das möcht' ich meinen! Machen'S Ihren Leuten Dampf unterm Allerwertesten und ... Ableitinger ... ich möcht' ab jetzt über jeden Ihrer Schritte, Ihrer erfolgreichen Schritte, informiert werden.«

»Selbstverständlich, Herr Präsident. Ich werde ...«

»Also, reißen Sie sich am Riemen und ... und auf Wiederhören.«

»Auf Wiederhören, Herr ...«

Das »Präsident« sprach Ableitinger bereits ins Leere, denn am anderen Ende wurde aufgelegt.

Er spülte seinen Mund mit einem weiteren Schluck saurer Milch, tat dann einen tiefen Atemzug und kläffte in die Gegensprechanlage: »Machen Sie mir sofort eine Verbindung mit diesem Kommissar, diesem ... wie heißt der Vogel in der Grubergasse?«

»Haselbacher, Herr Hofrat.«

»Genau. Mit diesem Kommissar Haselbacher, dem Blunzenstricker.«

• • •

Im *Restoran Trabicz* saßen der Schamane und Savo Potočnić an einem Tisch bei je einem Glas *Rakija* und schauten ratlos vor sich hin.

Der Schamane näselte aufgrund seiner verklebten Nase.

»Was willst du denn jetzt machen, Savo? Die Geschichte mit der halbseitigen Lähmung ist fertig erzählt, wenn die bei euch eine Hausdurchsuchung gemacht haben. Wahrscheinlich haben's die Milana verhaftet. Da musst du höllisch aufpassen, und nach Hause gehen kannst du auch, wenn überhaupt, nur zum Schlafen.«

»Ich muss mit Moskau telefonieren. Die Polizei hat jetzt das Funkgerät. Ich brauche Hilfe vom KGB, um die Tito-Sache zu erledigen«, sagte Savo und fügte süffisant hinzu: »Hier habe ich ja keine Landsleute, die anständige Kommunisten sind.«

»Warum willst du den Tito überhaupt hochgehen lassen? Willst du, dass es in Serbien genau so wird wie in der UdSSR?«

»Der Kommunismus«, dozierte Savo, »der Kommunismus muss eine einheitliche Ausrichtung haben, um die Weltrevolution schaffen zu können. Dieser ›eigene Weg‹, dieser Blümchenkommunismus, ist konterrevolutionär und muss weg!«

Die Entwicklung dieses eigenen Wegs war eine Reaktion auf die Ablehnung durch den sowjetischen Stalinismus gewesen. Anfangs strebten die Ideologen der jugoslawischen kommunistischen Partei lediglich danach, gewählten Arbeiterräten in der kollektiven Führung der Betriebe weitreichende Mitsprache zu geben. In einer Art evolutionärer Weiterentwicklung, so das utopische Ziel, sollte die gesellschaftliche Selbstverwaltung auf allen Ebenen von Wirtschaft und Gesellschaft so weit ausgebaut sein, dass die Lenkung durch den Staat überflüssig würde und dieser schließlich »absterben« könnte. Das mit der Zeit aufgebaute System wurde nach verschiedenen ideologischen Grundprinzipien weiterentwickelt. In späteren Zeiten sollten dann als politische Losungen vor allem die vier Ds gelten: Dezentralisierung, Deetatisierung, Depolitisierung und Demokratisierung.

Der Schamane fuhr sich durchs dünne weiße Haar.

»Ich halte den Titoismus für die zurzeit modernste Spielart des Kommunismus'.«

Savo sprang auf und der Schamane war drauf und dran, ebenfalls aufzuspringen, allerdings, um die Flucht anzutreten.

»Der Kommunismus ist kein Spiel!«, schrie Savo erzürnt.

»Erinnere dich, was wir mit den Nazis erlebt haben! Wer weiß, was ohne unseren Partisanenkampf gewesen wäre.«

»Wir waren aber auch nicht gerade zimperlich, nicht einmal gegen unsere eigenen Leute. Ich möchte nicht wissen, wie vielen allein du das Gesicht zerschnitten hast.«

»Gib dem Verrat kein Gesicht!«, zitierte Savo aus der Partisanen-Ideologie.

»Die Zeiten sind aber jetzt andere, Savo, du bist kein Partisane mehr.«

»Einmal Partisan, immer Partisan!«, predigte Savo. »Und streng genommen seid ihr beide Verräter, weil ihr das viele Geld, das ihr mit euren ausbeuterischen Geschäften verdient, nicht der Weltrevolution zur Verfügung stellt!«

»Da wären wir schön blöd«, entgegnete der Schamane. »Wir haben hier ein gutes Auskommen, und außerdem haben wir immer geholfen, wenn ihr Schmiergeld gebraucht habt oder so. Selbstlos, also ganz im Sinne des Sozialismus'!«

»Das ist ja wohl das Mindeste«, antwortete Savo und ergänzte lapidar: »Genosse.«

»Der Tote, den sie vor einer Woche oder zwei in der Speckbachergasse vor eurem Haus gefunden haben, mit dem entstellten Gesicht, wer war denn das überhaupt?«

Savo nahm einen kräftigen Schluck Rakija und knallte das Glas auf den Tisch.

»Weiß ich nicht. Und geht dich nichts an.«

»Der hat, glaube ich, ein-, zweimal Pilze bei uns gekauft.«

»Ja«, sagte Savo bedeutungsschwer und nickte. »Die Drogen haben schon so manchem das Genick gebrochen.«

• • •

»Alsdann«, sagte Kommissar Haselbacher gefährlich liebenswürdig, »keine Rettungsgesellschaft weiß was von einem Einsatz betreffend Herrn Savo Potočnić, und im Wilhelminenspital ist auch niemand dieses Namens eingeliefert worden. Sie haben uns also angelogen, gute Frau.«

Milana Potočnić blickte schweigend auf das Funkgerät, das am Schreibtisch vor Haselbacher lag.

»Red schon!«, sagte Bezirksinspektor Franz Faustenhammer, den Mund mit den wulstigen Lippen, die von seinem ins Kraut schießenden Oberlippenbart überwuchert waren, ganz nah am Ohr der Hausmeisterin, die sie vor einer Stunde abgeholt hatten.

»Nix waas da«, sagte sie, ohne den Blick zu heben.

»Wenn du noch einmal ›nix waas da‹ sagst, dann lass' ich dich ...«, brauste Haselbacher auf und dachte nach, was er ihr androhen, und vor allem, was er ihr auch tatsächlich antun konnte. Damals, vor dreißig Jahren, da hätte es Mittel und Wege gegeben, aus so einer die Wahrheit herauszuprügeln; aber heute? Gerade mal einen nassen Fetzen um die Ohren hauen hätte er ihr können.

Der Fluch der milden Justiz.

»Es hat doch keinen Sinn, dass du lügst, Milana«, sagte der Rayonsinspektor Anton Altendorfer plump vertraulich.

»Sollen wir dich gar erst einsperren, bis du *niederlegst*[43]?«

[43] Wiener Polizeijargon für „gestehen“

»Ihr kennt mich gar nix. Gehen lassen müsst ihr mich, ihr hätt' mich gor nicht mitnehmen dürfen, ohne Haftbäfehl!«

Haselbacher hob spontan die Hand, um ihr eine ›Verkehrte‹ zu geben, besann sich aber, vor allem als er sah, dass die Unterlippe der Hausmeisterin eine unschön erhabene Verkrustung aufwies. So beugte er sich nur vor und bellte Frau Potočnić an.

»Du Zigeunerin sagst uns nicht, was wir dürfen und was nicht! Und was ist mit dem Funkgerät da? Gehört das deinem gelähmten Mann? Was macht er damit? Tut er gar spionieren, oder was? Sollen wir dich an den DSN[44] überstellen? Die haben dort ihre Methoden, dass du *speibst*[45], du Jugo-Schlamp'n.«

Altendorfer drückte ihn behutsam auf seinen Sessel zurück. »Machen Sie sich nicht unglücklich, Herr Kommissar, das ist die doch nicht wert. Überhaupt, schauen Sie sich der ihre Papp'n an. Wenn die sagt, die hat sie von Ihnen, dann habe d'Ehre.«

Haselbacher fasste sich ein wenig. »Das Funkgerät da, für was gehört das, und was steht auf dem Zettel da? Sind das … äh … Geheimcodes, oder was? Red schon!«

Frau Potočnić schaute Altendorfer an, der weiterhin an seinen Koteletten drehte. »Ich vasteht das net und nix waas da, *Gospodin Komesar,*[46] vielleicht hat gehärt die Hofär …«

[44] DSN – Direktion Staatsschutz und Nachrichtendienst
[45] Unterweltjargon für „aussagen“
[46] Serbisch – Herr Kommissar

Haselbacher nahm den Wiegehobel aus einer Schreibtischlade und knallte ihn vor Milana auf den Tisch. »Und was ist das? Brauchst das zum Gesichter zerschneiden?«

Frau Potočnić blickte auf das Küchengerät, wollte es an sich nehmen, doch der Kotelett-Toni haute ihr auf die Finger.

»Pfoten weg!«

»Das brauch' ich in der *kuhinja.*[47]«

Bezirksinspektor Faustenhammer nahm den Wiegehobel an sich und betrachtete ihn von allen Seiten. »Vielleicht sollten wir den untersuchen lassen? Fingerabdrücke können wir zwar vergessen, aber vielleicht Blutspuren?«

»Kümmern Sie sich darum«, ordnete Haselbacher an, wandte sich an die Hausmeisterin und krächzte: »Und wehe dir, wir finden was ...«

»Ich versteh nix gut Deitsch. Ich schneid' nur Gemise mit das«, wunderte sich die Potočnić.

Haselbacher erhob sich schneller, als man es seiner Korpulenz zugetraut hätte. »Bringt sie weg, sonst ...« Dann schnauzte er Rayonsinspektor Altendorfer an: »Schauen Sie sich noch einmal in der Speckbachergasse 20 um, und zwar in dem Schupfen, ich hab' den starken Verdacht, dass wir vielleicht was übersehen haben. Und hören'S mit der Krablerei an Ihren Koteletten auf!«

»Soll ich die Hausmeisterin mitnehmen, wenn ich eh hinfahre?«

»Auf keinen Fall! Die soll zu Fuß gehen.«

[47] Serbisch - Küche

• • •

»Herr Theo!«, rief Walter lauter als üblich im Café *Savoy* nach dem geschmeidigen Kellner, der zunächst so tat, als hörte er nicht, sich aber dann, wie von ungefähr, dem Tisch, an dem Walter, Edna und Jack saßen, zuwandte.

»Was kann ich gegen euch tun?«

Jack schaute ihn feindselig an. Er fühlte sich darin bestätigt, dass er Suskia, ihre Proteste ignorierend, nicht mitgenommen hatte ins *Savoy*. Dieser suspekte Kellner sollte keine mokanten Blicke mehr auf sie werfen.

»Gegen uns kannst du gar nichts tun«, sagte er, »du kannst höchstens was für dich tun.«

»Wie darf ich das verstehen, die Herren?«, fragte Herr Theo schmissig. Walter setzte sich auf und sagte breitschultrig: »Wir haben es!«

»Was?«

»Dem Hofer sein Zeug!«

Herr Theo machte eine gallige Verbeugung, murmelte etwas, das klang wie: »Scheiß' mich an«, und entfernte sich, gar nicht mehr so selbstsicher.

»Was hat er denn?«, fragte Edna. »Wieso geht er weg?«

»Taktik«, antwortete Jack. »Der kommt gleich wieder.«

Herr Theo widmete sich einigen anderen Gästen, riskierte dabei jedoch keinen Blick auf den Tisch der drei. Walter sagte: »Passts auf, ich zeig' euch was.« Er hob die Hand wie ein Volksschüler und rief dann abermals ein wenig energischer, als es im *Savoy* Sitte war, nach dem Ober: »Zahlen, bitte!«

»Wollen wir schon gehen?«, fragte Edna.

»Nein, aber auf ›Zahlen, bitte‹ reagiert er für gewöhnlich.«

Und tatsächlich, Herr Theo wandte sich um und kam in seinem elastischen, ein wenig hüpfenden Gang näher.

»Zahlen gewünscht, bitte sehr, bitte gleich«, sagte er, nahm den Fleck heraus, schlug ihn sich in die Handfläche und fuhr dann leiser fort, indem er nur den linken Mundwinkel bewegte: »Wir treffen uns, wenn ich hier zusperre, so gegen eins, halb zwei hinter dem *Vanilla* bei der Minoritenkirche unter den Arkaden. Und bringts das Piece mit!«

In normaler Lautstärke sagte er dann: »Zwei kleine Bier, eine Melange und eine Esterházyschnitte ... zu bringen in bar ... 15 Schilling achtzig, die meisten geben zwanzig.«

Nachdem sie gezahlt hatten, saßen die drei zunächst noch einige Augenblicke stumm da, bis Walter sich entschlossen erhob und grinste. »Fahren wir zu Jack und besprechen das Ganze. Lagebesprechung in Verbindung mit einer weiteren Qualitätskontrolle der Ware.«

• • •

Haselbacher sah vor sich hin und ließ wie so oft sein Leben bruchstückhaft vor sich ablaufen. Er erinnerte sich, wie er seinerzeit im Zuge seiner Arisierung zu der geräumigen und repräsentativ eingerichteten Wohnung gekommen war und wie sich seine von ihm vergötterte Frau darüber gefreut hatte. Er lebte in ständiger Furcht, dass man ihm die Wohnung wegnehmen oder vielleicht gar den Zins empfindlich erhöhen könnte.

Es käme für ihn einer persönlichen Niederlage gleich, wäre er gezwungen, in eine Gemeindebauwohnung zu übersiedeln, die, so stand es auf diesen Gemeindebauten, von der Sozialistischen Partei Österreichs errichtet worden waren. Nicht auszudenken, wenn er, umzingelt von Sozis, von Volksverrätern, dort wohnen und so tun müsste, als wäre er ein Roter.

Obwohl er manchmal sinnierte, dass es zurzeit gar nicht so verkehrt wäre, einen auf Genosse zu machen, wo doch seit gut einem Jahr dieser Kreisky, ein Sozialist und noch dazu ein Jude, regierte, und das sogar mit der Duldung der Freiheitlichen Partei, die ihm nach dem Krieg immer politische Heimat gewesen war.

Die schnarrende Stimme der Gegensprechanlage riss ihn aus seinen Gedanken. »Herr Kommissar, der Hofrat Ableitinger für Sie.«

Forsch quarrte die Stimme des Obersten aus dem Hörer: »Haselbacher, sagen Sie, was tun Sie mir an?«

»Wie bitte …?«

»Ich hab' vorhin mit dem Polizeipräsidenten telefoniert, und der war gar nicht glücklich, wie das mit dem Fall Hofer läuft! Übrigens, wissen'S schon, wie der mit Vornamen heißt?«

»Noch nicht, Herr Oberst, ich …«

»Sehen Sie, das macht zum Beispiel kein gutes Bild, Herr Kommissar«, unterbrach Ableitinger.

»Und der Staatsbesuch vom Tito ist auch abgesagt worden, weil …«

»Wie? Bitte, Herr Hofrat, was hat denn der Tito mit dem Hofer zu tun?«

»… weil wir, also in dem Fall Sie, nicht die nötigen Sicherheitsstandards gewährleisten können! Herrschaftszeiten, schlafts ihr da in der Grubergasse? Übrigens, haben Sie gewusst, dass es die serbischen Partisanen waren, die einem Verräter das Gesicht zerschnitten haben?«

»Nein, Herr Hofrat, bis jetzt nicht.«

»Jetzt wissen Sie's, Haselbacher, also klären Sie den leidigen Fall auf, aber schnell!«

»Herr Oberst, wir ermitteln schon in alle Richtungen und …«

»Sie sollen nicht in alle, sondern in die richtige Richtung ermitteln. Ich möcht' wegen Ihnen nie wieder so ein Telefonat führen müssen, Haselbacher. Es war, wie Sie sich denken können, kein sehr angenehmes Gespräch. Ich möcht' von jedem Ihrer Ermittlungsschritte informiert werden, haben'S verstanden? Überhaupt: Ist da was rausgekommen bei der Durchsuchung dieser Hausmeisterwohnung?«

»Wir haben eine Funkausrüstung sichergestellt und herausgefunden, dass der angeblich halbseitig gelähmte Gatte offenbar quietschfidel ist …«

»Was soll das heißen, ›quietschfidel‹?«

»Er wurde in seinem Pflegebett nicht vorgefunden und ist vermutlich untergetaucht«, erklärte Haselbacher mit leiser Stimme.

»Also, mit einem Wort, Sie haben gar nichts, Haselbacher! Schauen'S, dass Sie vom Hocker kommen, ja? Sie stehen im ... ding ... im Rampenlicht! Der *Joschi*[48] hat ein Aug' auf Sie!«

»Herr Oberst, wir werden verschärft ermitteln und jeder Spur nachgehen, das kann ich Ihnen versprechen, und ich persönlich werde ...«

»Hopp auf, Haselbacher, hopp auf! Freundschaft!«

»Wie meinen, Herr Oberst ...?«

Den letzten Satz sprach Haselbacher schon ins Leere, denn am anderen Ende wurde aufgelegt.

»Tsss, Freundschaft!«, sagte der Kommissar. »G'sindel!«

• • •

Suskia hatte gerade in Jacks Eckküche eine Kanne indischen Chai Tee gemacht, ein meisterlich gerollter Joint ging reihum. Außer anerkennenden Bemerkungen über die Rauchware, unterbrochen von gepresstem Husten, wurde nicht viel gesprochen. Vor allem nicht darüber, wie man das Treffen heute Nacht abwickeln wollte.

»Wollts ihr den ganzen Stoff zur Minoritenkirche mitnehmen?«, fragte Edna. »Wir wissen doch noch gar nicht, was wir verlangen sollen für das Ganze.«

»Also, wir holen sicher nicht das ganze Zeug aus dem *vierten Stock*«, sagte Jack. Er prüfte, wie viel von dem Piece, das sie zwecks Qualitätskontrolle abgebrochen hatten, noch da war. »Das genügt für eine Warenprobe.«

[48] Spitzname des damaligen Polizeipräsidenten Josef Holaubek

Die vier saßen da und schauten vor sich hin. In Bild und Ton liefen in ihren Köpfen alle Varianten der bevorstehenden Kontaktaufnahme ab, die möglichen Probleme und gleich darauf ihre Lösungen. Wie das so ist, wenn man schön eingeraucht ist. Und so kam es, dass Walter in die Stille, in der nur ein Titel der Langspielplatte »Phantasmagoria« von *Curved Air* namens »Marie Antoinette« schwang, einen Gedanken hineinwarf.

»Ich hab' eine Idee!«

• • •

Rayonsinspektor Anton Altendorfer wollte die Holztür zu der alten Hütte aufmachen, als er innehielt: Das Polizeisiegel war zerrissen! Er griff instinktiv zu seiner Dienstwaffe, öffnete, vorschriftsmäßig nach allen Seiten sichernd, die Tür und trat in Combat-Stellung blitzschnell ins Innere, um ... niemanden vorzufinden.

Er kramte nochmals in den Regalen, zog Laden heraus, entleerte sie, indem er sie umdrehte, fand aber außer *Klumpert*[49] nichts in ihnen. Da hörte er, wie draußen die Haustür geöffnet wurde. Sofort zog er wieder seine Dienstpistole, eine Glock 17/Gen5, stellte sich so dicht wie möglich an die Seitenwand der Tür, blickte in den Hof und sah den gedrungenen, vierschrötigen Mann, der auf die Hütte zuging, kurz stutze, offenbar, weil die Tür offenstand, dann aber entschlossen weiterging und plötz-

[49] Wienerisch - nutz- und wertloses Zeug

lich dem Kotelett-Toni und seiner auf ihn gerichteten Waffe gegenüberstand.

»Hände in die Höh' und nicht deppert sein!«

Savo Potočnić starrte mit zusammengekniffenen Augen in den Lauf der Waffe, hob seine Arme an und kam dabei langsam und mit kurzen Schritten näher.

»Stehenbleiben!«

Aber Savo ignorierte Altendorfer und schritt in Zeitlupe auf den Inspektor zu.

»Wer sind Sie und was machen Sie da?«

Savo griff langsam in seine Jacke ...

»Keinen Blödsinn machen, sonst ...!«

... und nahm einen zerfledderten Ausweis heraus. Er hielt ihn dem Rayonsinspektor hin, der versuchte, das Dokument zu prüfen und gleichzeitig aber den gespenstisch stummen Mann nicht aus den Augen zu lassen.

Da öffnete sich das Haustor ein weiteres Mal und Milana Potočnić, die zu Fuß vom Kommissariat Grubergasse hergegangen war, trat in den Hof, blickte für einen Moment mit Unverständnis in Richtung der beiden Männer, ging dann auf Savo zu und rief: »Savo, *šta je bilo?*«[50]

Altendorfer, von der Situation überfordert, in der einen Hand den Ausweis, in der anderen die Dienstwaffe, den Blick zwischen Savo und Milana hin- und herpendelnd, merkte erst, dass die Geschichte für ihn vorbei war, als Savo unmittelbar vor ihm stand, ihm die Waffe aus der

[50] Serbisch – Was ist los?

Hand geschlagen hatte und ihn die Fingerspitzen von Savos rechter Hand übergangslos in die Kehle stachen, sodass er nach Luft japsend und hustend zu Boden ging. Kaum lag der Beamte am Boden, trat Savo ihm straff in die Nieren. Altendorfer erbrach sich ein wenig und konnte gerade noch unscharf wahrnehmen, wie der Kerl Richtung Haustor lief. Dabei rief er seiner Frau zu: »Milana, *vratiću se!*«[51]

Dann verlor Altendorfer das Bewusstsein.

Bevor Savo wie ein flüchtender Bär den Hinterhof verließ, zeigte er auf den Holzverschlag.

»Funkausrüstung?«, fragte er Milana.

»Polizei!«

»Verbrecher!«

Im zweiten Stock wurde ein Fenster geöffnet, das auf den Hof hinausging und eine Frau mit einem um den Kopf geschlungenen Handtuch beugte sich hinaus.

»Ferdl, im Hof unten ...«, meldete sie nach hinten.

»Mach's Fenster zu, Lintschi, das geht uns nix an«, sagte, nicht sichtbar, ihr Mann.

• • •

Herr Theo war bereits in *Zivil*, wie er sagte, wie immer, wenn er sich seiner stets leicht schmierigen Kellnerjacke entledigte, löschte die Deckenleuchten im Café *Savoy* und gab dem Albino einen Wink.

[51] Serbisch – Ich komme wieder

»Komm, Schamane.«

Der ausgemergelte Mann mit dem langen, weißen Haar und den rotstichigen Augen erhob sich, griff in die Tasche seiner schwarzen Jeansjacke, nahm ein Springmesser heraus, drückte kurz auf den metallischen Knopf am Knauf, sodass es mit dem charakteristischen Klacken aufsprang, betrachtete die Klinge, fuhr prüfend mit dem Daumen die Schneide entlang und steckte es, während die Klinge einrastete, wieder ein.

Er stand vor der Eingangstür des *Savoy* neben Herrn Theo, diesen um eineinhalb Haupteslängen überragend, und sah, nur scheinbar sich vorbeugend, zu, wie der das Caféhaus zusperrte.

Scheinbar deshalb, weil sich der Schamane nicht wirklich vorbeugte. Durch seine Größe musste er seit über zwei Jahrzehnten auf normalgroße Menschen hinabblicken und hatte dabei einen veritablen Rundrücken entwickelt, der sich langsam zu einem Buckel auswuchs.

Den zwanzigminütigen Fußweg zur Minoritenkirche nutzten die beiden, um das Procedere der Übernahme des 10.000er-Pieces nochmals durchzusprechen.

»Pass auf«, sagte Herr Theo, »reden tu ich, du stehst nur wie ein Menetekel im Finstern neben einer Säule und … nur für den Fall … eh schon wissen.«

»Wie ein was?«, fragte der Schamane mit eckigem Akzent.

»Egal. Wird eh nix sein. Das sind ja so Hippies. Die haben noch nie einen Deal durchgezogen.«

»Und was machen, wenn Problem?«, fragte der Schamane.

»Dann lasst deinen Feitl aufschnappen und die scheißen sich eh gleich in die Hosen.« Nach diesen großspurigen Worten zuckte Herr Theo zusammen, denn in der Kärntner Straße fuhr ein Polizei-VW, die wenigen anderen PKWs vertreibend oder stoppend, mit Blaulicht und Folgetonhorn an ihnen vorbei.

• • •

Mehr oder weniger zur gleichen Zeit saßen Jack, Walter, Suskia, Edna und der unrund wirkende provisorische Wachmann Vitus Veitschegger in einer Ecke des *Vanilla* auf den abgenutzten Styroporklötzen und besprachen ihrerseits die bevorstehende Geschäftsanbahnung. Vitus hatte mit gemischten Gefühlen zugesagt, bei der Aktion mitzumachen.

»Wenn das rauskommt, dann flieg' ich bei der Polizei raus, dann ist mein Leben verpfuscht und eingesperrt werd' ich auch noch.«

»Und ein Leben bei der Polizei ist für dich leiwand?«, fragte Walter.

»Kannst du dich noch an das Mädel aus dem *Savoy* erinnern, bei der dir beinahe die Augen aus dem Gesicht g'fallen sind? Glaubst du, die steht auf Kieberer?«, fragte Jack.

»Auf den Jerry Cotton sicher«, trotzte Vitus.

Den Ausschlag gaben dann die beiden Mädels, die mit Engelszungen und, man muss es sagen, perfiden Schmeicheleien auf ihn einredeten, wie sehr sie ihn brauchten und wie sicher sie sich mit ihm fühlten und wie progressiv es wäre, wenn er mitmachte. Walter zeigte ihm verstohlen die Pistole aus dem *vierten Stock*.

»Die steckst du ein, verstehst? Nur für den Ernstfall. Du kennst dich doch mit sowas aus!«

»Muss ich mir anschauen«, hatte Vitus gemurmelt.

Er steckte die Waffe in den Hosenbund, ging aufs Klo, kam nach einer Weile zurück und sagte gedämpft: »Das ist eine alte Kanone. Ob die noch schießt, kann ich nicht sagen. Auf jeden Fall sind vier Patronen im Magazin …«

»Wir werden's gar nicht brauchen«, sagte Jack zu Vitus. »Der Theo ist ja eh so ein *Zniachtl*[52]. Überhaupt, solang er den Stoff nicht hat und nicht weiß, wo er ist, wäre er ja blöd … reden tun eh wir, du stehst nur stumm da und schaust gefährlich drein.«

Nach einem Blick in Vitus' Bubengesicht fragten sich alle, wie das funktionieren sollte mit dem gefährlich Dreinschauen. Aber immerhin war Billy the Kid auch imstande gewesen, Furcht einzuflößen.

»Habts die Kostprobe eing'steckt?«, fragte Suskia.

Walter klopfte auf die Innentasche seiner Jacke. »Gemma!«

Edna und Suskia blieben im *Vanilla*. Sie hatten zwar zuerst protestiert, aber Walter und Jack hatten dezidiert erklärt, dass Frauen bei ›sowas‹ nichts verloren hätten; das wäre, wie Walter abschließend sagte, Männersache.

[52] Wienerisch – schwächlich wirkender Mensch

Als die beiden allein waren, sagte Suskia: »Männer! Dass ich nicht lach'!«

»Hoffentlich machen sie keine *Narrischkeiten.*«

»Keine was?«

»Keine Blödheiten«, sagte Edna.

• • •

Rayonsinspektor Anton Altendorfer saß in seinem in verblassten Farben gehaltenen längsgestreiften Privat-Schlafrock im Besucherzimmer der HNO-Station des Wilhelminenspitals mit Kommissar Ludwig Haselbacher und Bezirksinspektor Franz Faustenhammer zusammen.

Sie rauchten.

»Keine Erinnerung an den Aggressor?«

»Wenn ich euch sag'«, krächzte Altendorfer. Er war nach der Kehlkopfattacke Savos noch immer heiser, und das Sprechen tat ihm weh. »Wie ein nach oben hin bisserl verzogenes Quadrat hat er ausg'schaut. Wie du, Franz«, er deutete auf Faustenhammer, »nur kleiner. Mit so Knopfaugen ... mit denen er dreing'schaut hat wie ein hysterischer Saubär.«

»Ich schau' doch nicht wie ein Saubär!«, protestierte Faustenhammer. »Der muss eine solide Kampfausbildung haben, der Hund ...«

»Und die Stimme«, drängte Haselbacher, »würden Sie die Stimme wiedererkennen?«

»Der hat doch kein Wort geredet«, winkte Altendorfer ab.

»Einen Polizisten so zu überrumpeln, ja geradezu zu übertölpeln«, setzte Faustenhammer fort, in einem Tonfall, der sich auf den Saubär bezog.

»Ich muss noch einen Bericht schreiben«, fiel Altendorfer ein.

Haselbacher erinnerte sich an das Telefonat mit Oberst Hofrat Ableitinger.

»Jetzt schaun'S einmal, dass Sie wieder halbwegs dienstfähig werden, dann können'S immer noch einen Bericht schreiben«, beschwichtigte er. »Den zeigen Sie mir aber, gell, bevor wir ihn … offiziell aktenkundig machen.«

Das hätte ihm gerade noch gefehlt, nach dem Anschiss durch den Hofrat jetzt auch noch melden zu müssen, dass ein Beamter seines Wachzimmers so mir nichts, dir nichts überwältigt worden war.

»Ob das eventuell der Mann von dieser Hausmeisterin war?«, sinnierte Faustenhammer. Altendorfer zündete sich eine weitere Zigarette an.

»Der Gelähmte?«, fragte er hustend.

»Blödsinn«, winkte Haselbacher ab, »wenn der gelähmt ist, bin ich der *Nurmi*.[53]«

»Eine gackerlgelbe Jacke hat er ang'habt«, erinnerte sich Altendorfer.

[53] Paavo *Nurmi* war ein finnischer Leichtathlet, der durch seinen unglaublichen Erfolg bei den Olympischen Spielen 1924 zur Legende wurde.

»Eine gelbe Jacke, no super«, spottete Faustenhammer, »jetzt haben wir ihn.«

»Einen Moment.« Haselbacher blies den Rauch seiner *Johnny* geräuschvoll aus, bevor er sie ausdämpfte.

»Da war doch was, fällt mir ein ... eine Schlägerei in der Stadt. In dem Kurzprotokoll ist doch sowas gestanden von einem vermutlich jugoslawischen Gastarbeiter in einem senfgelben Kurzmantel. Der hat zwei Burschen demoliert. Vielleicht nutzt uns das was.«

»Genau, vor dem Wirtshaus in der Dorotheergasse, neben dem *Hawelka* war das.«

»Bestellen'S uns da noch diese Woche einen Tisch, Faustenhammer.«

• • •

Walter und Jack gingen nicht gerade entschlossen durch die Strauchgasse Richtung Minoritenplatz. Vitus blieb ein paar Meter hinter den beiden zurück. Hastig versuchte er, seinen rechten Schuh vom Hundekot zu befreien, in den er getreten war.

»Pfui Teufel«, sagte er angewidert, »ganz Wien ist von den Hundsviechern zug'schissen. Sowas gibt's in Zwettl nicht.«

Die »Hundstrümmerln« zogen tiefe Gräben durch die Wiener Bevölkerung. Es herrschte null Toleranz, ganz gleich mit welchen teils skurrilen Plakatmotiven die Stadt Wien versuchte, die Wogen zu glätten. Eine emotionslose Diskussion dieses Themas war nicht möglich.

»Die Hund' gehören alle erschossen«, sagten die Hundegegner. Vertreter des militanten Flügels fügten meist hinzu: »Und die Besitzer gleich mit!«

Sah jemand aus diesen Kreisen, wie sich ein Hund öffentlich erleichterte, und stänkerte die Person am anderen Ende der Leine an, so antwortete diese trotzig: »Sie müssen doch auch auf's Klo!«

»Ja, aber nicht mitten am Gehsteig!«

In den Bezirksgerichten stapelten sich Ehrenbeleidigungsdelikte und Anzeigen wegen leichter bis mittelschwerer Körperverletzung, wobei die eine oder andere einem Hundebiss geschuldet war. Im Kabarett sang man damals zur Melodie von »Ana hat imma das Bummerl«:

Ana steigt immer ins Trümmerl,
Ana hat's immer am Schuh.
Ana steigt immer ins Glück hinein
und vielleicht bist es morgen schon du.

Dass man in Wien Hundeexkremente als *das Glück* bezeichnete, mochte manchen nachdenklich stimmen.

Schweigend und vorsichtig betraten die drei den nicht mehr beleuchteten Arkadengang längsseits der Minoritenkirche und hatten den Eindruck, ihre Schritte hallten in der Dunkelheit, obwohl sie fast auf den Zehenspitzen gingen.

»Mir ist schlecht«, wisperte Vitus.

»Gusch jetzt!«, knurrten Jack und Walter beinahe gleichzeitig.

Als sie die Mitte des Kreuzganges erreicht hatten, zuckten sie zusammen, blieben wie zu Salzsäulen erstarrt stehen und sahen sich bange um. Vis-à-vis führte ein Herr seinen Hund Gassi. Das Vieh bellte plötzlich in die halbdunkle Stille hinein. Vitus umschloss wütend den Griff der Pistole in seiner Manteltasche.

»No?«, tönte direkt vor ihnen eine Stimme. Gleich darauf trat Herr Theo auf sie zu und schnupperte. »Hamma uns gerade ein bisserl ang'schissen?«

Den Schamanen, der in schwarzer Jeansjacke und ebensolcher Hose einen Meter hinter dem Herrn Theo an einer Säule lehnte, nahmen die drei zuerst nur als Silhouette wahr. Es vergingen einige Momente, ehe sie das lange, weiße Haar erahnten und die zwei kleinen, irrlichternden roten Punkte, die sich als Augen des Albinos herausstellten. Vitus hatte sich, ob aus Geistesgegenwart oder aus Furcht kann man nicht sagen, vollständig hinter einer Säule verborgen.

»Also, was ist mit dem Piece? Lassts es anschauen!«, sagte Herr Theo.

»Habts ihr das Geld?«, entgegnete Walter. Seine Stimme war zwar dünn, aber erstaunlich fest. »Lassts anschauen!«

»Ich renn' doch nicht mit zehn Tausendern durch die Stadt.«

»Und wir rennen nicht mit einem Riesentrumm *Kitt*[54] herum!«

»Zu was haben wir uns dann getroffen?«, fragte Herr Theo spöttisch.

[54] Insider Bezeichnung für Haschisch

Jack fasste etwas Mut.

»Wir haben eine Kostprobe für euch mit.« Und zu Walter gewandt: »Zeig's ihm.«

Walter griff in seine Jacke, da trat der Schamane dazu und ließ seinen Springer aufschnappen.

»Vorsicht!«, sagte er, gefährlich liebenswürdig mit slawischem Akzent. »Ganz langsam.«

Vitus machte einen Schritt nach vorn.

»Wer ist denn das?«, fragte Herr Theo amüsiert.

Walter zog ein in Silberfolie verpacktes Stück Haschisch hervor, das die Größe eines Vorverkaufsfahrscheines hatte, und versuchte, überlegen zu klingen. »Der ist unser starker Freund.«

»Der?«, fragte Herr Theo geringschätzig. »Darf der überhaupt so spät noch auf der Gasse sein?«

Für einige Sekunden herrschte Schweigen, ehe Vitus vielsagend seine Hand in der Manteltasche bewegte und verwegen antwortete: »Alt genug für meine Dienstwaffe!«

Herr Theo blickte zu dem Schamanen, der, als er ›Dienstwaffe‹ hörte, eine Art Kampfstellung einnahm oder sich auf die Flucht vorbereitete, es war schwer, auszumachen.

»Also, Burschen, jetzt seids nicht deppert«, sagte Herr Theo. Nun war Anspannung in seiner Stimme zu vernehmen. »Wir sind nicht in einem Jerry-Cotton-Film. Lass mich das Piece anschauen, und du steck den *Fisch*[55] ein, Langer!«

[55] Gaunersprache: Messer

Walter gab ihm den Stoff, Herr Theo wickelte ihn aus, ging damit einen Schritt in das fahle Licht einer Straßenlaterne, drehte ihn hin und her und roch daran.

»Pfo! Kein Schmutz, nicht!«, entfuhr es ihm.

»Wo das herkommt, da gibt's noch mehr«, versetzte Jack. »Viel mehr!«

»Wie viel mehr?«

»Neun 10.000er-Pieces!«

»Und an die fünfzig *Yellow Sunshine!*«, ergänzte Walter.

Herr Theo schwieg, mehr noch, es hatte ihm die Sprache verschlagen. Er wollte noch etwas sagen, doch da kam der Herr mit seinem erneut missbilligend kläffenden Köter zurück, schaute kurz, nichtsdestoweniger hochinteressiert, zu ihnen herüber und blieb stehen. Der Hund knurrte.

• • •

Savo Potočnić, in den Schatten des Haustores Speckbachergasse 20 gedrückt, läutete ungeduldig bei seiner Frau, der Hausmeisterin, und murmelte ausdruckslos: »Hajde, kurvo ...«[56]

Schließlich hörte er einen Schlüssel im Schloss, das schwere, alte Haustor wurde einen Spalt geöffnet.

»*Jebote!*«[57], sagte Milana Potočnić, als sie sah, wer vor der Tür stand. Savo drängte in den Hof, schlüpfte in den

[56] Serbisch: Komm schon, Schlampe

[57] Serbisches Universalschimpfwort, heute etwa »Fuck«

vierten Stock und begann, zwar höchst unpenibel, aber jedes Geräusch vermeidend, zu stöbern und zu suchen. »Was suchst du?«, fragte Milana auf Serbisch.

»Meine Pistole«, antwortete Savo, »aus großer Zeit! Die hat die Polizei nicht gefunden, oder?«

»Die haben mir nur das Funkgerät gezeigt! Und mach nicht so einen Lärm, Savo, ich bitte dich. Die Leute hier haben Ohren so groß wie Elefanten!«

»Jebote, weg ist sie«, sagte Savo. »Wahrscheinlich haben sie diese zwei Burschen gefunden und mitgehen lassen. Was haben die überhaupt hier zu suchen gehabt?«

»Sind vielleicht Freunde von dem Hofer und ...«

»Blödsinn ... vom Hofer ... ha!«, lachte Savo auf. »Die kauf' ich mir, diese Wichser!«

Er schob seine Frau grob zur Seite, schloss vorsichtig die Holztür und schlich über den Hof zum Haustor.

• • •

Aus den Stereolautsprechern tönte »A Saucerful of secrets«, die zweite LP von *Pink Floyd*.

Im ›Allzweckzimmer‹ von Walters Zimmer-Küche-Wohnung in der Wurlitzergasse saßen am Tag nach dem Treffen mit Herrn Theo Jack, Suskia, Edna und Vitus teils am Boden, teils am ungemachten Bett, nur Vitus saß auf dem freien der zwei altdeutschen Sessel, der andere war, wie Edna sagte, zu einer ›Gewandinsel‹ umfunktioniert worden, und ein Joint machte die Runde.

»Willst du wirklich den Vitus mitnehmen?«, hatte Edna vor ein paar Tagen noch gefragt, als beschlossen wurde, zu besprechen, wie das alles weitergehen sollte, wie der Deal durchzuziehen war, ohne dass sie von Herrn Theo beschissen werden würden.

»Ich glaub' nicht, dass das ein Problem ist«, hatte Walter gemeint, »die Polizei weiß ohnedies, wo ich wohne. Und je mehr wir den Vitus einbinden, desto mehr gehört er uns.«

Als der Joint zu Vitus kam, wusste er zuerst nicht so recht, wie und vor allem ob er sich gütlich tun sollte. Aber die anderen ermutigten ihn einerseits und gaben ihm andererseits zweckdienliche Anweisungen, sodass Vitus den Rauch mutig einzog, ihn eine Weile lang unten behielt und ihn dann mit einem lautem Husten ausstieß. Als die Reihe zum zweiten Mal an ihm war, hustete er bereits weniger, und beim dritten Mal fast gar nicht mehr.

»Na?«, fragten sie ihn interessiert. »Spürst schon was?«

Vitus schüttelte den Kopf. »Gar nichts!«

Walter hielt entgegen: »Du merkst nur nicht, dass du was spürst.«

Alle lachten. Syd Barretts Stimme vermischte sich mit dem Rauch des Joints:

And I never knew the moon could be so big
And I never knew the moon could be so blue

Nach einigen Sekunden lachte Vitus mit und wollte gar nicht mehr aufhören, er gluckste immer wieder, von Lustigkeit überwältigt.

»Haha … du merkst nicht, dass du was spürst … haha.«

»Da schau her, der Herr Inspektor ist eingeraucht.« Jack schmunzelte.

»Also«, rief Suskia zur Ordnung, »wie gehen wir das Ganze an?«

Allen war bewusst, dass das kein Bemmerl war, wie Walter sagte, sondern eine große Sache, noch dazu eine, mit der sie keinerlei Erfahrung hatten. Eines war allerdings von Anfang an klar: Sie würden für alles zusammen 100.000 Schilling verlangen und sich auf 90.000 runterhandeln lassen. Nur, wie wollten sie das Ganze durchziehen?

Sie spielten etliche Varianten durch, zogen zwei, drei davon in Betracht, einigten sich dann darauf, dass sie sich noch einmal mit Herrn Theo und dem Schamanen treffen mussten, denn die würden naturgemäß auch gewisse Bedingungen stellen, was die Modalitäten betraf.

»Sag«, sagte Jack, »der weißhaarige Lulatsch, der Lange, war das nicht der, dem der mit der gelben Jacke auf die Nase gehauen hat?«

»Kann gut sein.« Walter stand auf, nahm den Kloschlüssel vom Türstock, trat auf den Gang, wo er seinem Nachbarn Herrn Summer begegnete. Als er die Tür hinter sich schloss, stahlen sich die Töne der Trompeten von »Jugband Blues« auf den Gang.

And what exactly is a dream
And what exactly is a joke

»Was ist denn da los bei Ihnen?«, fragte Herr Summer aufgebracht. »Machen'S leicht eine Party? Drehn'S diese Dudelmusik gefälligst leiser, wir sind ja nicht bei die Wilden!«

»Bei den Wilden«, verbesserte Walter und machte die Wohnungstür ganz schnell hinter sich zu, damit der Haschischgeruch nicht auf den Gang dringen konnte, doch zu spät.

»Was riecht denn da so intensiv?« Herr Summer schnupperte misstrauisch.

»Wir machen uns nur einen indischen Tee«, beschwichtigte Walter, ließ Herrn Summer stehen und ging aufs Klo.

Frau Summer kam auf den Gang heraus und klopfte gegen die Klotür.

»Und brunzen'S nicht wieder alles an!«

»Ich brunz' nichts an«, rief Walter.

»Alle Mannsbilder brunzen alles an!«

»No, no!«, protestierte Herr Summer.

»Weil's wahr ist«, murmelte Frau Summer.

Als Walter zurück in seine Wohnung kam, saßen die anderen vier noch immer auf dem Boden und warfen sich beinahe weg vor Lachen, denn Vitus erzählte mit ernster Miene von einer Halle in Zwettl, die unter der Erde in der Luft hängt.

»Aber Hauptsache er spürt nichts«, sagte Jack.

• • •

Kommissar Haselbacher blätterte in seinen Amtsräumen im Akt »Hofer«, ohne wirklich darin zu lesen, und trotz der dumpf einschläfernden Geräuschkulisse des Verkehrs vor den geschlossenen Fenstern erlebte er diese Zeit als Stille.

Als sein Telefon schrillte, zuckte er darum unverhältnismäßig zusammen. Er hob ab. »Haselbacher.«

»Herr Kommissar, der Doktor Weintritt von der Gerichtsmedizin für Sie.«

»Was gibt es, Herr Doktor, können Sie vielleicht endlich gar etwas zur Identität dieses Hofer sagen, der wahrscheinlich gar nicht der Hofer ist?«

»Herr Kommissar«, sagte Weintritt mit grandiosem Phlegma, »ich habe die Leiche freigegeben, das wollte ich Ihnen der guten Ordnung halber nur mitteilen ...«

»Viel haben'S ja nicht aus dem rausbekommen, das muss ich Ihnen schon sagen.«

»Mehr war leider nicht drin. Wir haben auch dieses Küchengerät, dieses Wiegemesser oder wie das heißt, das Sie mir schicken haben lassen, untersucht ...«

»Und, ist ihm damit jetzt das Gesicht zerschnitten worden?«

»Wahrscheinlich, ja«, sagte Weintritt. »Wir haben Blut auf den Schneiden nachweisen können, aber so wenig, dass wir nicht einmal die Blutgruppe bestimmen können. Soll ich es Ihnen zurückschicken für die Asservatenkammer, oder ...«

»Behalten'S das *Kreibel*[58] und schneiden Sie sich von mir aus ein paar Gurken damit.«

»Danke, sehr freundlich Herr ... äh ...«

»Ersparen Sie mir das, Weintritt ...«

»Was denn, Herr Haselhofer?«

Der Kommissar knallte den Hörer erbost auf die Gabel.

»Altendorfer, Faustenhammer ... Veitschegger!«, rief Haselbacher, worauf Faustenhammer in wuchtiger Feistheit eintrat, dahinter in seinem Windschatten Vitus Veitschegger.

»Wo ist der Altendorfer?«, fragte Haselbacher.

»Der steht am Schuhmeierplatz, Kreuzung Thaliastraße/Wattgasse und wach... und regelt den Verkehr.«

»Übrigens, Veitschegger«, sagte Haselbacher, »dieser Wiegehobel, den Sie gefunden haben, dürfte wirklich das Gerät gewesen sein, mit dem sie unserem Toten das Gesicht zerschnitten haben. Das soll bei den serbischen Partisanen üblich gewesen sein, haben Sie das gewusst, meine Herren?«

Die Herren schüttelten den Kopf.

»Hätte mich auch gewundert«, sagte der Kommissar altklug, »und Faustenhammer, haben'S schon einen Tisch bestellt in diesem Wirtshaus neben dem *Hawelka*?«

»Jawohl, Herr Kommissar, nächste Woche, Dienstag. Montag haben's Ruhetag.«

[58] Wienerisch für unnützes Zeug, siehe auch „Klumpert“

• • •

»Ich weiß nicht, ob das eine so gute Idee ist, dass du immer wieder bei uns im Geschäft herumsitzt. Das fällt auf. Schließlich sucht dich die Polizei, Savo«, sagte der Schamane mit scheinbar unnötiger Körperspannung, aber er war dadurch stets bereit, aufzuspringen und einen Sicherheitsabstand zwischen sich und Savo herzustellen, falls dieser ausrasten sollte.

»Polizei!«, rief Savo.

»Die Polizei weiß nicht einmal, wie ich ausschau', also scheiß dir nicht ins Kleid.«

»Aber die Polizei weiß, dass ein bis dato halbseitig Gelähmter wie durch ein Wunder wieder gehen kann. ›Nimm dein Bett und wandle‹, oder so, *Johannes* 5.«

»Keine Witze über die Religion, hörst du!«, fauchte Savo. Der Schamane war drauf und dran, in Deckung zu gehen, denn Savo war serbisch-orthodox und ziemlich heikel, wenn es um die Religion ging, Partisan hin, Stalinist her.

Aber Savo wurde abgelenkt durch ein junges, vielleicht 20-jähriges Mädel, blass und auf wackeligen Beinen, das, am Arm der Frau des Schamanen gestützt, von ihr zu einem Tisch geführt und behutsam auf einen Sessel in größtmöglicher Entfernung von den beiden Männern gesetzt wurde.

Die Schamanin holte ein Glas Wasser und stellte es vor das Mädel hin. »Taxi gleich kommt«, wisperte sie, nahm das Glas und hielt es ihr an die Lippen. »*Pij devojko.*«[59]

[59] Serbisch: Trink, Mädchen

»Ihr nennt mich Mörder und bringt währenddessen das Leben um, noch bevor es geboren wird«, sagte Savo missfällig, als er die Szene beobachtete. »Für Geld!«

Der Schamane wollte etwas sagen, aber das Nageln eines Dieselmotors hielt ihn davon ab. Die Frau des Schamanen führte das Mädchen zur Tür, der Taxifahrer war ausgestiegen, und beide halfen ihr auf den Rücksitz eines an Kilometern reichen Mercedes. Die Schamanin drückte dem Fahrer Geld in die Hand und deutete auf das Autodach.

»Zoran, vergiss nicht!«

Der Fahrer montierte das Taxischild ab, winkte in Richtung der beiden Männer und fuhr weg. Savo dämpfte missmutig seine russische Zigarette aus, schlüpfte in seine auf die graue Seite gewendete Jacke, stand auf und ging.

»Wohin gehst du?«, fragte der Schamane.

»Braucht ihr nicht zu wissen«, sagte er, wendete sich in der offenen Tür noch einmal um: »Ich komme wieder … *towarischtsch*[60]«, und grinste verächtlich.

Die Schamanin versperrte sofort die Tür hinter Savo und warf ihrem Mann einen Blick zu. Dieser folgte ihr in die Wohnung hinter dem Restaurant, in einen etwa fünfundzwanzig Quadratmeter großen, fensterlosen Raum mit allerlei rituellen Gegenständen wie Klangschalen, diversen Trommeln und Rasseln, gefiederten Traumfängern und einem nicht besonders sorgfältig geschnitzten und bemalten lebensgroßen Adler.

[60] Russisch: Genosse

An den Wänden hingen Bilder von einem Bären, einem Reh, einem Wolf und einer Schlange. Die schamanischen Tiere der beiden, deren Geister sie auf ihren »Reisen« begleiten und vor allem beschützen sollten. In einem Regal, das fast bis zur Decke reichte, standen die unterschiedlichsten Behältnisse, in denen Blüten, zu Pulver zerriebene Pflanzen und etliche in mundgerechte Stücke geschnittene Pilze, aber auch leere, verschieden große Schüsseln, Schalen und Becher eingelagert waren.

Am Boden lagen auf einem Teppich mit eingewebten obskuren Symbolen unterschiedlich große Polster, daneben standen drei schlichte Holzschemel. In einer Ecke thronte ein Lehnstuhl, über den ein zerwühltes, weißes, von Blutflecken durchsetztes Leintuch geworfen worden war. Daneben stand ein Schemel, darauf eine Blechschale, gefüllt mit ebenfalls blutigen, medizinisch anmutenden Geräten.

Die beiden gingen stumm und konzentriert dreimal entlang der Wände im Zimmer herum, wobei sie aus einem sehr großen Glas mit kräftigen Schlucken fast zwanghaft Tee tranken. Dann nahm der Schamane ein gläsernes Gefäß mit Pilzen aus dem Wandregal.

Sie setzten sich einander gegenüber und er stellte die Pilze auf einen weiteren, etwas höheren Schemel und nahm mit spitzen Fingern fast feierlich zwei Portionen Pilze heraus.

Zeremoniell, mit geschlossenen Augen, eine fremdartige Formel monoton vor sich hersagend, den Kopf in den Nacken gelegt, begannen die beiden, die Pilze zu essen.

Danach legte sich der Schamane auf den Teppich, schob sich einen der Polster in den Nacken und atmete rhythmisch, während seine Frau eine der Klangschalen nahm und mittels eines Schlögels, dessen Kopf mit Stoff umwickelt war, durch anhaltendes Rühren in der Schale einen suggestiv schwingenden Ton erzeugte. Mit geschlossenen Augen und unbeweglicher Miene zugange, schien die Schamanin nach etwa zwanzig Minuten langsam aus dieser Welt hinauszudriften, während ihr Mann, hin und wieder zuckend und guttural seufzend, wie entseelt auf dem Teppich lag.

Dann erhob sich die Schamanin und griff sich mit gummigen Bewegungen eine der Trommeln. Langsam beginnend, steigerte sie sukzessive die Geschwindigkeit und die Intensität der Schläge, nahm eine der Rasseln, begann zu tanzen und kehlig eine nicht nachvollziehbare Melodie zu singen, was dazu führte, dass sich der Schamane spukhaft aufrichtete, sich theatralisch auf die Beine stellte und, ohne, dass er sich vom Fleck bewegte, zu verrenken begann. Beide ahmten pantomimisch ihre Schutztiere nach, er einen tapsigen Bären, sie, sich um ihn herumwindend, eine Schlange. Er imitierte die Laute eines Bären, brummte drohend, fletschte dabei gelegentlich die Zähne, während sie züngelte und immer wieder zischend den Mund aufriss und den Kopf vorschnellen ließ, um die Bissattacke einer Schlange zu symbolisieren. Nach einiger Zeit setzten die beiden sich wieder und verharrten wie versteinert im *Kutschersitz*.[61]

[61] Entspannungshaltung – Yoga

Wie auf ein unsichtbares Kommando hin blickten sie einander an. Der Schamane ging zu dem Regal, reichte seiner Frau eine auf der Außenseite verzierte Schale und nahm sich selbst einen ebenfalls bemalten Becher.

Sie zog daraufhin ihre Unterhose aus, hockte sich, ihr Kleid über die Schale gestülpt, hin und urinierte zielsicher in diese. Er wiederum nahm sein Glied aus der Hose und tat desgleichen in einen Becher. Daraufhin führten beide Schale und Becher zum Mund und tranken sie aus.

Sie legten sich auf den Teppich und lagen regungslos nebeneinander, nur manchmal verfielen ihre Gesichtsmuskeln in heftige und unkontrollierte Zuckungen.

Nach einer Weile stand die Schamanin auf, nahm sich einen der Traumfänger, ging zu dem Stuhl mit dem blutigen Laken und den mittlerweile blutverkrusteten Geräten und schlug mit dem Traumfänger großflächige Zeichen in die Luft, während sie Unverständliches vor sich hin sang. Als ihr Mann zu ihr trat und das Leintuch vom Sessel zu ziehen begann, legte sie zuerst den gefiederten Gegenstand ohne Hast an seinen Platz zurück, nahm dann den blutigen Überwurf, trug ihn zur Waschmaschine, schaltete das Kochprogramm ein und lauschte, bis sie hörte, wie das Wasser in die Maschine floss. Danach nahm sie die Schale mit ihrem Werkzeug und stellte sie in der Küche in die Abwasch. Der Schamane entzündete in dem Zimmer etwas Räucherwerk und schloss die Tür.

Die Reinigung des Raumes war abgeschlossen.

Teil Drei

Young Man Blues

But you know, nowadays
It's the old man
He's got all the money
And a young man ain't got nothing'
in the world these days

The Who, 1969

Im Volksgarten, hinter dem Theseustempel bei der *Liesl,* saßen zu Füßen der Kaiserin Walter, Jack, Herr Theo und der Schamane. Sie bemühten sich, eine möglichst alltägliche, beiläufige Gesprächssituation darzustellen, in Wirklichkeit ging es aber zur Sache, wie man sagt.

»100.000 Schilling?«, zischte Herr Theo gerade. »Seid's ihr deppert? Ich bin doch nicht der ... ding ... der ...«

»Der Nabob«, ergänzte Jack, »ein persischer Kaiser. Mach kein *Xeres*[62], wir wissen genau, was das Zeug wert ist und was du oder«, er deutete auf den Schamanen, »ihr verdient, wenn ihr das Zeug kleinweise verkauft.«

»Xeres war auch ein persischer Kaiser«, sagte Herr Theo.

»Der hat Xerxes geheißen, aber wurscht.«

»Woher wollts ihr denn wissen, was der Stoff wert ist?«

»Wir haben uns erkundigt.«

»Aha, und bei wem?«

»Bei der Polizei«, sagte Walter leichthin. Er fühlte sich sicher, denn er hatte die halbkaputte Pistole mit den vier Patronen im Magazin in seiner Umhängetasche im modischen Military-Look, in der auch Zigaretten, Feuerzeug, Hausschlüssel, Geldbörse und eine Packung Mannerschnitten waren. Vitus hatte ihm eine kurze Einführung im Waffengebrauch gegeben, »mehr weiß ich selber noch nicht«, hatte er abschließend gesagt.

»Um 100.000 nehmen uns andere das sofort ab«, sagte Jack.

[62] Jiddisch für jammern, klagen, ein Aufsehen machen

»Ah so«, sagte Herr Theo spöttisch, »andere? Welche anderen denn?«

»Kennst du nicht«, bluffte Jack.

»Wir kennen alle, oder, Schamane?«

»*Da*«[63], sagte der. Nach einem kurzen Moment des Überlegens lenkte Herr Theo ein: »So viel Geld haben wir nicht.«

»Na dann, man sieht sich …« Walter machte Anstalten, aufzustehen.

»Wir müssten mit … äh … einem Geldgeber reden. Aber 100.000 zahlt der sicher nicht.«

Walter stand auf, klopfte auf seine Umhängetasche und sah Jack an. »Wenn ihr das Geld habts, dann meldets euch. Aber wenn die anderen schneller sind … wie schon gesagt …«

»Geh, hör doch auf mit den anderen!«, sagte Herr Theo genervt. »Die anderen, von denen ich weiß, die hauen euch nieder und nehmen sich das Zeug umsonst. Wenn's beim Niederhauen bleibt.« Walter und Jack rissen sich zusammen, um nicht zu zeigen, dass ihnen plötzlich mulmig wurde. Sie gingen so aufrecht wie möglich davon.

»Hallo!«, rief ihnen Herr Theo nach. »Was ist jetzt?«

Walter blieb stehen und drehte sich um. »Wir kommen nächste Woche ins Savoy …«

»… und reden *tacheles*«, ergänzte Jack.

Sie gingen Richtung Tempel und sprachen erst, als sie gut hundert Schritte entfernt waren.

[63] Ja

»Wahnsinn«, sagte Jack, »wie schnell man in ... in das alles ... hineinkippt.«

»Ich find's leiwand«, sagte Walter.

• • •

Savo Potočnić saß allein an einem kleinen Tisch im *Restoran Trabicz* unweit des Klos. Die Schamanin hatte ihn dorthin gesetzt, damit er nicht das Bild störte, wie sie sagte. Hier konnte er warten bis zur Sperrstunde um 0.00 Uhr, dann sollte er mit Zoran, dem (Taxi-)Fahrer des Vertrauens, in die Hausmeisterwohnung Speckbachergasse 20 fahren, denn irgendwo musste er ja schlafen. Savo wollte zuerst in der Wohnung des Schamanen hinter dem Lokal Quartier beziehen, aber das hatten beide, besonders heftig die Frau des Schamanen, wegen Platzmangels abgelehnt.

Savo hatte noch versucht, die beiden zu überreden. »Aber ich weiß doch, dass ihr ein Zimmer habt, das ihr gar nicht nutzt.«

»Das ist die *ordinacija*[64] meiner Frau«, hatte der Schamane gesagt, »da kannst du nicht schlafen.«

Savo hatte sich abfällig über den Laden, den sie die Stirn hatten »Ordination« zu nennen, und die Geschäfte der Schamanin geäußert, aber schließlich doch eingewilligt, zu Hause zu schlafen.

»Die Polizei war ja gerade erst da«, meinte der Schamane, »die kommt so schnell nicht wieder.«

[64] Serbisch: Ordination

Da saß er also, vor sich einen leergegessenen Teller *Djuvec*[65], und musterte mit finsterer Miene die Gäste im Lokal, in dem fast jeder Tisch besetzt war und Zoran, der nicht nur Fahrer des Vertrauens, sondern abends auch Kellner im *Trabicz* war, Speisen und Getränke servierte, die die Schamanin hinten in der Küche zubereitete.

Sein Blick fiel auf zwei Männer an einem Tisch in seiner Nähe. Den einen, ein junger Mann um die dreißig, der etwas Glattes und Abgefeimtes an sich hatte, kannte er nicht, aber den anderen, ein zur Korpulenz neigender, stabiler Mann mit Stiernacken, der mit dem Rücken zu ihm in einem etwas zu körpernah geschnittenen, da und dort speckig glänzenden, schwarzen Anzug saß und dem anderen mit verschränkten Armen scheinbar gelangweilt zuhörte, den kannte er. Nur woher?

Savo rutschte mit seinem Sessel in eine Position, in der er das Gesicht des Mannes sehen konnte, da erkannte er ihn. Das musste Dragan Zaradicz sein.

Vor etwa dreißig Jahren war Dragan ein junger Partisan wie er selbst gewesen, und Savo hatte ihm damals, 1941, im Gebirge das Leben gerettet. Dragan war spätabends mit einer jungen Partisanin in einem Bombentrichter auf einem Abhang des *Mokra Gora*[66] gelegen und hatte sie weltvergessen geliebt, nur Augen und Ohren für sie gehabt. Die stete Wachsamkeit, die man ihm eingebläut hatte, war auf null gesunken, und er bemerkte naturgemäß nicht, dass

[65] Serbisches Nationalgericht

[66] Berg im Balkangebirge

sich drei Soldaten der Wehrmacht, die durch die unverwechselbaren Geräusche, vor allem die spitzen Schreie der jungen Frau, aufmerksam geworden waren, an den Bombentrichter heranmachten, ihre Karabiner 43 im Anschlag.

Als über Dragan in kurzen Abständen scharf tönende Schüsse hinwegpfiffen, schrie das Mädchen weiter, wenn auch aus anderem Grund. Dragan schnellte von ihr hinunter, sah, wie ein deutscher Soldat tödlich getroffen in den Trichter fiel, und hörte, wie die anderen beiden davonrannten.

Während er vergeblich nach seiner Pistole suchte, zog die junge Frau, zu der alle Milana sagten, sich, nunmehr wimmernd, an. Dragan blickte auf und bemerkte Savo Počnić, wie er oben am Rande des Bombentrichters sein Gewehr schulterte. Nach einem letzten Blick entfernte sich Savo stumm. Stunden später setzte sich Dragan zu Savo und legte ihm einen Arm um die Schulter. Beide blickten geradeaus ins Tal.

»*Hvala*«[67], sagte Dragan.

Als er sich jetzt erhob, um aufs Klo zu gehen, musste er an Savo vorbei. Er erkannte ihn nicht, oder genauer, er fiel ihm gar nicht auf. Als er zurückkam und wiederum an Savo vorbeimusste, sagte jener leise: »Mokra Gora.«

Dragan blieb stehen, sah ihn an, und das Wiedererkennen stahl sich in seine Züge.

»Savo? *Druže*[68] Savo!«

[67] Serbisch: Danke

[68] Serbisch: Genosse

Savo nickte. »Was machst du in Wien?«, fragte er Dragan.

»Ich arbeite in der Botschaft.«

»Hast du etwas mit dem Staatsbesuch von Josip Broz zu tun?«, fragte Savo hastig.

»Der Staatsbesuch ist abgesagt wegen Sicherheitslücken, hat der *Ambasador*[69] gesagt.«

»Scheiße!«

»Was ist los?«, fragte Dragan seinen alten Genossen. »Warum regst du dich auf?«

»Egal. Komm, setz dich.«

»Schade, Druže, kann nicht, bin in einer ... äh ... Besprechung.«

»Besprechung?«

»Geschäfte, verstehst du?«, sagte Dragan.

»Geschäfte? Was für Geschäfte? Bist du ein *Kapitalist* geworden?«

»Was sonst, du alter *Staljinist*.[70] Bist du öfter da?«

»Gezwungenermaßen.«

Dragan war dieses Akutwerden der Vergangenheit unangenehm. »Ich komme wieder. Und wenn du da bist, setzen wir uns zusammen.« Dragan nahm wieder neben dem schlaksigen jungen Mann Platz, die beiden steckten die Köpfe zusammen und sprachen leise über ... ja, was?

»*Izdajnik*[71]«, giftete Savo vor sich hin.

[69] Serbisch: Botschafter

[70] Serbisch: Stalinist

[71] Serbisch: Verräter

• • •

Als Kommissar Haselbacher und Bezirksinspektor Faustenhammer – Rayonsinspektor Altendorfer, der Kotelett-Toni, war wieder zur manuellen Verkehrsregelung eingeteilt, diesmal an der Kreuzung Panikengasse/Koppstraße – ins *Reiterer* traten, kam die junge Servierkraft Franziska, gerufen Franzi, auf sie zu und schaute die beiden hölzern an.

»Haben die Herren reserviert?«

»Zwei Personen auf ›Faustenhammer‹.«

»Und Sie …«, Franzi zögerte, »Sie sind … die Herren Faustenhammer?«

»Die Verhöre machen wir«, belferte Haselbacher, »wir sind von der Polizei.«

Franzi erschrak.

»Darf ich Ihre Ausweise sehen?«, fragte sie.

Haselbacher wurde massiv.

»Hören Sie, Fräulein, wir wollen hier nur was essen. Aber wir können Sie auch einsperren, wenn Ihnen das lieber ist!«

»Entschuldigen'S schon, aber der Chef …«

»Also haben wir jetzt einen Tisch?«, fragte Faustenhammer. Franzi ging zur Schank und blätterte in einem Heft.

»Momenterl, bitte … ja, da haben wir's: Faustenhammer … bitte …«

Sie nahm zwei Speisekarten und führte die Herren an einen Tisch nahe der Eingangstür.

»Da wird's sicher ziehen«, sagte Haselbacher, »das ist wahrscheinlich der mieseste Tisch im ganzen Wirtshaus.«

Franzi: »Was wollen die Herren trinken?«

Haselbacher und Faustenhammer *(gleichzeitig)*: »Krügerl!«

Faustenhammer: »Wir wissen auch schon, was wir essen.«

Franzi: *(in schweigender Bereitschaft und mit gezücktem Stift)*

Haselbacher: »Gulasch. Mit einem Gurkerl!«

Faustenhammer *(unverständlich)*: »Für mich ein *Gordon blöd* mit einem Mayonnaise-Salat.«

Franzi, ein wenig durcheinander, ab.

Kurz darauf kehrte sie mit zwei Krügerl Bier zurück.

Wortlos stellte sie die Getränke ab und zog sich schnell wieder zurück.

»Die werden wir uns dann vornehmen«, sagte Haselbacher nach einem ausgiebigen Schluck von seinem Bier, »vielleicht weiß die Näheres von dieser Schlägerei.«

Faustenhammer stieß es vom Bier auf. »Ja, aber zuerst essen.«

• • •

Die eine Hälfte der Haschisch-Tafeln trug Walter in seiner Umhängetasche, die andere trug Jack ebenfalls in einer Tasche, die aber in keiner Weise so schneidig war wie die Walters, denn er hatte sich eine von Suskias mit Filzblumen-Applikationen über die Schulter geworfen.

Es war früher Nachmittag, und die beiden traten in den Hof der Speckbachergasse 20 und gingen auf den Holzverschlag zu, als wäre das tägliche Routine.

Die Brettertür seufzte in ihren Angeln, als Walter sie öffnete. Just, als sie hineingingen, öffnete sich die Tür der Hausmeisterwohnung. Milana Potočnić trat mit einem Besen heraus und begann lebhaft, den Eingangsbereich ihrer Wohnung zu kehren. Gleichzeitig schwangen im zweiten Stock Fensterflügel auf. Eine Frau mit einem um den Kopf geschlungenen Handtuch beugte sich hinaus, rief verhalten in den Hof hinunter und deutete aufgebracht auf die offene Tür der Holzhütte.

»Frau Poczinc … äh … Frau Potočnić! Hallo … da … da sind zwei drinnen!«

Aber Milana Potočnić hörte nichts und kehrte geräuschvoll weiter. Dann fiel ihr Blick auf die offene Tür des Holzverschlages, sie unterbrach kurz, schüttelte den Kopf, murrte etwas auf Serbisch, schloss die Tür, schwang noch ein paarmal ihren Besen und verschwand in ihrer Wohnung.

Walter und Jack konnten sich erst wieder rühren, als sie hörten, wie die Tür zur Hausmeisterwohnung zuschlug. Beide atmeten tief ein, zogen eine Schraube aus dem *4.-Stock*-Schild, verstauten die Ware wieder in dem dahinterliegenden Hohlraum und bliesen erleichtert die Luft aus.

Dann erstarrten sie abermals. »Ferdl«, meldete die Dame im zweiten Stock bei offenem Fenster gut hörbar, »Ferdl, da sind zwei so … ding … unten im Hof! Ferdl! Jetzt komm doch her.«

»Mach's Fenster zu, Lintschi, das geht uns nix an«, sagte, nicht sichtbar, ihr Mann. Walter und Jack lugten durch einen Spalt zwischen den Brettern der Holztür und wagten erst, sie zu öffnen und auf den Hof zu huschen, als sie sich vergewissert hatten, dass das Fenster im zweiten Stock wirklich geschlossen war.

• • •

»Bitte, die Herren, was wollen Sie denn wissen?«, fragte Franzi, nachdem sie sich, der durchaus barschen Aufforderung Haselbachers folgend, zu den Beamten gesetzt hatte.

»Frau Franzi …«, setzte Faustenhammer an.

»Fräulein …«, verbesserte Franzi.

»Also, Fräulein Franzi«, fuhr er fort, »da war doch vor einer Woche oder so die Polizei bei euch, wegen einer Rauferei, wissen Sie da was Näheres?«

»Rauferei war das keine, Herr Inspektor. Dieser Jugo, Savo heißt der, mir scheint, der hat nicht lang gerauft, der hat dem einen von den Nazis in den Bauch gehau'n, dass der gleich zusammengeklappt ist, und dem anderen hat er eine derartige Ohrfeige gegeben … der war sofort terrisch … und … und …«

»Und was?«

»… und der Dritte ist dann gar nicht mehr rausgegangen.«

»Ja, liebes Fräulein, das wissen wir schon mehr oder weniger aus dem Protokoll, das uns vorliegt.« Haselbacher versuchte, väterlich zu klingen. »Haben'S denn eine Ahnung, wer dieser Savo ist und wer die anderen, diese … *Nazis*, wie Sie sagen, waren?«

»Ja, dieser Savo kommt hie und da essen, dem dürft's schmecken bei uns, aber sonst weiß ich nichts von dem, der spricht ja kaum ein Wort Deutsch. Ah ja, so eine gackerlgelbe Jacke hat er meistens an«, fügte sie hinzu. Faustenhammer und Haselbacher wechselten einen Blick.

»Eine gelbe Jacke, aha.«

Haselbacher, der nicht wusste, was er von Franzi noch erfahren wollte, fragte aus Verlegenheit: »Und was isst dieser Savo, wenn er bei euch ist?«

»Eine serbische Bohnensuppe.« Bezirksinspektor Faustenhammer fiel noch etwas ein.

»Sagen Sie, Franzi, kommt der Mann mit der gelben Jacke immer allein oder manchmal auch mit jemand anderes?« Franzi schaute sinnend in die Luft, als stünde die Antwort auf dem Plafond geschrieben, schüttelte dann aber den Kopf.

»Nein, nicht, dass ich wüsste.«

»Savo!« Haselbacher räusperte sich. »Klingelt's da bei Ihnen, Faustenhammer?«

»Klingeln?«

»Savo! Savo Potočnić! Der gelähmte Mann von der Hausmeisterin, der auf und davon ist.«

»No, jetzt wissen wir, wo sich der herumtreibt!«

In diesem Moment betraten drei junge Männer das *Reiterer*. Einer trug eine Jeansjacke mit Runensymbolen, und auch die anderen beiden waren stramm deutsch gekleidet.

Der mit der Runenjacke sah Franzi an Faustenhammers Tisch sitzen und sagte breitspurig: »Fräulein Franzi, haben wir nichts zu tun? Wir hätten eine Arbeit für Sie: drei Krügerl, aber zackig! Mit den Gästen schäkern, wo kommen wir denn da hin?«

»Das sind keine Gäste, die Herren sind von der Polizei.«

Der Wortführer der drei skandierte daraufhin einen spöttischen Spruch.

»Gib acht, gib acht, die Polizei, gleich fasst sie dich, bist nicht mehr frei.«

Faustenhammer beugte sich etwas vor. »Junger Mann«, sagte er in ruhigem Amtston, »hat man Sie nicht erst vor einer Woche mittels eines Schlages in die Magengegend zur Ordnung gerufen?«

Der Bursche mit der Runenjacke warf Faustenhammer einen bösen Blick zu, schwieg aber trotzig.

»Also, meine Herren, nehmen'S Platz und stören'S nicht eine Amtshandlung.«

Der Zurechtgewiesene bemühte sich, gefährlich zu schauen, gab seinen Kumpanen dann einen Wink, und die drei setzten sich an einen Tisch.

»Danke, Herr Inspektor«, flüsterte Franzi, »die drei, vor allem dieser eine, die sind ... so richtige Nazi-Orschlöcher.«

Haselbacher sagte ermahnend: »No, no, no, Fräulein Franzi!«

• • •

»Hoffentlich stierlt die Alte, die euch gesehen hat, nicht herum im *vierten Stock*«, sagte Suskia, als Edna, Werner, Jack und sie in Jacks Wohnung saßen. Aus den Boxen tönte in Zimmerlautstärke »Child in Time« von *Deep Purple*.

»Geh, die hat uns doch gar nicht gesehen«, antwortete Jack, »und selbst wenn, die checkt doch nie, dass das Zeug hinter dem Schild ist.«

»Trotzdem …« Walter streichelte gedankenverloren die Innenseiten von Ednas Oberschenkel. »Wir müssen es so schnell wie möglich loswerden.« Er küsste Edna auf die Wange. »Damit wir uns das Wasser einleiten lassen können und deine Sitzbadewanne bestellen.«

Edna nahm seine Hand von ihrem Schenkel. »Vielleicht können wir uns überhaupt eine größere Wohnung nehmen. Schon allein wegen deiner widerwärtigen Nachbarn … und ein eigenes Klo hätten wir dann auch.«

Walter begann wieder, Ednas Schenkel zu liebkosen, und schaute sie begehrlich an. »Für dich alles, Baby …«

»Turteln könnts zu Hause«, unterbrach sie Jack. »Wir brauchen einen Plan, wie wir die Sache durchziehen, ohne überzubleiben.« Während jeder seinen eigenen Gedanken nachhing, sang Ian Gillan:

Sweet child in time
You'll see the line
The line that's drawn between
Good and bad

»Wir brauchen eine Idee, wo wir das Geschäft machen«, sinnierte Walter.

»Es sollte ein Ort sein, den wir bestimmen, und nicht einer, den die vorschlagen«, sagte Suskia.

»Und wo?«, fragte Walter, nahm seine Hand von Ednas Schenkel und seine Augen aus ihrem Gesicht.

»Bei der *Liesl*?«

»Bei der *Liesl* wär' gar nicht schlecht«, spann Jack vage weiter. »Weil da fallen wir nicht auf und es ist trotzdem öffentlich genug, dass uns die nicht abstechen können oder sowas.«

»So gesehen …«, lenkte Walter ein.

»Und auf jeden Fall bei Tag«, sagte Suskia.

»Und ihr«, Walter wendete sich an die beiden Frauen, »ihr gehts mit und passts auf.«

»Ja, und kommt euch was suspekt vor, machts ihr einen *Bahö*[72] und schreits nach der Polizei.«

»Und ganz wichtig«, warf Suskia ein, »zuerst Geld, dann Ware.«

»Klingt gut.« Walter nickte und drehte die Stereoanlage, aus der gerade »Roadhouse Blues« von den Doors lief, laut.

Yeah, we're going to the Roadhouse
Gonna have real
Good time

»Lass bleiben.« Jack drehte sofort wieder leiser. »Das kannst dann in deiner neuen Wohnung mit Privatklo machen.«

[72] Wienerisch: Lärm, Geschrei, Unruhe

• • •

»No, viel haben wir nicht aus dieser Franzi herausgekriegt, das haben wir ja schon alles gewusst«, sagte Haselbacher, als er mit Faustenhammer wieder im Wachzimmer Grubergasse saß. »Was wir nicht ganz genau gewusst haben, ist, dass der Jugo ein Serbe ist.«

»Auch schon was.« Haselbacher winkte ab. »Ich sag's Ihnen, wie es ist, ich hab' keine Idee, wie wir weitermachen sollen. Wenn wir nur wen verhaften könnten, damit der Oberst eine Ruh' gibt ... aber wen?«

»Wir observieren das Wirtshaus, den *Reiterer*, und wenn dieser Savo auftaucht: Zugriff!«

»Wir wissen doch gar nicht, wie der ausschaut.«

»Wir nicht, aber die Franzi«, sagte Faustenhammer.

»Die Hausmeisterin könnten wir auch einnähen ... gelähmter Mann im Pflegebett ... auf einmal ist der Mann weg, widerlegbare Aussage, von wegen Rettung. Die Rettung weiß nichts, Spital weiß nichts. Wenn wir die in U-Haft nehmen, spuckt sie vielleicht was aus und sagt nicht immer nur: ›Nix waas da.‹«

Haselbacher zündete sich eine *Johnny* ohne Filter an.

»Wir könnten einen ... wie sagt man ... einen Übersetzer anfordern.«

»Dolmetscher?«

»Genau. Aber großen Eindruck wird das nicht machen, die ... wie heißt's ... die Potočnić haben wir ja schon einmal dagehabt, wegen der wird der Hofrat nicht springen vor Freud'.«

»Sonst fallt mir auch nichts ein, Herr Kommissar.« Faustenhammer resignierte.

Haselbacher drückte die *Johnny* aus. »Diese Geschichte mit dem Serben im *Reiterer* … die war doch, nachdem der pflegebedürftige Gatte von der Hausmeisterin verschwunden ist?«

»Ich glaub' schon«, sagte Faustenhammer.

»Glauben Sie, dass der wirklich ihr Mann ist? … Das wäre ja … ein Wahnsinn, Herr Kommissar!«

»Ja, ich denk' nur laut, Faustenhammer, ich denk' nur laut.« Haselbacher leerte seinen vollen Aschenbecher in den Papierkorb.

»Wir verhaften die Hausmeisterin. Dem Oberst reiß' ich schon einen Haftbefehl raus.«

• • •

Das Café *Savoy* war am, wenn auch späten, Vormittag nur schütter besetzt. Walter, Edna, Jack und Suskia hatten sich auf die Anweisung Herrn Theos in eine wie er meinte *ruhige* Ecke gesetzt. Die Herren hatten beide schon ihr Bier und Edna ihre Melange, nur der Jasmintee für Suskia ließ auf sich warten, was Suskia veranlasste, sich immer wieder nach Herrn Theo umzuschauen, was wiederum bei Jack nicht gerade für Freude sorgte.

»Was schaust du dich immer nach diesem *Ganeff*[73] um? Den wirst du doch schon oft genug gesehen haben, was?«

[73] Jiddisch: Gauner, Dieb, Betrüger

»Jackilein«, gurrte Suskia und griff ihm nebenher in den Schritt, »ich halte nur Ausschau nach meinem Jasmintee.«

Als Herr Theo endlich den Tee brachte, setzte er sich dazu, nicht ohne Suskia anzüglich anzublicken. »Also, wie habts ihr euch das vorgestellt?«

»Ganz einfach«, sagte Jack ein wenig spitz, »ihr bringt die 100.000 Schilling, wir bringen den Stoff, und zwar bei der *Liesl*, so um drei Uhr Nachmittag.«

»Ich hab' mit unserem Chef geredet, der zahlt keine 100.000.«

»Wie viel will er denn zahlen?«, fragte Walter.

»85.000.«

Edna tippte sich an die Stirn. »Seid ihr *meschugge*[74]? Handeln gut und schön, aber uns für blöd verkaufen, nicht gut und schön schon gar nicht.«

Herr Theo lenkte überraschend schnell ein. »Ich bin bevollmächtigt, bis auf 90.000 zu gehen.«

Walter sah Jack an, Jack sah Herrn Theo mit nicht zu missdeutender Ablehnung an.

»90.000, aber ohne die Trips. Für das Ganze wollen wir 95.000.«

In diesem Moment kam der Schamane ins *Savoy*, ging stracks auf den Tisch zu, blickte kurz Herrn Theo an, der zuckte die Schultern. Der Schamane setzte sich an den ruhigen Ecktisch, während Herr Theo aufstand, in die Telefonkabine ging und telefonierte. Nach ein paar Minuten kam er zurück. Alle sahen ihn erwartungsvoll an, aber

[74] Jiddisch: verrückt

Herr Theo sagte nur: »Gebts mir wer zwei, drei Schilling, der Automat ist mir abgeschnappt …«

Der Schamane saß bereits am Tisch, als Herr Theo sein Telefonat beendete und sich wieder hingesetzt hatte. »Neunzig, kein Groschen mehr, von mir aus ohne das LSD«, sagte er.

»Wenn es euch auf die fünf Tausender ankommt.« Walter zuckte die Achseln. »Die Trips werden wir so auch los«, ergänzte er.

Der Schamane beugte sich vor. »Wie viel Trips sind das?«

»Über achtzig«, sagte Suskia.

Der Schamane schwieg staunend.

»Ich sag' doch, dass das eine *Mezie*[75] ist«, bekräftigte Edna. »86 Yellow Sunshine für 5.000 Schilling«

»Und wie viel linke Trip ist dabei?«, fragte der Schamane.

»Keine!«, sagte Walter mit Nachdruck, obwohl er keine Ahnung hatte.

»*Dobre*. Ich nehme für 3.000.«

Walter und Jack schauten sich an. »Okay«, sagten sie unisono.

»Wenn viele linke Trip, ich mach' euch tot.«

»Nun denn«, sagte Herr Theo bewusst gespreizt, »Montag nächste Woche, drei Uhr Nachmittag, bei der Liesl. Wir bringen das Geld, ihr bringts das Zeug!«

»Ich auch komme um drei und bringe Geld, ihr bringt die Trip!«, sagte der Schamane mit kaum verhohlener Drohung im Tonfall.

[75] Jiddisch: Schnäppchen, gutes Geschäft

In Walter und Jack formte sich synchron ein Gedanke: Wir sollten Stichproben nehmen!

• • •

Walter nahm aus einer Zündholzschachtel zwei Trips, die sie für den Eigenbedarf einbehalten hatten, und gab einen davon Jack.

Sie saßen am frühen Abend bei reichlich Kerzenlicht in Walters Altbauwohnung in der Wurlitzergasse. Edna und Suskia verbrachten die Nacht in Jacks Wohnung in der Reizenpfenniggasse. Edna, weil sie dem LSD nicht traute. Zu oft hatte sie gelesen, Leute wären im von der Droge induzierten Glauben, sie könnten fliegen, aus dem Fenster gesprungen. Andere waren, so wurde erzählt, am Trip hängengeblieben und verbrachten ihr Leben irreversibel schwachsinnig in einer geschlossenen Anstalt, im Narrenhaus, wie man sich ausdrückte.

Walter und Jack saßen einander auf Polstern gegenüber, jeder eine Flasche *Ottakringer Goldfassl* in der einen und den orangefarbenen *Yellow Sunshine* in der anderen Hand.

Aus der Stereoanlage klang die *Pink-Floyd*-LP »Atom Heart Mother«, immerhin war es üblich, auf Trips den psychedelischen Klängen David Gilmours zu lauschen.

Walter und Jack führten die Tabletten zum Mund, öffneten ihn, schoben die Tablette sanft hinein und schluckten sie synchron hinunter.

Sie wussten, dass unter zehn Minuten keine Wirkung eintreten würde, also saßen sie nur konzentriert da und warteten gespannt, bis der Trip einfährt, wie man sagte.

Als sich nach zwanzig Minuten noch nicht das Geringste tat, meinte Walter: »Vielleicht haben wir zwei linke Trips erwischt?«

Jack stand auf, drehte die Platte um, und das dreiteilige, dreizehnminütige Stück »Alan's Psychedelic Breakfast« begann.

Walter sagte leidenschaftslos: »Hinter dir ... wölbt sich gerade die Wand.«

Jack setzte sich und blickte an Walter vorbei.

»Und hinter dir lodern im Fenster die Flammen.«

Walter sagte: »Hirnsausen.«

Dann Schweigen.

Nach einer Minute oder hundert Stunden antwortete Jack: »Das Gehirn ist das einzige Organ, das über sich selbst nachdenken kann.«

Wieder in die rasende oder aber auch in die gedehnte Zeit hinein meldete Walter: »Ich fühle mich wie eine Autobahnauffahrt.«

Wieder Stille, bis Jack einen Lachkrampf bekam und immer wieder vor sich hinsagte: »Autobahnauffahrt ... ein Wahnsinn ...«

Die Kerzen waren halb heruntergebrannt. Durch ihr Flackern erschien das Zimmer, auf das die ganze übrige Welt geschrumpft war, wie von einem trägen Stroboskop erhellt.

Jede ihrer Bewegungen wirkte auf eine harmonische Art ruckartig. Sie nahmen wahr, dass die Platte aus war, reagierten aber nicht, denn sie lauschten einem auf- und abschwellenden, tiefen, satten Orgelton nach, der seit – ja, seit wann eigentlich? – in ihnen vibrierte.

Jack legte schließlich Jimi Hendrix' »Electric Ladyland« auf und sie sprachen, immer wieder unterbrochen von erlebnisintensivem Schweigen, irgendein optisches Phänomen an, das die Welt des rechten Winkels Lügen strafte.

Währenddessen sägte ein Gitarrensolo durch ihre Köpfe und gleich darauf sang eine schwarze Stimme:

I want to show you
Different emotions
I want to learn you
The sounds and motions

Jack sagte mit weit offenen Pupillen: »Ich hab' jetzt gerade alles gewusst. Die Antworten auf alle Fragen.«

»Was für Fragen?«

»Warum es zum Beispiel alles gibt.«

»Und, warum gibt es alles?«

Jack beugte sich vor.

»Es gibt alles, weil es alles nicht gibt.«

Walter zeigte sich unbeeindruckt.

»Du schaust jetzt grad aus wie mein Vater.«

»Und du wie unser Religionsprofessor.«

Ein Geräuschcocktail setzte sich in ihren Gehörgängen fest, dessen akustische Ingredienzien sie nicht heraushören konnten. Erst allmählich schwoll der Orgelton ab. Die »Electric Ladyland«-LP war mitten im Titel »Voodoo Child« hängengeblieben und wiederholte höhnisch die immer gleiche Miniatur-Kakophonie. Ein forderndes Klopfen an der Wohnungstür drängte sich in den Vordergrund.

Die profane Wirklichkeit pochte auf ihr Recht.

Walter öffnete die Tür. Am Gang stand eine mannsgroße Ratte, die sich als Herr Summer entpuppte. »Sagen Sie, sind Sie terrisch? Hören Sie das nicht, dieses ewige Gekratze, dieses grausliche ... das ist ja nicht zum Aushalten.«

»Wird gleich aufhören«, sagte Walter, erstaunt, dass er das so selbstverständlich herausbrachte, und machte brüsk die Tür zu.

Jack lachte sich in eine glückselige Atemlosigkeit hinein, als ihm Walter schilderte, wie sich Herr Summer von einer Ratte in sein menschliches Selbst zurückverwandelt hatte.

Als die Wirkung des LSD nach Mitternacht sanft nachzulassen begann, lagen sie, voneinander abgewandt, mit den Köpfen auf ihren Polstern am Boden.

Jack murmelte: »Schon arg, wie wenig es braucht, um aus der Welt eine andere zu machen.«

»Die Welt bleibt dieselbe«, antwortete Walter schläfrig, »durch den Trip scheint sie uns nur anders.«

»Eben«, sagte Jack, »scheinen.«

Walter gähnte.

• • •

Am nächsten Tag hatten Edna und Suskia kurz vor drei Uhr nachmittags unweit der *Liesl* Stellung bezogen, wo das Haschisch, die Trips und die 93.000 Schilling die Besitzer wechseln sollten, und beobachteten, »sicherten das Umfeld«, wie Jack in Anlehnung an die Sprache eines Edgar-Wallace-Films gesagt hatte. Sie gingen schweigend auf und ab, bis Edna plötzlich sagte: »Ich bin jetzt schon den vierten Tag drüber.«

»Was?«

»Meine Regel bleibt jetzt schon seit vier Tagen aus.«

»Vier Tage?«, sagte Suskia leichthin. »Das ist doch nichts.«

»Ich mach' mir halt Sorgen.«

»Du nimmst doch eh die Pille, oder?«

»Ja, seit ... vier, fünf Monaten ...«

»Na, also.«

»Vielleicht hab' ich letzten Monat ein-, zweimal vergessen ...«

»Ein-, zweimal«, beruhigte Suskia, »das ist sicher egal.«

Bevor Edna antworten konnte, stellte sich ihnen ein untersetzter Mann mit einem taubengrauen Kurzmantel in den Weg. Als spräche er gar nicht zu den zwei jungen Frauen, knirschte er zwischen den Zähnen hervor: »Wo ist Pistole?«

Die beiden glaubten zuerst, einen Besoffenen oder Schwachsinnigen vor sich zu haben und antworteten erst mal ... nichts. Dann erinnerte sich Suskia schwach, wie ein

Mann – war es dieser Mann? – dem weißhaarigen Freund von Herrn Theo vor zwei Wochen den Ellbogen ins Gesicht gestoßen hatte. Sie nahm Edna bei der Hand und lief mit ihr Richtung *Liesl*. Dort schien das Geschäft abgeschlossen, denn Herr Theo und der Schamane waren bereits aufgestanden und wandten sich zum Gehen.

Jack hatte die Tasche mit den Blumenapplikationen samt Inhalt an Herrn Theo übergeben, der einen kurzen Blick hineinwarf, sie neben sich stellte, sich umblickte und nickte, woraufhin ein stiernackiger Mann mit einem abgewetzten, dunklen Anzug auf das Denkmal zukam, die Gruppe mit stieren Augen musterte, von Herrn Theo die Tasche übernahm, ihm im Gegenzug ein gelbes, dickes Kuvert übergab und sich wort- und grußlos entfernte.

Noch unspektakulärer nahm Walter die Dose mit den Trips aus seiner Tasche mit Flecktarn-Muster, gab sie dem Schamanen, der ihm emotionslos drei Tausend-Schilling-Scheine gab, sein weißes Haar aus der Stirn strich, sich schlaksig erhob und sich mit Herrn Theo Richtung Denkmal der Republik entfernte.

Der Herr mit dem starren Blick verließ mit der Hippietasche, deren Design in groteskem Gegensatz zu seiner eigenen Erscheinung stand, den Volksgarten, um gleich danach in eine schwarze, offiziell anmutende Limousine mit dunkel getönten Scheiben, die kriminell auf den Straßenbahnschienen der Ringstraße geparkt war, einzusteigen.

Walter klopfte bekräftigend auf seine Umhängetasche, erhob sich und ging mit Jack, so normal, wie es mit 93.000

Schilling in der Tasche möglich war, in die entgegengesetzte Richtung. Da tauchten die beiden Mädels auf.

»Vorsicht«, keuchte Saskia. »Der Typ mit dem grauen Mantel, das ist der mit dem gelben ...«

Die Mädchen deuteten ein wenig kurzatmig hinter sich. Walter und Jack schauten sich um.

»Gelber Mantel? Ich seh' nichts.«

»Heute hat er einen Grauen an ...«

»Kommts, schauen wir, dass wir weiterkommen.«

Sie gingen nah an der Theseus-Statue vorbei, die dem Tempel seinen Namen gab und die von Verwitterung und vor allem Taubenkot unschön patiniert war.

Mit einem langen Schritt trat Savo Potočnić hinter der Statue hervor, stellte sich ihnen in den Weg, zeigte eine kurze, spitze Klinge und hielt sie blitzschnell Suskia an die Kehle.

»Olles gusch, weil sonst ich schneide!«

Er nahm Suskia an der Hand und führte sie an den Rand des Gehweges. Die anderen drei folgten wie schlafwandelnd. Und das alles auf offener Straße, *vor die Leut'*, wie es in Wien hieß.

Es wird gesagt, dass Hypnotiseure, die auf Volksfesten oder auch seriöseren Veranstaltungen Menschen auf die Bühne holen und diese dann zum Gaudium der Zuschauer zum Beispiel gackern lassen, indem sie ihnen suggerieren, sie wären Hühner, oder anderwärts zum Hanswurst machen, mit einer Art Schock die Trance und somit die Willfährigkeit der Vorgeführten induzieren.

So ähnlich war es auch hier: Das urplötzliche Auftreten Savos, das Präsentieren der kleinen, spitzen Klinge, die herausgebellte Drohung, all das ließ die vier in eine Art Schocktrance fallen. Sie folgten Savo widerstandslos.

»Wo ist Pistole?«, krächzte Savo.

Jene Waffe, die ihn sentimental an seine Partisanenzeit erinnerte. Er konnte den Gedanken nicht ertragen, sie im Besitz von jemand anderes zu wissen. Und dieser Jemand musste einer dieser langhaarigen, von Grund auf verweichlichten Jugendlichen sein.

Savo trat an Jack heran und tastete ihn hastig, aber gründlich ab. Als er nichts fand, drehte er sich zu Walter hin und griff nach dessen Umhängetasche. In diesem Moment fiel die Schockstarre von ihnen ab. Suskia nutzte einen Moment der Unachtsamkeit und riss sich von dem Serben los. Bevor dieser begreifen konnte, was passierte, war sie schon auf und davon.

Edna, Jack und Walter hinterher. Savo stand nun seinerseits wie gelähmt da, besann sich, steckte das kleine, spitze Messer ein und ging entschlossen auf die Volksgartenbäume zu, um ehestens hinter ihnen zu verschwinden.

Als die vier den Volksgarten hinter sich gelassen hatten, blieben sie stehen und blickten sich um.

»Stellt euch vor, der hätte meine Tasche aufgemacht und das Geld gesehen«, sagte Walter.

»Wahnsinn«, sagte Edna.

»Und wenn er dich abgetastet und die Pistole gefunden hätte …« Jack blickte zum Himmel.

»Der hätte uns womöglich auf der Stelle erschossen.« Suskias Stimme zitterte.

»Erschießen hätte er uns nicht können.« Walter lächelte kryptisch.

»Wieso nicht?«, fragte Jack. »Kannst du dich erinnern, wie schnell der die zwei Nazis umgehackt hat und gleich drauf verschwunden ist?«

»Gar nichts wär' gewesen«, sagte Walter. »Ich hab' die Puffen gar nicht mit.«

»Was? Du gehst *unbewaffnet* zu so einem Treffen mit solchen Leuten? Wieso?«

Walter schien bei aller Erleichterung peinlich berührt. »Ich hab's zu Hause liegen lassen.«

»Eigentlich ein Wahnsinn«, sagte Jack, als er sich ein wenig gefasst hatte, »mit welcher Selbstverständlichkeit und ohne jede Heimlichtuerei die *Übergabe* abgelaufen ist ...«

»In einem Film hätten die sich weiß der Teufel was angetan.«

»Und kein Mensch hat was bemerkt!«

Edna meinte: »Selbst wenn, keiner hätt' was gesagt, alle hätten's weggeschaut.«

»Die Leut' schauen doch bei allem weg. Unser Vater sagt immer: Nur nicht anstreifen!«, sagte Jack.

»Wenn die Menschen nicht so feig und so blöd wären, hätte der Hitler scheißen gehen können«, sagte Edna.

»Na ja, ganz so einfach ist es nicht, Edna«, sagte Jack. »Aber im Innersten hast du recht.«

Suskia sagte: »Die Menschen sind kalt.«

Darauf Edna: »Und welches Wort in die Kälte rufen?«

»Wie?«

»Aus einem Gedicht über die *Shoah* ... mehr weiß ich auch nicht.«

Alle schwiegen einen Moment, dann fragte Edna sachlich: »Was machen wir mit dem Geld? Ich meine, legen wir's auf eine Bank, oder was?«

Jack seufzte: »Eine Bank ... *mazel tov*.«[76]

• • •

Savo Potočnić war, aus Interesse und übelwollender Neugier, sich routiniert tarnend, dem Schamanen und Theo gefolgt, als diese sich vom *Restoran Trabicz* aus auf den Weg zur *Liesl* gemacht hatten.

Nach dem gescheiterten Versuch, sich seine Waffe wiederzubeschaffen, versteckte er sich hinter einem großen Baum und spähte auf die Ringstraße. Er sah, wie der Mann mit der burlesken Hippie-Tasche, die er von einem der langhaarigen Burschen bekommen hatte, in eine Limousine stieg.

Dragan, dachte er, den brauche ich.

Dragan Zaradicz nahm im Fond neben einem hochseriös wirkenden Mann Platz, der dem Fahrer auf die Schulter tippte. Daraufhin kurbelte dieser sein Fenster herunter und gab der *Weißen Maus*[77] einen Wink. Die rollte auf ihrem

[76] Jiddisch: Viel Glück

[77] Wienerisch: Polizist mit Motorrad und weißer Dienstkappe

Motorrad mit gebieterischer Geste in den fließenden Verkehr hinein und hielt ihn an, worauf sich die Limousine mit Würde in diesen einreihen konnte. Der seriöse Herr warf einen Blick in die Tasche und nickte. »Verpacken. Ich fliege nächste Woche hinunter«, sagte er auf Serbisch.

»Und für uns ... äh ... Sie, Herr Botschafter?«

»Gib dem Albino was auf Kommission, er soll das Zeug strecken«, sagte der überaus korrekt gekleidete Mann und lächelte schief. »Wieder bisschen Taschengeld für uns ... äh ... mich.«

• • •

Bezirksinspektor Franz Faustenhammer, unterstützt von Rayonsinspektor Anton Altendorfer, führte Milana Počnić ab, die auf Serbisch vermutlich gotteslästerlich fluchte und immer wieder aufschluchzte, ob aus Verzweiflung oder Wut ließ sich nicht sagen.

»Tun'S nicht schreien«, beschwichtigte sie Faustenhammer, »es nutzt Ihnen ja so und so nichts.«

Hofrat Oberst Ableitinger hatte auf den Antrag zur Ausstellung eines Haftbefehls für die Serbin zunächst unwirsch reagiert. »Wie oft wollen'S denn diese Hausmeisterin noch dranglasieren, Haselbacher? Jetzt haben'S erst eine Hausdurchsuchung gemacht und jetzt wollen Sie sie gar verhaften?«

»Es gibt den mehr als begründeten Verdacht der Verschleierung, Herr Hofrat.«

»Verschleierung, so …«, murmelte der Herr Hofrat und unterfertigte ohne viel Hoffnung den Haftbefehl.

Ein übergewichtiger Mann, so um die fünfzig, mit einer bizarr schiefen Hakennase und einem grotesken Doppelkinn, saß in Kommissar Haselbachers Amtszimmer, als Milana Potočnić hereingeführt wurde. Als sie des Kommissars ansichtig wurde, begann sie neuerlich auf Serbisch zu zetern, bis der Dolmetscher mit tiefer, beruhigender Stimme in ihrer Muttersprache auf sie einredete.

»Also, Frau Potočnić.« Haselbacher fragte sich, warum ihre linke Gesichtshälfte – noch immer, schon wieder? – geschwollen war.

»Sie haben uns ja auf Befragen keine Auskünfte gegeben und, zumindest was Ihren Mann betrifft, haben Sie uns angelogen. Darum haben wir einen … äh …«

»Dolmetscher …«, half Altendorfer.

»Also einen Dolmetscher, den Herrn Kruticz, zugezogen, damit es nicht daran scheitert, dass Sie nicht gescheit Deutsch können. Alsdann: Wo ist Ihr Mann, Frau Potočnić?«

Milana *(nachdem Herr Kruticz übersetzt hat)*: »Ich schwöre, ich weiß es nicht!«

Haselbacher *(zwingt sich zur Ruhe)*: »Frau Potočnić, so kommen wir nicht weiter, also noch einmal: Wo ist Ihr Mann?«

Milana: »Ich weiß es wirklich nicht!« Haselbacher *(schweigt zunächst, zündet sich, mit letzter Kraft einen Tobsuchtsanfall hintanhaltend, eine Johnny ohne Filter an)*: »Zuerst erzählen Sie uns, Ihr Mann ist gelähmt, dann ist auf einmal sein Bett leer, und es stellt sich heraus, dass Ihre Aussage, die Rettung habe ihn abholen müssen, gelogen war, denn weder die Rettung noch die umliegenden Spitäler wissen was von einem ...«

Faustenhammer *(aufblickend)*: »Savo ...«

Haselbacher: »Savo Potočnić ... und Sie geben an, dass Sie von nichts wissen?«

Milana: »Ich habe keine Ahnung, wo er ist.«

Haselbacher *(springt auf, zeigt mit der brennenden Zigarette auf Milana, sehr laut)*: »Du Tschuschenhex', du nichtsnutzige! Machst du jetzt endlich deine Zigeunerpapp'n auf? Du weißt nicht, wo dein Mann ist, aber wir wissen, vorige Woche hat er zwei ... äh ... junge Inländer beinahe erschlagen! Und was ist mit diesem Funkgerät, das wir gefunden haben?«

Herr Kruticz *(besonnen)*: »Herr Kommissar, den Anfang übersetze ich nicht. Mit Beschimpfungen machen Sie sie nur noch bockiger. *(zu Milana auf Serbisch)* Du musst ihnen irgendetwas sagen, von dem sie glauben, das ist was. Sonst lassen sie dich nie wieder in Ruhe, und du verlierst vielleicht deinen Hausmeisterposten.«

Milana *(zu Kruticz)*: »Aber ich weiß wirklich nicht, wo er ist und was er vorhat, weil ich ...«

Kruticz *(deutet auf Milanas Wange)*: »Sag, Milana, schlägt dein Mann dich?«

Milana *(schüttelt zuerst heftig den Kopf, dann schluchzt sie kurz auf)*: »Nein ... ja!«

Haselbacher *(dazwischenkläffend)*: »Redets gefälligst Deutsch!«

Milana: »Ich gebe zu, mein Mann ist nicht gelähmt, er hat gesagt, wir tun nur so, zur Tarnung. Und das Funkgerät habe ich gar nicht angreifen dürfen.«

Altendorfer *(diensteifrig)*: »Zur *Tarnung*? Und zu was braucht denn der Herr Gemahl eine Tarnung oder gar ein Funkgerät?«

Haselbacher *(mit strengem Seitenblick auf Altendorfer, der verlegen an seinen Koteletten zupft)*: »Mit wem hat er denn … verkehrt … ich meine … hat er funkverkehrt?«

Milana *(achselzuckend)*: »Ich weiß nicht genau … vielleicht mit Moskau … er hat immer Russisch gesprochen.«

Haselbacher *(holt tief Luft)*: »Mit Moskau … dem Feind im Osten! Womöglich mit dem KGB?«

Altendorfer *(wegwerfend)*: »KGB? Wir sind doch nicht beim *James Bond*.«

Haselbacher: »Halten'S den Schlapfen, Altendorfer! Und was redet er da, der Gatte, wenn er mit Moskau spricht?«

Milana: »Ich weiß nicht, ich kann ja kein Russisch. Manchmal hat er zu Hause was gemurmelt von unserem Tito und Staatsbesuch.«

Haselbacher *(verwirrt)*: »Tito? Staatsbesuch? Aber der ist doch abgesagt, wegen zu geringer Sicherheit, hab' ich mir sagen lassen müssen. *(zu Kruticz)* Fragen Sie sie, ob ihr sauberer Mann was zu tun hat damit.«

Milana: »Vielleicht, ja, möglich ist es schon … aber Genaues weiß ich nicht.«

Haselbacher *(in seinem Kopf schrillen Alarmglocken, er weiß aber nicht, warum)*: »Wenn Sie schon nicht wissen, wo er ist, wo, glauben Sie, könnte er sein?«

Milana: »Oft ist er bei einem Freund, im *Restoran Trabicz*.«

Haselbacher *(lauernd)*: »Und wie heißt dieser Freund?«

Milana zuckte die Achseln.

Haselbacher: »Aha! Und was gibt es da in diesem *Trabicz*?«

Milana: »Serbische Spezialitäten.«

Haselbacher stand auf, verabschiedete Herrn Kruticz, deutete auf Milana und gab dann Rayonsinspektor Altendorfer einen Wink.

»Führen Sie sie ins Einzelzimmer, Herr Inspektor.«

Milana protestierte, was niemand mehr übersetzen konnte, aber Haselbacher sagte: »Sie haben uns ein paar Antworten gegeben, wovon die meisten nichts Neues für uns waren, aber jede Ihrer weiteren spärlichen Auskünfte wirft neue Fragen auf. Jetzt bleiben'S einmal 48 Stunden bei uns, und dann sehen wir weiter.« Milana sagte trotzig: »Wieso muss bleiben? Habe gesagt alles!«

»Vielleicht fallt Ihnen ja noch was ein?«

Und zu Faustenhammer gewandt: »Schickts die *Fumagalie*[78] in ein paar Stunden heim.«

»Jebote!«, sagte Milana.

[78] Alt-Wienerisch, etwa: unsympathische Frau

• • •

»Hast du die Regel schon gekriegt?«, fragte Suskia, als sie mit Edna auf einer Bank am Musilplatz nahe der Sandleitengasse in Ottakring saß.

»Nein. Nichts!«

»Wie lang bist du jetzt schon drüber?«

Edna zählte an ihren Fingern ab. »Elf Tage.«

»Na ja«, sagte Suskia, »das ist noch kein Malheur.«

Und nach einer Pause: »Sag, tätest du ein Kind wollen?« Edna blickte erstaunt auf.

»Ich weiß nicht … eher nicht.«

»Hast du mit dem Walter schon geredet?«

Edna schüttelte den Kopf.

Suskia hingegen nickte. »Ist vielleicht besser so. Du musst einen Schwangerschaftstest machen, dann weißt du, woran du bist.«

»Der Walter will sicher kein Kind«, sagte Edna.

• • •

Walter und Jack hatten jetzt zum ersten Mal im Leben ein Konto. Bei der »Zentralsparkasse der Gemeinde Wien«.

Das Guthaben für jeden betrug 41.500 Schilling. Von den insgesamt 93.000 hatte sich jeder 5.000 in bar behalten.

Edna und Suskia waren anfänglich sichtlich frustriert gewesen, dass der Erlös aus dem Drogengeschäft nicht durch vier geteilt worden war und sie, als Walter und

Jack von der Bank zurückkamen, nur je einen *Sparefroh*[79] überreicht bekamen. Sie wurden aber versöhnlich und anschmiegsam, als Walter und Jack sie in die teuren Wiener Innenstadtboutiquen mitnahmen.

Suskia, behängt mit etlichen Tragtaschen, schwärmte Jack gegenüber von ihrem zukünftigen Leben in Indien, von *Love and Peace*, unerschöpflichen Quellen von wunderbarem Zeug zum Rauchen, (Liebes-)Nächten unter freiem Himmel und vollkommener Erfüllung in der Hippie-Kommune. Edna war auch erfreut, reagierte für Walters Empfinden aber einsilbig und unkonzentriert; egal, wie viel er ihr von eingeleitetem Fließwasser und Luxus-Sitzbadewannen vorschwärmte.

Im *Hawelka* (das *Savoy* mieden sie aus naheliegenden Gründen) tranken sie Kakao mit Rum, aßen Wurstbrote und etliche Buchteln vom Vortag, die, selbst wenn sie frisch waren, niemals dem Ruf gerecht wurden, der ihnen vorauseilte. Es kümmerte sie zum ersten Mal überhaupt nicht, ob sie genug Geld mithatten, sie fühlten sich jung, sexy, total *in* und reich, ein Zustand, der früher eher Verachtung bei ihnen ausgelöst hätte. Die Leichtigkeit des Seins, ja, das Glück war ausgebrochen. Allein Edna wirkte nicht so unbeschwert wie die anderen, und ihr Lachen klang künstlich.

»Was ist los?«, fragte Walter. »Es ist doch alles total leiwand!«

»Ich muss mit dir reden«, flüsterte sie.

[79] Eine Werbefigur, die vor allem in den 60er und 70er Jahren weit verbreitet war

»Na also, red schon«, sagte Walter.

»Nicht hier. Bitte.«

Als Edna und Suskia später zusammen aufs Klo gingen, fragte Jack beiläufig: »Hat sie was?«

»Ich weiß von nichts«, sagte Walter. »Hat sie zu dir irgendwas gesagt?«

»Nein, gar nichts.« Jack runzelte die Stirn.

»Irgendwie suspekt.«

In der Enge der Damentoilette fragte Suskia Edna beim Händewaschen: »Und? Hast die Regel gekriegt?«

Edna griff in ihre grobleinige Handtasche, holte einen Schwangerschaftstest hervor und zeigte ihn Suskia.

»Scheiße.«

• • •

In schmutzig grauer, vorstädtischer Morgendämmerung verließ Savo Potočnić die Hausmeisterwohnung in der Speckbachergasse 20 und stahl sich da hin, wo er in den vergangenen Wochen die Tage verbracht hatte, ins *Restoran Trabicz* in der Seeböckgasse.

Er konnte das Lokal trotz der frühen Stunde, in der er es immer aufsuchte, problemlos betreten, weil eine junge Frau aus Mazedonien, namentlich aus der Hauptstadt Skopje, täglich sauber machte und Savo die Tür öffnete.

Der Schamane und seine Frau schliefen um diese Zeit noch, und so war Savo mit der Mazedonierin jeden Tag ein, zwei Stunden allein.

Sie brachte fast täglich Frühstück für ihn mit, denn Savo wollte weder in der Greißlerei noch in der Backstube, die am Weg von der Speckbachergasse in die Seeböckgasse lagen, auftauchen, damit, sollte man nach ihm fragen, niemand der Polizei sagen könne, er käme da vorbei, und so Rückschlüsse auf seinen Verbleib gezogen werden konnten.

Die junge Frau aus Mazedonien zuckte ein wenig zusammen, als sie Savos Klopfen vernahm, stellte den Besen mit dem feuchten Ausreibfetzen in den vorgesehenen Kübel, öffnete, und er huschte herein.

»*Dobro jutro*«[80], sagte die Mazedonierin.

»*Zbogom,*[81] Blanca«, antwortete Savo, und es schwang eine Art von Verbindlichkeit in seinem knappen Gruß mit, die man bei ihm nicht gewohnt war. Er setzte sich an einen der Tische. Blanca nahm das mitgebrachte Frühstück aus dem Papiersackerl, legte es auf einen Teller, stellte ihn vor Savo hin und machte Tee.

Als sie sich wieder ihrer Arbeit widmen wollte, nahm Savo sie beim Handgelenk, zog sie zu sich und bedeutete ihr, sich zu ihm zu setzen.

»Savo, ich muss fertig werden, ich …«

Savo lächelte dreckig. »Komm her, ich mach' dich schon fertig.«

Vor knapp zwei Wochen hatte Savo sie zum ersten Mal wortlos vergewaltigt. Seit diesem Tag vergriff sich Savo immer wieder an ihr. Blanca ließ es über sich ergehen. Zu groß

[80] Serbisch: Guten Morgen

[81] Serbisch: etwa „Servus"

war ihre Angst vor den Konsequenzen. Sie wollte ihren Job nicht verlieren und auch nicht die Wut dieses Psychopathen auf sich ziehen. Sie hatte Savo klargemacht, er bräuchte ihr dabei den Mund nicht gewaltsam zuhalten, denn sie würde nicht schreien. Savo wollte auf keinen Fall, dass der Schamane oder seine Frau etwas von seinem *Morgensport* erfuhren. Blance dachte, eher wäre es opportun, ihm den Mund zuzuhalten, denn wenn er abspritzte, grunzte er wie ein angeschossener Eber.

Savo trank den letzten Schluck Tee und begann, seine Hose aufzuknöpfen. Blanca hob ihre Wickelschürze, beugte sich über den Tisch und hielt ihm wie gewohnt ihr Hinterteil entgegen.

Heute allerdings wollte Savo es von vorn, drehte sie grob um, zog ihr die Unterhose aus, roch leidenschaftlich daran und warf sie von sich. Fatalerweise so, dass sie in dem blauen Kübel landete, in dem sich das schäumende Aufwaschwasser zusammen mit dem Wischmopp befand.

Blanca lag auf dem Tisch, Savo streifte sich hechelnd einen *Olla* über und drückte seinen Schwanz in sie hinein. Er begann, sich hastig und linkisch zu bewegen und in gnädig kurzer Zeit kündigte sich sein finales Grunzen an. Als Blanca in dem Moment, als Savo kam, die Augen kurz öffnete, sah sie in das Gesicht eines Wesens, das aus einer fremden Unterwelt zu kommen schien. Sie machte die Augen gleich wieder zu.

Als es vorbei war, ging Savo zum Gläserwaschbecken, zog den Olla schnalzend ab, warf ihn in den Mistkübel, hielt seinen fast wieder schlaffen Schwanz unter den Wasserhahn und spülte ihn ab, während Blanca sich mit einem Papiertaschentuch säuberte und es sie dabei, wie jedes Mal, reckte.

Blanca spülte die Unterhose unter dem von Savo zweckentfremdeten Wasserhahn aus und hängte sie auf einen Geschirrtuchhaken unter die Schank.

Savo setzte sich wie jeden Tag in jene Ecke des Lokals, die von außen nicht eingesehen werden konnte, und beobachtete Blanca beim Putzen.

Die Schamanin kam heute früher als gewöhnlich von der Wohnung ins Lokal, wünschte Blanca einen guten Morgen und ignorierte Savo, obwohl dieser fragte: »Heute schon so früh auf? Kommt vielleicht jetzt dann gar schon eine Kundin?«

Sie trat hinter die Schank und bemerkte die nasse Unterhose Blancas. Sie hob sie hoch.

»Was soll denn das, Blanca?« Blanca schüttelte ungestüm den Kopf und warf der Schamanin einen beschwörenden Blick zu, worauf diese die Unterhose wieder verschwinden ließ. Savo hockte da, rauchte eine seiner russischen Zigaretten und hustete.

• • •

Edna saß neben Walter auf dem Bett seiner Wohnung in der Wurlitzergasse. Seine Augen wanderten zunächst verstört, dann entsetzt von dem Schwangerschaftstest zu Edna und wieder zurück.

»Du bist schwanger?«, fragte er.

Edna nickte.

»Das ist eine Katastrophe!«

Edna seufzte.

»Was machen wir denn jetzt?«

Edna schwieg.

Dann stand sie auf und legte *Uriah Heep* auf den Plattenspieler.

She came to me one morning
One lonely Sunday morning ...

Sie setzte sich wieder zu Walter. »Wir müssen es wegmachen lassen.«

Walter kratzte sich mit dem Teststreifen am Kopf. »Auf jeden Fall.«

Her long hair flowing
In the midwinter wind ...

»Wir brauchen einen Arzt, der sowas macht.«

»Kennst du einen?«

I know not how she found me
For in darkness I was walking
And destruction lay around me
From a fight I could not win ...

»Ich? Woher soll ich so einen Arzt kennen?«

»Heilige Scheiße!«

Ah, ah-ah, ah-ah, ah-ah, ah-ah …

In der Nachbarwohnung, jener von Herrn und Frau Summer, wurde protestierend an die Wand geklopft. Walter sprang auf und schlug mit den Fäusten auf die Wand ein, an der das Poster eines selbstvergessenen, mit einer weit ausholenden Bewegung auf seine Gitarre dreschenden Pete Townshend hing.

Walter schrie: »Gehts scheißen, ihr Orschlöcher!«

Ah, ah-ah, ah-ah, ah-ah, ah-ah …

• • •

Als Blanca gerade mit der Schamanin nach hinten in die Wohnung ging, um abzurechnen, verabschiedete sich Savo.

»*Vidimo se sutra*«[82], sagte er Richtung Blanca, ehe er das Gasthaus verließ.

»War etwas?«, fragte die Schamanin beiläufig, als sie die Tür in ihre Wohnung aufsperrte.

Blanca blieb im Türrahmen stehen. »Er vergewaltigt mich fast jeden Tag …«

»Was?«

[82] Serbisch: Bis morgen

»... ich wehre mich nicht, ich halte ihm die ein, zwei Minuten meinen Arsch hin ... aber heute wollte er von vorn. Ich hab' ihm kurz ins Gesicht geschaut ... der Mensch ist ein Tier.«

»Dieser Irre«, sagte die Schamanin, »dabei hat der einen religiösen ... Kopfschuss! Ich muss mit meinem Mann reden, der kann nicht jeden Tag bei uns im Lokal herumsitzen und am Abend bis zur Sperrstunde die Gäste anglotzen ... die meisten kennen ihn zwar irgendwie, aber das geht nicht!«

»Und«, fragte Blanca, »glaubst du, der lässt sich was sagen?«

»Keine Ahnung«, sagte die Schamanin. »Mit Gewalt ist bei dem nichts zu machen, gegen den ist kein Unentschieden möglich. Den kann man nur erschießen, am besten von hinten.«

• • •

Der Schamane erhob sich, entschlossener, als ihm zumute war, nachdem seine Frau ihm abends erzählt hatte, dass Blanca seit Wochen von dem »wahnsinnigen Stalinisten« geschändet wurde, steckte ein Stilett, seine Stichwaffe für *heikle Aufgaben* aus der Familie der Dolche, mit schlanker, sehr dünner, extra zugespitzter Klinge und viereckigem Querschnitt in die geräumige Innentasche seines *Maxi*[83]-Mantels und verließ das *Restoran Trabicz*. Den Geisteskran-

[83] Maxi-Mode, als Antipode zu Minirock/Kleid

ken schick' ich in die hinterste Hölle, den steche ich ab wie ein Schwein. Der macht uns noch alles kaputt, dachte er.

Auf dem Weg zur Speckbachergasse schwoll sein Hass auf den Partisanen, den er aus Furcht sonst immer wieder niederrang, zu seiner tatsächlichen Größe an.

»*Moramo ga se riješiti*«[84], sagte er vor sich hin.

Savo ging zügig, sich immer wieder nach allen Seiten umblickend, den nächtlichen Weg von der Seeböckgasse in Richtung Hausmeisterwohnung Speckbachergasse 20, um dort eine weitere großteils schlaflose Nacht zu verbringen.

Als er in die Nähe des Haustores kam, witterte er mit seinen kriegsgeschärften Sinnen die Gefahr. Er verlangsamte seine Schritte und wechselte die Straßenseite, sodass er das Haustor von vorn überblicken konnte. So sah er, trotz der herrschenden Dunkelheit, den hochaufgeschossenen, hageren Albino, wie er sich in eine Ecke drückte und unentdeckt wähnte.

Savo überquerte mit entschlossenen Schritten die Straße, tat so, als würde er in seinem Caban nach dem Hausschlüssel suchen, griff sich aber vielmehr sein kleines Messer mit der kurzen, spitzen Klinge und ging geradewegs auf den Schamanen zu, der, als er Savo bemerkte, sein Stilett in der rechten Hand bereithielt, einen Schritt nach vorn machte und sich anschickte, Savo die Waffe in den Bauch zu stoßen. Doch die Dolchspitze ritzte nur geringfügig Savos linken Unterbauch. Als Savo ihm in einer

[84] Serbisch: Der muss weg.

entschiedenen Abwehrbewegung mit der scharfen Klinge des kleinen Messers auf dem Handrücken eine tiefe Schnittwunde verursachte, ließ der Schamane das Stilett fallen und stieß einen Schmerzensschrei aus.

Savo hielt ihm mit seiner rechten Hand, groß wie ein Squashschläger, den Mund zu, packte mit der linken den Hinterkopf des Schamanen an dessen Haaransatz und brach ihm mit einem Ruck das Genick.

Eine, seine letzte, Sekunde zuckend, hing der Schamane gleich darauf leblos in Savos Händen, der ihn mit einer Hand an seinem langen, weißen Haar packte, mit der anderen das Haustor aufsperrte und den Toten in den Hof zerrte.

Als er sah, dass eine Matrone im Nachthemd aus einem offenen Fenster im zweiten Stock in den dunklen Hof herabblickte, drückte er sich in eine Ecke, gleich neben dem noch nicht ganz zugefallenen Haustor, und hielt die Leiche unter den Armen fest, sodass die langen, dünnen Beine des Schamanen wie die einer übergroßen Puppe entseelt über den Boden schleiften.Savo wartete ab, bis die Frau vom Fenster zurücktrat, dann legte er die Leiche neben dem Haustor ab, glitt eilends zur Tür der Hausmeisterwohnung und klopfte in einem bestimmten Rhythmus, bis Milana ihm aufmachte.

»Gib mir den Fleischhobel.«

Sie verschwand in der Wohnung. Als sie zurückkam, blickte Savo im Schein der Lampe über der Wohnungstür auf das Küchengerät.

»Blau?«

»Den Alten hat die Polizei.«

Savo ging mit dem Wiegehobel zu der abgelegten Leiche, nahm deren Kopf mit der einen Hand bei den Haaren und drückte mit der anderen kraftvoll das geometrische Muster des Hobels in das Gesicht des Schamanen. »Izdanik[85]!«, murmelte er.

Dann warf er den Toten vor die Haustür der Speckbachergasse 20 und huschte in Richtung Hausmeisterwohnung davon.

• • •

Der Arzt in Ottakring, genauer noch im Liebhartstal, nahm mit schlecht verhohlener Selbstgefälligkeit seine Brille ab. »Ich mache so etwas nicht!«, sagte er in durchaus drohendem Unterton.

»Ich weiß, es gibt sogenannte Kollegen, die derartige Eingriffe durchführen, ich allerdings lehne es ab, nicht nur, weil es ungesetzlich ist, sondern vor allem, weil es gegen meine ethisch-religiöse Überzeugung ist. Die Fristenlösung, die uns die rote Reichshälfte überstülpen will, ist Gott sei Dank noch ein moralisches Irrlicht am Horizont.«

Walter und Edna saßen betreten vor dem Schreibtisch in der Praxis des Arztes Dr. med. univ. Hans Schisterl.

»Aber ich bin erst Anfang der vierten Woche«, sagte Edna eingeschüchtert, »und da ist es …«

[85] Serbisch: Verräter.

»Junge Frau«, sagte Schisterl, »kommen Sie mir bitte nicht so! Ich weiß nicht, welchen edukativen Hintergrund Sie haben, aber das, was Sie unter dem Herzen tragen, ist Leben im *status nascendi,* also Leben im Entstehen begriffen, und es gibt keinerlei Rechtfertigung, in den Kreislauf von werden und sein einzugreifen.«

»Aber wir haben genug Geld, wenn Sie das meinen.«

»Ich darf Sie bitten, meine Praxis zu verlassen. Seien Sie froh, dass ich Sie so einfach gehen lasse. Von Rechts wegen müsste ich Sie anzeigen ...«

Der Arzt erhob sich, schritt entschlossen zur Tür und hielt sie auf. Walter und Edna standen verzagt auf und verließen grußlos die Praxis.

»Und überlegen Sie gut, junge Frau, ob Sie Ihr Seelenheil riskieren wollen!«, rief er ihnen noch nach.

Draußen schlang Edna ihre Arme um Walters Hals und barg ihren Kopf an seiner Schulter.

»Das war jetzt der dritte ...«

»Das wird schon«, sagte Walter ohne Zuversicht.

• • •

Bezirksinspektor Faustenhammer drängte seinen feisten, wuchtigen Körper durch die Menschentraube, die vor dem Zinshaus Speckbachergasse 20 rund um den Toten mit dem entstellten Gesicht und den langen, weißen Haaren, den starren, rötlichen Augen und dem gespenstisch verdrehten Kopf stand.

»Gehn'S weiter, da gibt's gar nichts zu sehen«, sagte er und arbeitete sich vor.

»Ah, das ist für Sie *gar nichts?*«, alterierte sich ein Herr, der sich sichtlich für die lebenslange Korpulenz entschieden hatte. »Dass zum zweiten Mal in sechs Wochen eine Leich' mit zerschnittenem Gesicht im Rinnsal liegt?«

Seine Frau, die offenbar eine ähnliche Entscheidung getroffen hatte, keppelte: »Wenn man die Polizei braucht, ist sie nicht da.«

»Genau, das hätte es seinerzeit nicht gegeben, da hat man zu jeder Tages- und Nachtzeit auf die Gasse gehen können. Da hätte sich keiner getraut, wem am helllichten Tag den Hals umzudrehen!«

»Hermann, sei stad[86]«, zischte die Gattin, »heutzutage kriegst gleich Unannehmlichkeiten, wenn du sowas sagst.«

»Drängen Sie mich da nicht weg, Sie Rüpel!«, sagte eine Frau in einem geblümten Schürzenkleid mit einem Zwergpinscher, der hysterisch an der Leine zog, um zu der Leiche zu kommen, und diskant bellte.

»Gnädige Frau«, beschwichtigte Altendorfer, der vergeblich versuchte, das gelbe Band, auf dem in schwarzen Versalien »Polizei« stand, so großflächig wie möglich um den toten Albino herum aufzuspannen, »das ist ein Tatort, lassen Sie mich vorbei!«

»Weißt du, wie's zu dem sagen?«, murmelte ein vielleicht 16-jähriges Mädchen kichernd und machte ihre

[86] Sei ruhig

Freundin auf die ausufernd wuchernden Koteletten des Rayonsinspektors aufmerksam. »*Kotelett-Toni* sagen's zu ihm.«

Das andere Mädchen kicherte zurück. »Der macht auf progressiven Kieberer. Ein Wahnsinn!«

Eine Frau, die ihr Haar auf Lockenwicklern eingedreht und in einem großen Handtuch eingepackt hatte, stieß ihren Mann an.

»Ich hab' dir gesagt, Ferdl, da ist was in dem Hof unten!«

»Nicht so laut, Lintschi, das geht niemanden was an.«

Walter, Edna, Jack und Suskia, alle angenehm bekifft, schlenderten entspannt durch die Speckbachergasse. Als es den Polizisten endlich gelungen war, die Absperrung rund um den Toten anzubringen, sah Walter als Erster, was los war.

»Nein! Nicht schon wieder!«

Das Folgetonhorn ertönte kurz, der Haufen machte eine Gasse und Kommissar Haselbacher samt Vitus Veitschegger, dem provisorischen Wachmann, stiegen aus dem Polizei-VW. Wie zu Fleiß fiel Haselbachers Blick zuallererst auf Walter. »Da schau her«, polterte er, »den Täter zieht es zurück an den Ort des Verbrechens!«

Edna fragte: »Sind Sie meschugge?«

»Ersparen Sie mir Ihre undeutschen Äußerungen, Fräulein«, bellte Haselbacher. Den gestreckten Zeigefinger auf Walter gerichtet, fügte er drohend hinzu: »Sie halten sich zur Verfügung, Herr …«

»Horvath«, half ihm Vitus.

»Haben'S diesmal gar nicht speiben müssen?« Dann fiel sein Blick auf Jack.

»Öha, der junge Mann mosaischen Glaubens! Der Herr …«

»Goldmann«, flüsterte ihm Vitus abermals ein.

»… Goldmann ist ja auch da! Sie auch, gell? Sie halten sich ebenfalls zur Verfügung.«

Als Milana Potočnić aus dem Haus trat, sprang Haselbacher fast auf sie zu.

»Und?« Er deutete auf den toten Schamanen. »Sagen'S mir jetzt ja nicht ›nix waas da‹. Ist Ihnen die Leiche bekannt?«

»Ja.«

»Und wer ist die Leich'?«

»Die Hofär«, sagte sie todernst.

Teil Vier

Chasing Shadows

Chasing shadows, over my walls
with myself hardly sleeping
Dwarfs and giants, twenty feet tall
fill the room with their creeping

Deep Purple, 1969

Herr Horvath und Herr Goldmann«, sagte Oberkommissar Haselbacher gefährlich liebenswürdig, »was haben wir denn da?«

Er knallte vor den beiden eine Dose auf den Tisch. Vitus Veitschegger, der an der schmalen Seite dieses Tisches beinahe kauerte und ein Protokoll anzufertigen hatte, schrieb befangen mit. Er war der Einzige im Wachzimmer Grubergasse, der leidlich stenographieren konnte. Der Kotelett-Toni lehnte mit verschränkten Armen an der Wand.

Jack und Walter erkannten naturgemäß die Dose mit den Trips, die der Schamane von ihnen gekauft und die man bei ihm gefunden hatte, und von denen er jetzt nichts mehr haben würde.

»No, schauen wir ein bisserl betroppezt[87], gell«, ätzte Haselbacher, »kennen wir nicht, haben wir noch nie gesehen …«

Jack sagte: »Woher sollen wir das kennen? Wir haben nichts damit zu tun, Herr Inspektor.«

»Herr Kommissar heißt das«, korrigierte ihn Haselbacher. »Herr Jakob Goldmann, sind Sie in Österreich geboren oder in Israel?«

»Wieso, Herr Gauleiter … oh, Verzeihung … Herr Kommissar?«

Haselbacher schwieg, nahm dann seinen Kugelschreiber und zeigte mit seiner Spitze wie mit einem Dolch auf Jack. »Wieso?« Der Kommissar musste mit aller Gewalt an

[87] Bestürzt, verwirrt

sich halten. »Weil das ein Verhör ist und ich das wissen möchte!«

»Ich bin im vierten Bezirk geboren, in Wieden … ganz ordnungsgemäß!«

Walter mischte sich ein, um die Situation zu entschärfen. »Das stimmt, Herr Kommissar. Und ich bin in Ottakring geboren, im Liebhartstal, in der Funkengerngasse.«

Haselbacher legte verkrampft den Kugelschreiber weg. »Sie hab' ich nicht gefragt. Reden'S, wenn Sie gefragt sind, junger Mann.«

Er wandte sich wieder Jack zu. »Also, Sie wissen nicht, was das für kleine, orangene Pillen sind?«

»Nein«, sagte Jack. »Woher auch?«

»Woher?« Haselbacher klang triumphierend. »Sie beide waren also nicht vor einer Woche zu nachtschlafender Zeit bei der Minoritenkirche?«

»Nein«, log Walter.

»Aha«, feixte Haselbacher. »Sie erinnern sich also nicht an einen Herrn, der zweimal mit seinem Dackel ebendort vorbeigegangen ist und Sie beide und das neuerliche Mordopfer erkannt hat?«

»Natürlich nicht«, antwortete Jack, »weil … «

»Weil …?«

»Weil wir eben gar nicht dort waren.«

»Und wenn ich Ihnen sage, dass der Herr mit dem Dackel ein Kollege vom Sicherheitsbüro ist und uns informiert hat?«

»Herr Kommissar, Ihr Kollege muss sich irren!«

»Aber Sie kennen doch den Toten, oder?«

»Nein!«, log Walter abermals.

»Nein?« Haselbacher grinste diabolisch und hielt Walter das Foto, das die Dienststelle von ihm seit seiner ersten Aussage hatte, unter die Nase.

»Der Kollege vom Sicherheitsbüro hat Sie identifiziert, und ...«, der Kommissar legte ein verschwommenes Schwarz-Weiß-Foto wie das letzte Atout in einem Kartenspiel auf den Tisch, auf dem man mit gutem Willen den Schamanen erkennen konnte, »und diesen Herren da, das aktuelle Mordopfer ... bei dessen Fund Sie komischerweise das zweite Mal in nächster Nähe des Tatortes aufgegriffen wurden.«

Walter schluckte.

»Und, Herr Horvath, der Beamte mit dem Dackel hat uns weiters dahingehend informiert, dass noch zwei oder drei Herren bei diesem Treffen dabei waren.« In diesem Augenblick hustete Vitus anfallsartig und ihm brach die Bleistiftspitze ab.

»Entschuldigung ...«, murmelte er.

»Drücken Sie nicht so auf, Veitschegger«, rügte Haselbacher.

»Also, Herr Goldmann«, fuhr Haselbacher fort. »Waren vielleicht Sie vor Ort und können uns sagen, wer die andere Person oder die Personen waren?«

»Nein.« Jack brauchte seine ganze Kraft, um glaubwürdig zu wirken.

»Nein, was?«

»Nein, ich war nicht dort, und ich weiß auch nichts von irgendwelchen anderen Personen.«

Haselbacher drehte den Kopf ruckartig, wie eine Echse, Walter zu. »Aber Sie … Sie waren da, nicht wahr?«

Walter hatte sich so weit gefasst, dass er so etwas wie Entrüstung mimen konnte. Sagst du »nein«, gehst du heim; sagst du »ja« bleibst du da, schoss es ihm durch den Kopf. »Aber nein!«, sagte er. Ruhig legte Haselbacher das in einem durchsichtigen Plastikbeutel verpackte Stilett mit der blutigen Spitze vor sich hin.

»Und das? Das haben wir auch noch nie gesehen?«

Walter und Jack schüttelten ihre Köpfe.

Haselbacher deutete Altendorfer: »Abführen!«

Jack brauchte seine ganze verbliebene Energie, um mit einem Mindestmaß an Bestimmtheit sagen zu können: »Wir möchten einen Anwalt.«

Haselbacher kuderte[88] in sich hinein. »No, freilich. Gleich ziehe ich mir die Stoppelschuhe an, renne los und hole Ihnen einen!«

»Aber wir haben das Recht …«, äußerte Walter kraftlos, ehe er von Haselbacher unterbrochen wurde.

»Derweil habts ihr nur das Geschissene auswendig«, sagte der Kommissar kantig. »Sonst habts ihr gar nichts! Abführen!«

[88] Kindisch lachen

• • •

Dr. Weintritt sezierte gerade den Schamanen, dessen bürgerlicher Name laut Kärtchen am linken großen Zeh *Ljumbomir Tur* lautete, und war an der Blase der Leiche zugange, als er den Geruch von *Muscimol* bemerkte.

Er kannte ihn schon von der Leiche des vorigen Opfers mit entstelltem Gesicht, diesmal war er allerdings noch intensiver.

Das wird den Kommissar wieder beschäftigen, dachte er, gab die entnommenen inneren Organe in beliebiger Reihenfolge in den offenen Leichnam des Schamanen zurück, nähte ihn zu, entledigte sich seiner Arbeitsschürze, wusch sich die Hände und verließ das *Geschäft*, nicht ohne vorher das Licht abzudrehen. Am Gang begegnete er zwei hinter einer fahrbaren Trage schlurfenden Prosekturhelfern.

»Bei mir drinnen ist einer zum Abholen.«

• • •

Als das Telefon bei Haselbacher schrillte, schreckte dieser aus einer narkoleptischen Phase, die sich in letzter Zeit gehäuft hatten.

»Haselbacher«, meldete er sich mit trockenem Mund.

»Der Pathologe für Sie, Herr Kommissar.«

»Dr. Weintritt«, sagte er, »was hat Ihnen unsere Leich' erzählt?«

»Na ja, dass man diesem … Irgendwas Tur … wieder das Genick gebrochen hat, das wissen Sie ja schon, dass er ein paar Mikrotumore in der Lunge hat, wird Sie nicht interessieren, aber ...«

»Herr Doktor, machen Sie nicht immer so ein Theater mit Ihre Leichen, wenn's geht ... was aber?«

»Wir sind alle nur Leichen auf Urlaub, Herr Hasel...«

»No?«

»...bacher? Erinnern Sie sich, was ich Ihnen unlängst über die Fliegenpilze und den Wirkstoff *Muscimol* erzählt habe? Und über die Schamanen, die ...«

»... die ihr eigenes Prunzlert trinken?«, vollendete Haselbacher den Satz. »Meinen'S das?«

»Genau. Und jetzt aufgemerkt: Ich habe in der Blase des toten Albinos genau dieses *Muscimol* gefunden. Wie bei der ersten Leiche, diesem Hofer oder wie auch immer er geheißen hat.«

»No, schau dir was an«, entfuhr es dem Kommissar. »Und haben Sie gewusst, dass der den Spitznamen ›Schamane‹ hatte?«, fragte Weintritt.

»Dass der auch dieses Muci...«

»*Muscimol*, Herr Kommissar, *Muscimol* ...«

»... im Körper gehabt hat, weist darauf hin, dass er den Hofer wahrscheinlich gekannt hat. Blöd, dass wir ihn nicht mehr fragen können, dann wüssten wir, ob unsere erste Leiche der Hofer war oder nicht.«

»Hat diese Hausmeisterin, diese Potočnić, nicht gesagt, der aktuelle Tote wäre jetzt der Hofer?«

»Ach, Herr Dr. Weintritt«, seufzte Haselbacher, »was die schon alles gesagt hat ... oder vielmehr nicht gesagt hat.

Seinerzeit hätt' ich gleich herausgekriegt, was wirklich los ist, aber heute?«

»Sind wir froh, Herr Hasel- … -bacher, dass heute nicht seinerzeit ist!«

»Ja, Sie können ruhig froh sein. Ihre Patienten sind schon tot.«

• • •

Jovanna Tur, die Frau, vielmehr die Witwe des Schamanen, saß trocken schluchzend in ihrem Ritualraum, der, wenn Kundinnen sie aufsuchten, mit wenigen Handgriffen zur Klinik umfunktioniert werden konnte.

Sie hockte auf einem der Holzschemel, die Ellbogen auf die Schenkel gestützt, den Kopf in den hohlen Händen.

Sie zitterte.

Das war dieses geisteskranke stalinistische Monster, der dem Ljubomir den Hals umgedreht hat, dachte sie und schaute mit weit geöffneten Augen vor sich hin. Ich werde zu den Geistern der Toten mit ihren heulenden Wölfen reisen und sie auf ihn hetzen, dass sie ihn in die finsterste Ecke des Jenseits zerren, schwor sie sich, als sie das dreiste Klopfen an die Tür des *Restoran Trabicz* vernahm und die ungeduldigen Rufe hörte.

»Polizei! Machen Sie auf, Frau Tur, wir wissen, dass Sie da sind!«

Kommissar Haselbacher, Rayonsinspektor Anton Altendorfer und Vitus Veitschegger traten aus der Abenddämmerung ein, als sie ihnen endlich die Tür geöffnet hatte.

Heute war das Lokal leer. Wäre nicht der Geruch von kaltem Rauch in der Luft gehangen, hätte man meinen können, es wäre noch nie ein Gast da gewesen.

Die Herren gingen auf Jovanna zu, die schweigend und mit rot unterlaufenen Augen dastand und ein bisschen zitterte.

»Frau Tur«, begann der Rayonsinspektor routiniert sachlich in ungeniertem Wienerisch und raschelte mit einem amtlichen Schriftstück, »wir haben da eine Haussuchungserlaubnis, gestatten Sie uns also, Ihre Räumlichkeiten zu inspizieren, und bedenken Sie, dass ein etwaiges Behindern der Amtshandlung Ihrerseits strafbar ist.«

Haselbacher drängte sich vor. »Äh ... wegen dem Gatten ... Beileid, gell«, murmelte er. »Da kommen'S her, setzen wir uns, derweil die Kollegen sich ein bisserl umschauen, ich brauch' von Ihnen ein paar Auskünfte. Verstehen Sie mich, oder sollen wir einen Übersetzer zuziehen?«

»Nein, geht schon«, sagte Jovanna und gab sich einen Ruck. »Sie wollen sicher hören, ob ich weiß, wer hat umgebracht meine Mann?«

»Ja, wissen Sie denn das?«, fragte Haselbacher verwundert.

»Ja, weiß ich«, sagte Jovanna, »der partisanische Teufel hat gemordet meine Mann, bricht Hals, zerschneidet Gesicht, ganz sein *rukopis*.[89]«

[89] Serbisch: Handschrift

»Und, gute Frau«, sagte Haselbacher, einen Ermittlungserfolg erhoffend, »wer ist dieser Teufel?«

»Savo Potočnić.«

Haselbacher war zumute, als leuchte ein Scheinwerfer in sein sonst so trübes Gemüt. »Der Mann von Milana Potočnić, der Hausmeisterin? Speckbachergasse 20?«

»Ja.«

»Und hat der meistens eine gelbe Jacke an?«, fragte Vitus Veitschegger, was ihm einen missmutigen Seitenblick Haselbachers eintrug. Er konnte es nicht und nicht leiden, wenn sich jemand, noch dazu ein rangniedrigerer, in seine Verhöre einmischte.

»Stehn'S da nicht herum, Veitschegger, was bilden Sie sich ein«, sagte Haselbacher barsch. »Die Verhöre führe ich. Gehen'S zum Kollegen Altendorfer nach hinten in die Wohnung und schauen Sie sich aufmerksam um … hopp, hopp.«

»Ja«, sagte Jovanna, »trägt gelbe Jacke, Jacke aber ist nicht immer gelb!«

»Was?«

»Kann Jacke umdrehen, dann ist grau. Kann immer davonlaufen. Alle suchen gelbe Jacke, aber er in Grau … ist weg.«

»Aha!« Haselbacher musste an sich halten, um nicht zu jubilieren. Das waren Ermittlungsergebnisse, die sich sehen lassen konnten! Da durfte sich der Herr Oberst nicht beklagen. Im Gegenteil.

»Und was macht Sie so sicher, dass dieser Savo Potočnić der Mörder Ihres Mannes ist?«

»Potočnić war Partisan in Krieg und serbische Partisan dreht um Hals und zerschneidet Gesicht von Verräter. Vergewaltigt jeden Tag arme Blanca, wenn putzt in die Frühe, der Schwein! Und überhaupt, ich weiß mehr als andere Menschen. Ich bin Schamanin, verstehen?« Haselbacher wäre beinahe aufgesprungen und hätte gefragt: »Und? Trinken Sie auch Ihr eigenes Lulu?«, hielt aber an sich.

»Zwei Fragen noch, Frau Tur. Zunächst: Wir haben bei dem Opfer ein langes, spitzes Messer gefunden, eine Art ... wie sagt man ...«

»Eine *Stiletto*«, sagte Jovanna. »Ja, Ljubomir wollte diesen Hund totstechen, leider nicht gegangen ...«, presste sie, vor Hass weinend, heraus.

Haselbacher war von der Unbefangenheit, mit der sie das trotz der Tränen sagte, verwirrt. »Ah ja. Und was geben Sie an, wenn ich Sie frage, warum ihr Mann eine Dose mit LSD-Tabletten bei sich hatte?«

»No, was schon, verkaufen hat er wollen.«

»Ah ja«, sagte der Kommissar noch einmal, wiederum überrumpelt von der Selbstverständlichkeit, mit der sie das sagte. Er versuchte weiter sein Glück. »Handeln Sie vielleicht auch mit LSD, also mit ... Drogen?«

»Nein, keine Zeit.«

»Hat der Savo Potočnić auch das erste Opfer mit zerschnittenem Gesicht und gebrochenem Genick, Sie wissen schon, diesen Hofer ... oder so ... auf dem Gewissen?«

»Sicher. Wer sonst denn? Und Hofer? Hofer heißt der keineswegs!«

Während Haselbacher sich noch wunderte, dass die Serbin in ihrem so gar nicht perfekten Deutsch eine Vokabel wie »keineswegs« kannte, kam Altendorfer aus der Wohnung nach vorn ins Lokal.

»Herr Kommissar, kommen'S einmal. Wir haben was.« Bevor Haselbacher dem Kotelett-Toni nach hinten in die Wohnung folgte, fragte er: »Und wie heißt der dann, wenn er keineswegs Hofer heißt?«

»Nix Genaues waas da«, sagte Jovanna. »War, ich glaube, Kroate oder Bosnier. Aber wenn Hals gebrochen und Gesicht geschnitten, dann Mörder ist Savo.«

»Herr Kommissar, wir haben da was gefunden«, wiederholte Altendorfer.

Er führte den Kommissar nach hinten und zeigte auf ein Glas mit mundgerecht geschnittenen Fliegenpilzen darin.

»Und? Was soll das sein?«

»Das sind Pilze, Herr Kommissar«, sagte Vitus altklug. »Pilze mit halluzinogener Wirkung.«

»Was?«

Veitschegger erklärte, was genau unter »halluzinogen« zu verstehen war. Woher weiß denn der Bengel sowas, fragte sich Haselbacher. Wurscht, das gibt eine Beförderung.

»Frau Tur, gehen'S, kommen'S einmal her!«, rief er in die Gaststube. »Sie haben also nie Drogen verkauft?«

»Nein, nur Mann hat.«

»Und was ist das?« Haselbacher zeigte auf die Pilze.

Jovanna machte große Augen. »*Muhara*«,[90] sagte sie gelassen, »nix Droge!«

»Und mit denen handeln Sie auch nicht?«

»Nein, nur Mann, aber wenig. Brauchen wir für uns selber, für Reisen.«

»Für was?«

»Schamanisch reisen, verstehen?«

»Äh … ja …«, entgegnete Haselbacher und fügte, mehr zu sich selbst, hinzu: »Nein.«

• • •

»Und wenn wir das Kind kriegen?«, fragte Edna.

Der Abend war bereits angebrochen, als Walter und Jack von der Wachstube Grubergasse zurückkamen. Edna und Suskia hatten unruhig auf sie gewartet. Jetzt saßen sie alle in Jacks Wohnung in der Reizenpfenniggasse, rauchten einen *Joe*[91] und hörten »Cry Baby« von Janis Joplin. »Spinnst du?«, fragte Walter derartig ablehnend, dass Edna die Tränen in die Augen traten.

»Geh, Walter, sei nicht so aggressiv«, entrüstete sich Suskia, dann umarmte sie Edna und strich ihr über das Haar. »Du darfst mit meiner Schwester nicht so reden, verstehst? Schon gar nicht in ihrem Zustand«, sagte Jack. Walter stand auf und ging in dem Zimmer auf und ab, während Janis Joplin heiser fragte:

[90] Serbisch: Fliegenpilz

[91] Kurzwort für: Joint

Who'll take all your pain
And your heartache too?

»Ja, tut mir leid. Aber was fangen denn wir mit einem Kind an? Sie hat grad einmal die Matura, und ich steh' mit meiner Musikmacherei auch nicht gerade vor dem Durchbruch. Und das Geld, das ich auf der Bank hab', reicht doch nicht.«

»Du müsstest halt hackeln gehen«, sagte Suskia.

»Hackeln? Was denn? Ich kann doch nichts außer Gitarre spielen!«

»So richtig können tust du Gitarre spielen auch nicht«, sagte Jack pragmatisch.

»Der Walter spielt echt gut Gitarre«, sagte Edna in Suskias Achselhöhle hinein.

»Liebe macht blind, gell? In dem Fall sogar taub auch noch«, ätzte Jack.

»Du musst was reden«, konterte Walter, »deine Gedichte sind doch auch ein Schaß!«

Obwohl nur leicht dahingesagt, traf es Jack, wenn jemand, noch dazu Walter, seine Dichtung beleidigte. Er wusste selbst, dass seine Hervorbringungen, die er großspurig »lyrische Prosa« nannte, außer pathetisch oft genug auch peinlich waren. Wahrscheinlich nur, weil er mit Walter hin und wieder beim Ottakringer Friedhof, der sich fast die ganze Gallitzinstraße entlangzog, spazieren ging, waren ihm Sachen eingefallen wie:

Ihr, die ihr da liegt, beschattet von den Trauerweiden,
und vermodert unter grasbedeckter Erde.
Abgeschüttelt habt des Lebens Bürde
und lächelt nun ob uns'res Firlefanz ...

Aber was und vor allem worüber sollte er sonst schreiben? Er hatte doch nichts zu erzählen! Irgendetwas Außerordentliches musste man schon erlebt haben, bei irgendeiner Teufelei musste man schon dabeigewesen sein, um einen Grundstock für das Schreiben zu haben. Dann erst konnte die Fantasie anfangen zu spinnen. Und Dinge wie der so unspektakulär abgewickelte Haschisch-Deal waren für Jack nicht das, worüber er schreiben wollte.

Bei Jack war alles nach Plan gelaufen: Vater Notar, Mutter Hausfrau, Vierzimmerwohnung in Wien, vierter Bezirk. Sohn maturierte ordnungsgemäß, die Tochter, Edna, absolvierte die HBLA, die »Höhere Bildungslehranstalt«, wo Mädchen handarbeiten, kochen und das ganze andere Zeugs lernten und zu der man geringschätzig auch »Knödelakademie« sagte.

Jack wusste nicht, was er studieren sollte, aber daran, dass er studieren würde, daran gab es in der Familie keinen Zweifel. Seine Eltern hatten nie Druck gemacht. Sein Vater bezeichnete ihn bloß manchmal als »Bummelstudent«, obwohl er gar nicht inskribiert war. Ewig konnte das zwar nicht so weitergehen, aber alles in allem hatte er eine intakte Familie und war rundum behütet.

Im vierten Jahr der Mittelschule – Walter Horvath, der nur seine Gitarre und Liedermachen im Kopf hatte, war in der Parallelklasse gewesen – hatte es dann doch eine Zeit gegeben, wo Jack plötzlich auf sich allein gestellt war. In der Klasse war ruchbar geworden, dass er jüdische Wurzeln hatte, obwohl er im katholischen Religionsunterricht saß. Weder seine Eltern noch er waren in irgendeiner Weise religiös, aber Religion war ein Pflichtfach, und so musste er sich taufen lassen, um am Unterricht teilnehmen zu können. Der Religionsprofessor ließ Jack spüren, dass er ihn wegen seiner Abstammung, die er mit der Konfession gleichsetzte, verabscheute. Dabei war Jack nicht einmal beschnitten. Wenn es um das Alte Testament ging, entblödete sich der Geistliche nicht, als Ersten immer Jack provokant zu befragen, etwa zu den Makkabäern.

»Na, Goldmann, wie war das mit den Makkabäääeern? Das sind doch deine Vorfahren ... das auserwählte Volk.«

Die Klasse bestand aus lauter Buben, die das witzig fanden, und pubertäre antisemitische Sticheleien waren an der Tagesordnung. Jack litt. Er litt in einer Form, die nicht zur Wut gedeihen wollte.

Bis ihm eines Tages der Wortführer der mittlerweile fast täglichen Herabwürdigungen unter Beifall der übrigen Schüler ein Blatt Zeichenpapier übergab, auf dem penibel und seitenfüllend eine Maschine abgebildet war, in die er, Jack, oben links hineingeworfen wurde und aus der er unten rechts als ein Stück Seife herauskam.

Jack starrte zuerst fassungslos auf das Bild und dann, endlich, kochte die Wut in ihm hoch. Er trat dem Mitschüler kommentarlos und mit Wucht in die Eier.

Der stieß keuchend die Luft aus, krümmte sich, worauf ihn Jack, noch immer voll Zorn, rüde zu Boden warf. An diesem Tag war Jack zwar nicht beliebter geworden, aber die steten Beleidigungen hörten auf.

Die Eltern des getretenen Buben hatten gefordert, Jack der Schule zu verweisen, und es dauerte einen Monat, bis die Sachlage er- und geklärt war, was dazu führte, dass der betreffende Schüler von seinen Eltern empört von der Schule genommen wurde.

Aber das reichte ja nicht, das war höchstens eine Episode in einem Roman, nicht einmal eine Kurzgeschichte war das, dazu war die Schlusspointe zu schwach.

Obwohl ... Jack war damals ein anderer geworden. Er wusste, dass man sich auf »behütet sein« nicht verlassen konnte. Seine Eltern schonten ihn mehr als sie ihn behüteten, kam ihm vor. Sie hatten bis heute noch nie mit einem Wort erwähnt, wie und wo sie die Zeit von 1938 bis 1945 verbracht, respektive überstanden hatten.

Als Jack vor ein paar Jahren einmal unbefangen gefragt hatte, hatten Vater und Mutter erst einen Blick gewechselt, dann strich ihm die Mutter über den Kopf und ... schwieg.

»Überhaupt«, unterbrach Walter seine Gedanken, »was ist, wenn wir ein deppertes Kind kriegen?«

»Wieso soll die Edna ein deppertes Kind kriegen?«, fragte Suskia.

»Bitte, wir rauchen so gut wie jeden Tag Haschisch, auch wenn du«, er berührte Edna sanft an der Wange, »auch wenn du heute großartig nicht mitrauchst. Wir nehmen Trips, trinken Alkohol ... und diese Sachen. Glaubt ihr nicht, dass die Möglichkeit besteht, dass wir sehr wohl ein behindertes, ein zurückgebliebenes Kind kriegen könnten?«

Darauf wusste niemand etwas zu erwidern. Alle schwiegen und widmeten sich den verstörenden Bildern in ihren Köpfen.

In der Stille verhallte die Stimme von Joplin:

When you only gotta do one thing well
You only gotta do one thing well to make it in this world

• • •

Durch das diesige, herbstnächtliche, nur diffus beleuchtete Alt-Ottakring gingen vier Männer, von denen drei mit verhaltenen Stimmen Russisch sprachen. Sie hatten ihre Mantelkrägen aufgestellt, blieben immer wieder stehen und einer, nämlich Savo Potočnić, übersetzte das Besprochene für Dragan Zaradicz, der in einigem Abstand neben den anderen herging, ins Serbische. Sie hätten nicht so gedämpft reden müssen, denn außer ihnen befand sich niemand in der Gasse.

»Wir brauchen dich, ohne dich kommen wir nicht an ihn heran«, sagte Savo gerade.

»Ich weiß, du bist ein überzeugter Kommunist, Dragan, du hast dafür gekämpft, genauso wie ich dafür gekämpft habe, also mach mit. Wir haben schon weitaus gefährlichere Aktionen zusammen durchgezogen.«

Während Savo übersetzte, standen die beiden Russen, die Hände tief in den Manteltaschen, daneben und sahen sich um, nur um festzustellen, dass nach wie vor weit und breit niemand zu sehen war.

»Wir sind zu viert«, wandte Dragan ein, »es sind noch drei andere *telohranitelja*[92] um ihn herum, und die sind bestens ausgebildet und trainieren zweimal die Woche, wie soll ich die täuschen oder ausschalten?«

Savo wechselte mit den beiden Russen ein paar Worte, dann wandte er sich wieder an Dragan. »Ja, aber dir vertraut er, du bist der Chef der anderen drei. Du musst den Sprengstoff nur unter dem Wagen anbringen und bei der nächsten Ausfahrt zünden. Du brauchst bloß einen guten Grund, um nicht mitfahren zu müssen. Das ist doch ein Leichtes für dich. Wenn der Wagen dann samt dem Botschafter in die Luft geflogen ist, steigen wir in einen russischen Flieger nach Moskau. Und vergiss nicht, ich habe dir am Mokra Gora das Leben gerettet, du schuldest mir was!«

Daraufhin redeten die Russen auf Savo ein, und der übersetzte.

»Und in Moskau, sagen sie, wartet ein anständiges kommunistisches Leben auf dich. Der KGB ist sehr großzügig

[92] Serbisch: Leibwächter

zu loyalen Männern. Du wirst in Russland mehr sein als nur ein gemeiner Leibwächter. Weit mehr!«

Dragan trat von einem Fuß auf den anderen. »Also gut«, sagte er schließlich. »Ich werde mich bei dir melden, wenn ich herausbekommen habe, wann der Botschafter wieder ausfährt. Und das Weitere erledigen wir dann Zug um Zug.«

Das übersetzte Savo den beiden Russen mit lauter Stimme, worauf die beiden Dragan die Hände reichten. »*Brawo, towarischtsch. Da zdravstvuyet revalyutsiya! Spasiba.*«[93]

• • •

Jovanna Tur nahm mit einer blitzschnellen Bewegung das Glas mit den Fliegenpilzen und drückte es an sich, als Haselbacher sagte: »Die müssen wir beschlagnahmen ...«

»Sie müssen gar nichts!«

»Es wäre besser für Sie, Sie zeigten sich kooperativ, Frau Tur. Wir nehmen diese Schwammerln ...«

»Fliegenpilze«, warf Vitus Veitschegger ein.

»Genau, denn der Besitz und vor allem die Weitergabe von Fliegenpilzen fallen unter das Suchtgift- und Betäubungsmittelgesetz.«

»Zabokrečine nicht. Fliegenpilz ist nicht Suchtgift. Fliegenpilz ist Fliegenpilz und fertig! Fragen Sie Anwalt.«

Haselbacher, der in Rechtsfragen mitnichten sattelfest war, sah Altendorfer an. Der Kotelett-Toni zuckte,

[93] Russisch: Bravo, Kamerad. Es lebe die Revolution! Danke.

wie meistens, mit den Achseln. Vitus beugte sich zu dem Kommissar.

»Ich glaube, sie hat recht«, sagte er leise.

Rayonsinspektor Altendorfer neigte sich ebenfalls zu Haselbacher. »Fragen Sie sie doch, was das überhaupt für ein Raum ist«, wisperte er dem Kommissar ins Ohr. »Keine Fenster und lauter so Kramuri wie fürs Theater oder so. Und für was ist der Fauteuil da in der Ecke und diese Zangen ... diese Dinger da auf dem Stockerl.«

»Altendorfer«, unterbrach Haselbacher, »sagen Sie mir nicht, was ich fragen soll, wenn ich bitten darf.« Er sah die Schamanin an. »Wofür gehören denn diese ganzen Sachen da? Und vor allem, für was ist der Fauteuil da im Eck?«

Mit diesen Worten zog Haselbacher das offenbar frisch gewaschene Tuch von dem thronartigen Sitzmöbel. Darunter wurden ein etwas abgewetzter Kunststoffbezug und je eine ausklappbare Fußstütze sichtbar, ähnlich einem gynäkologischen Stuhl.

»Und für was ist das?«, fragte Haselbacher.

Jovannas Körper spannte sich. »Für Beratung von Frauen«, antwortete sie mit bemüht fester Stimme. »Schamanische Beratung und Behandlung.«

»Aha!«, knurrte Haselbacher.

»Fragen Sie sie, ob sie eine Engelmacherin ist, Herr Kommissar«, sagte Altendorfer undeutlich mit zusammengekniffenen Lippen.

»Eine was?«

»Ob sie vielleicht Abtreibungen vornimmt!«, erklärte Vitus.

»Geh, hörts auf … die ist doch keine Ärztin!«

»Eben«, sagten Altendorfer und Vitus synchron.

Daraufhin baute sich Haselbacher vor der Schamanin auf. »So, gute Frau, Sie geben uns jetzt Ihren Pass und halten sich zu unserer Verfügung. Und über die narrischen Schwammerln reden wir noch.«

• • •

Bezirksinspektor Franz Faustenhammer und Rayonsinspektor Anton Altendorfer fuhren in einem grünen VW-Käfer mit Blaulichtgalerie beinahe im Schritttempo ihre Route der Nachtstreife ab. Ziemlich eng saßen sie nebeneinander, was in erster Linie dem stämmigen Bezirksinspektor geschuldet war, der raumgreifend den Beifahrersitz ausfüllte, während Altendorfer hinter dem Lenkrad kauerte. Als sie in die Speckbachergasse einbogen, stieß Faustenhammer den Rayonsinspektor an.

»Bleib' da beim 20er-Haus stehen. Schauen wir einmal, was unsere saubere Hausmeisterin macht.«

»Kommissar Zufall?«

Faustenhammer grinste.

»Red' nicht so vom Haselbacher.«

Sie parkten den Dienstwagen ungeniert am Gehsteig, stiegen aus und rüttelten am Haustor, doch es war versperrt.

Faustenhammer läutete fordernd in kürzer werdenden Abständen, bis fahles Licht durch die Unterkante des Tors fiel und eine mürrische Frauenstimme auf Serbisch vor sich hin räsonierte.

Altendorfer klopfte. »Aufmachen, Polizei!«

»Was wollen schon wieder? Zehne auf'd Nacht!«

»Wir wollten nur routinemäßig nachschauen, ob der verschwundene bettlägerige Gatte vielleicht plötzlich doch wieder im Bett liegt.«

»Mann fort, nix waas da wo.«

»Wir schauen ja nur, Frau ...«

Was die beiden Polizisten nicht ahnen konnten, war, dass hinter der Hausecke der nächsten Seitengasse versteckt drei Männer standen, die stumm warteten. Als die beiden Ordnungshüter oder Organe, wie man auch sagte, nach einer kurzen Kontrolle die Haustür der Hausmeisterwohnung hinter sich schlossen, ein wenig herablassend salutierten, sich in ihren polizeilichen Kleinwagen quetschten, langsam wegfuhren und ohne zu blinken am Ende der Gasse links abbogen, verharrten die drei Männer noch einige Momente, bis sie sich gemessenen Schrittes in Bewegung setzten. Auch sie läuteten stürmisch die Hausmeisterin heraus, die alsbald, diesmal laut fluchend, aufsperrte.

»Wos is wieder, *kreteni*?«[94]

»*Kush!*«, sagte Savo Potočnić und schob sich und die beiden Russen in den Hof, um mit ihnen hastig in der Hausmeisterwohnung zu verschwinden.

[94] Serbisch: Ihr Trotteln

»Savo«, sagte Milana Potočnić, »was willst du da? Die Polizei war vor nicht einmal fünf Minuten da und hat gefragt ...«

»Sehr gut, die kommen heute nicht mehr.« Er deutete einem der Russen. Dieser stellte eine Art Turnsack auf den Wohnzimmertisch und packte diverse Utensilien aus, die Milana, als Partisanengeliebte, gleich als Bombenbausatz erkannte.

»Savo!«, rief sie. »Was willst du machen?«

Savo packte sie an den Haaren und riss ihren Kopf hin und her.

»*Ućuti!*[95] Ich mache Ordnung.« Dann wechselte er ins Russische und baute mit den beiden Russen die Bombe, die den Wagen samt dem jugoslawischen Botschafter in die Luft sprengen sollte.

Während sie vor sich hinarbeiteten, fragte einer der Russen, eine russische Zigarette im Mundwinkel: »Hat dir dieser Dragan gesagt, wann der Botschafter im Wagen sitzt?«

»Ja. Übermorgen, zehn Uhr Vormittag. Er fährt von der Botschaft weg. Das gefällt mir besonders!«

»Ist dieser Dragan zuverlässig?«

»Ich würde es ihm anraten! Ich habe ihm vor dreißig Jahren das Leben gerettet.«

»*Ladna, kharasho.*«[96]

»Während er mit meiner späteren Frau geschlafen hat«, setzte Savo nach und deutete auf die Tür, durch die Milana

[95] Serbisch: Halt's Maul

[96] Russisch: Gut, okay

das Zimmer soeben verlassen hatte. »*Kavaler*«,[97] sagte der Russe grinsend.

Sweet surreeender!

Tim Buckley von der LP »Greetings From LA« schlich sich erregend und tröstend zugleich über die Ohren in die Seelen von Edna und Walter, die aneinandergeschmiegt auf der psychedelisch ausgeleuchteten Tanzfläche des Voom Voom standen und sich nur ganz sachte in dem suggestiven Rhythmus wiegten. Edna hatte ihren Kopf auf Walters Schulter gelegt. Sie weinte.

And when they tangoed
It'd send their hearts a flutter

»Was machen wir nur?«, schluchzte sie leise. »Was machen wir nur?«

Walter schwieg und umfasste sie enger, um ihr Zuversicht zu vermitteln.

Als die beiden in die halbdunkle Koje neben dem Tanzboden zurückkehrten und sich neben Jack und Suskia setzten, deutete Jack auf Vitus, der mit einem fast um einen halben Kopf größeren Mädchen tanzte und sich mit diesem während des langen Fade-outs von »Sweet Surrender« zu ihnen setzte. Vitus bemerkte die verweinten Augen Ednas und wandte sich an Jack.

[97] Russisch: Kavalier

»Was ist mit ihr?«

Jack schwieg, aber Suskia flüsterte: »Sie ist schwanger.«

Vitus ließ die Hand des Mädchens los und sagte: »Um Gottes willen.«

»Und bis jetzt hat sich niemand gefunden, der es ihr wegmacht.«

Vitus blickte das ein wenig umfangreichere Mädchen neben sich an, nahm ihre Hand wieder in die seine und versuchte, ihr ungeschickt näher zu kommen, was von ihr ungeschickt erwidert wurde. »Du, ich weiß was«, sagte er zu Suskia. »Bei einer Hausdurchsuchung in der Seeböckgasse, da war eine Jugoslawin, die sich Schamanin nennt ... ich glaube, die macht sowas.«

»Was?«, fragte Jack.

»Abtreibungen.«

Walter wurde hellhörig. »Wieso glaubst du das?«

»Wir haben bei der in einem Raum so einen Stuhl entdeckt, der ausgeschaut hat, als ob er für sowas gebaut ist.«

»Wie bei einem Frauenarzt?«, fragte Suskia.

»Kann gut sein. Ich war noch nie bei einem Frauenarzt, aber der hatte so ...«

Und Vitus, der mittlerweile die Aufmerksamkeit aller auf sich gezogen hatte, begann, den Stuhl, der in dem Zimmer bei der Schamanin in der Ecke stand, zu beschreiben. »Klar«, sagte Suskia, »ein gynäkologischer Stuhl, eindeutig.«

»Und?« Walter wirkte überfordert. »Wie soll das gehen ... ich meine, wie tun wir da? Kennst du diese Schamanin?«

»Nein, nicht wirklich, aber ich weiß, wo das ist.«

»Und?«, fragte Edna und wischte sich ein paar Tränen fort, doch die Hoffnung kehrte noch nicht in ihr Gesicht zurück.

»Ich bring' euch hin«, sagte Vitus, »aber reingehen kann ich nicht mit euch.«

Im Gegensatz zu Edna klang Walter erleichtert.

»Super. Dann gehen wir morgen oder übermorgen hin.«

»Das kostet aber sicher einen Haufen Geld«, wandte Vitus ein.

In die entstandene Stille hinein sagte Jack: »Geld spielt keine Rolle.« Edna seufzte.

• • •

»Na also, Haselbacher, das sind ja einmal gute Nachrichten«, sagte Hofrat Oberst Ableitinger jovial und sprudelte seine saure Milch.

Haselbacher sprach diesmal persönlich bei seinem Vorgesetzten vor, denn er dachte, wenn er seine Ermittlungserfolge diesem von Angesicht zu Angesicht mitteilte, so könnte sich das eventuell auf eine höhere Gehaltsstufe auswirken oder gegebenenfalls eine Beförderung nach sich ziehen. Er saß ihm mit Selbstbewusstsein gegenüber und blickte befremdet auf das Glas Milch.

»Wollen'S vielleicht ein Glas saure Milch, Herr Kommissar?«

»Danke, lieber nicht«, sagte er, »aber wenn ich mir eine Zigarette ...«

»Von mir aus, aber machen'S das Fenster da hinten ein bisserl auf. Schamanen, haha, was es nicht alles gibt. Und wie schauen wir aus mit dem mutmaßlichen Täter, diesem …«

»Savo Potočnić, Herr Hofrat …«

»Haben'S den schon?«

»Noch nicht«, gab Haselbacher zu, »ich lasse aber das Gasthaus in der Dorotheergasse observieren, in dem er verkehrt, und es dürfte nur mehr eine Frage der Zeit sein, bis ich …«

»Sehr gut, sehr gut, und haben wir Beweise? Kann ich dem Präsidenten sagen, dass wir den demnächst verhaften werden?«

Haselbacher ärgerte sich über das ständige »wir« des Hofrates und berichtete bewusst in der Ich-Form weiter.

»Ich habe die Aussage dieser Frau Tur, der Schamanin, und wenn ich ihn einmal in Gewahrsam habe, dann wird der schon reden.«

»Lassen Sie sich nicht wieder zu Übergriffen hinreißen, Haselbacher! Wenn ein Anwalt Ihre Verhörmethoden bemäkelt, dann haben wir den Scherben auf. Es hat ja, wie Sie wissen, schon zwei Beschwerden diesbezüglich gegeben, gell … wir schreiben 1971 und nicht …«

»Herr Oberst, ich …«

»Schon gut, ich möcht' nicht mit Ihrer Vergangenheit auch noch zu tun haben, wenn Sie wissen, was ich meine.« Der Oberst beugte sich ein wenig vor. »Ich weiß, von was ich rede …«

»Noch einmal, Herr Oberst, meine Vergangenheit ist makellos, ich ...«

»Jaja.« Ableitinger winkte ab und ließ sich zu einem Scherz hinreißen. »Vergangenheit makellos, Zukunft aussichtsreich, Gegenwart lästig. Schwamm drüber! Wir haben also nur die Aussagen dieser Frau Tur?«

»Einstweilen ja, aber die kennt ihn. Die weiß, wie er ausschaut, die kann ihn identifizieren. Und die kleine Serviererin, diese Franzi, auch.« Von Altendorfer, der Savo ja auch gesehen hatte, sagte er nichts, denn dass dieser von jenem geradezu übertölpelt worden war, brauchte der Oberst nicht zu wissen.

»Alsdann!«, sagte der Oberst gut gelaunt. »Übrigens, Haselbacher, die Geschichte mit den Pilzen können wir vergessen, die sind nach dem Suchtmittelgesetz nicht relevant. Und noch was, Haselbacher: Das Innenministerium hat von unserem Nachrichtendienst zwar nichts Genaues, aber doch was läuten gehört, dass zwei Russen, zwei KGBler, in Wien sein sollen und irgendwas vorhaben! Der Tito kommt zwar jetzt nicht, aber trotzdem ... wir sollten die Augen offenhalten, gell.«

»Werde das in meine Ermittlungen einfließen lassen, Herr Oberst!«

»Apropos einfließen«, sagte Ableitinger abschließend, »wollen'S nicht doch einen Schluck Milch?«

• • •

Rayonsinspektor Altendorfer, der Kotelett-Toni, der Savo Potočnić einmal Auge in Auge, in einer hochnervösen Grenzsituation gegenübergestanden hatte, saß nun schon den dritten Tag in Zivil, zusammen mit Vitus Veitschegger, dem Provisorischen, im Gasthaus *Reiterer.* Sie warteten, dass der quadratische Serbe, wie Altendorfer sagte, auftauchte. Franzi, die burschikose Kellnerin, hatte ihre Mitarbeit zugesagt und ging mit Vitus immer wieder vor das Wirtshaus, um einen Mann in gelbem oder grauem Kurzmantel zu entdecken, sollte dieser sich nähern.

Damit, so Altendorfer, würden sie Zeit gewinnen, um über das Telefon – Funkgeräte passten nicht zu einer Zivilfahndung – das Überfallskommando zu rufen.

In diesen drei Tagen hatte sich herausgestellt, dass sich Vitus zu Franzi hingezogen fühlte und diese ihn durchaus ermutigte. Vitus war aus Zwettl und Franzi stammte aus Groß Gerungs, sie waren also beide Waldviertler. Altendorfer sah das mit Missmut und schickte Vitus unverhältnismäßig oft vor die Tür, konnte aber die Zeit seiner Abwesenheit nicht nutzen, um selbst bei Franzi zu reüssieren.

Während ihrer Observierung kamen einmal die drei Neo-Nazis ins *Reiterer*, verhielten sich aber unauffällig, weil Franzi, noch bevor der mit der Runenjacke unangenehm werden konnte, diesem zuraunte: »Nicht deppert sein. Polizei!«, und ihre Augen Richtung Altendorfer und Vitus verdrehte.

Nach fünf Tagen des Wartens ging dann alles sehr schnell. Zu schnell. Und doch zu langsam.

Vitus und Franzi blickten einander voll Zuneigung in die Augen und Altendorfer versuchte (vergeblich), Franzis Aufmerksamkeit von Vitus abzuziehen, als Franzi aufblickte und bemerkte, dass die drei Nazis sich anschickten, hastig das Lokal zu verlassen.

»Das ist er!«, flüsterte sie, beinahe ohne die Lippen zu bewegen.

Altendorfer blickte sich verstohlen um, sah den Serben und erhob sich mit abgewandtem Gesicht, um zum Telefon zu schleichen. Die junge Kellnerin und Vitus vermieden es, in Richtung Potočnić zu schauen, und spielten ungeschickt, aber nicht unerfreut, flirten. Altendorfer musste warten, bis ein Gast sein Telefonat beendet hatte, griff dann hastig zum Hörer, wählte hektisch und ... knallte den Hörer auf die Gabel. Versuchte es noch einmal und noch einmal, bekam aber keine Verbindung. Mit Panik in der Miene blickte er zu Franzi, doch die zuckte nur die Achseln und formte die Lippen zu dem Wort: »Vierteltelefon.«[98]

Savo saß in einer Ecke an einem Einzeltisch, seinen grauen Mantel neben sich auf einen Haken gehängt, und wartete arglos auf den Zander serbisch, den er bestellt hatte. Noch bevor er das Restaurant betreten hatte, war er mit dem Kerl in der Runenjacke zusammengestoßen und

[98] Ein Telefonanschluss, den man sich mit drei anderen teilte; es konnte immer nur eine Person telefonieren

hatte ihm scheinbar unbeabsichtigt einen Rempler gegeben, so höflich wie möglich »*Oprosti*«[99] gesagt und sich hingesetzt.

Altendorfer hatte endlich eine Verbindung bekommen und sprach, die hohle Hand über die Muschel haltend, aufgeregt, fast tonlos in den Hörer.

Obwohl sich der Kotelett-Toni so unauffällig wie möglich zu verhalten versuchte – oder gerade deswegen – fiel er Savo und dessen geschärften Sinnen auf. Er erkannte in Altendorfer, trotz seiner zivilen Kleidung, den uniformierten Polizisten, den er damals im Hof der Speckbachergasse 20 ruckzuck zu Boden geschickt hatte, bemerkte auch die versteckten Blickkontakte zwischen ihm, Franzi und Vitus, legte das Besteck weg, nahm seinen Mantel vom Haken und sprang auf, um aus dem Wirtshaus zu rennen. Franzi rief: »Herr Chef, da geht einer mit der Zeche durch!«

Altendorfer brüllte ins Telefon: »Kommts schnell, der geht stiften!«

Vitus streckte ein Bein aus, Savo wäre beinahe darübergefallen, erfing sich aber, holte aus, eine gewaltige Ohrfeige verfehlte Vitus nur um Haaresbreite, und stürzte ins Freie. Er nahm denselben Weg wie an dem Tag, als er die beiden Jungnazis niedergeschlagen hatte, und verschwand im Gasselwerk der Wiener Innenstadt. Als das Überfallskommando mit *Trari-Trara* geräuschvoll vor dem Wirtshaus bremste, war Savo Potočnić bereits unauffindbar untergetaucht.

[99] Serbisch: Verzeihung

Er stand in einem der kleinen Antiquitätengeschäfte, deren Auslagen so angeräumt waren, dass man von draußen nur schwer ausnehmen konnte, ob jemand und vor allem wer drinnen war, von drinnen aber recht gut sah, was auf der Gasse vor sich ging. Savo besah sich scheinbar interessiert die Nippes-Figuren, die im Geschäft im Schaufenster standen, und wartete, bis die Polizisten, die draußen planlos herumrannten, sich unverrichteter Dinge wieder zurückzogen. Dann trat er auf die Straße.

Das Problem, wo er seine Tage verbringen sollte, wurde ihm wieder deutlich bewusst. Ins *Restoran Trabicz* konnte er nicht mehr gehen, denn die Schamanin würde Zeter und Mordio schreien, wenn er, der Mörder ihres Mannes, auftauchte.

Also wohin?

• • •

Das *Savoy* hatte Ruhetag, also stand Herr Theo im *Trabicz*, genauer in der Wohnung der Schamanin, und die erstaunlich gefasste Jovanna Tur bot ihm einen Platz an.

»Was willst du, Theo?«

Herr Theo bemühte sich redlich, ein Mindestmaß an Pietät in seinen Ton zu legen. »Jovanna, es ist so ... ich bräuchte für einen ... äh ... Großabnehmer dringend Ware. Habt ihr ... ich meine, hast du ...« Er griff in seine Jacke und nahm eine Rolle Tausender heraus.

»Du zahlst jetzt und alles?«

Herr Theo nickte.

Jovanna bedeutete ihm zu warten, ging in die Klinik, schloss die Tür hinter sich und kam nach ein paar Minuten wieder heraus. Sie hielt ein Plastiksackerl in der Hand, nach dem Theo begehrlich griff. Sie aber zog die Hand zurück.

»12.000«, sagte sie und ließ Theo einen Blick in das Sackerl werfen.

»Das sind doch alles einzeln verpackte Hunderter-Pieces, was soll ich mit denen?«

»Sind hundert Hunderter-Pieces!«

»Also maximal 10.000 Schilling.«

»Du brauchst dringend, hast du gesagt ... darum 12.000.«

Theo versuchte zu verhandeln. Vergeblich. Er zählte zwölf Tausend-Schilling-Scheine von der Rolle. »Muss ich nachzählen?«

Jovanna sah ihn abfällig an.

»Ich zähle ja auch nicht nach.«

Sie gingen ins Lokal, wo gerade Dragan Zaradicz an die Glastür klopfte. Er war draußen Schmiere gestanden, nicht, weil sie die Polizei fürchteten, sondern um gegen einen eventuellen dreisten Besuch Savo Potočnićs gewappnet zu sein. Als Herr Theo gegangen war, trat Dragan zu Jovanna, warf einen Blick in das Sackerl und murmelte: »*Bolje išta nego ništa.*«[100]

[100] Serbisch: Besser als gar nichts

• • •

»Ihr seids mir vielleicht Versager«, polterte Haselbacher. »Jetzt schicken wir euch schon das Überfallskommando und ihr lassts den einfach so davonrennen. Wenn ich das dem Hofrat sag', der lasst mich suspendieren. Wir schreiben diesen Scheiß-Jugo zur Fahndung aus. Veitschegger, lassen'S einen Phantomzeichner kommen, wir hängen dem seinen *Ponem*[101] in ganz Wien auf!«

»Wo kann denn der den ganzen Tag sein?«, fragte Altendorfer.

»Und vor allem, wo schläft er?«, ergänzte Vitus.

»Zu Hause, bei seiner Frau, der Milana? Der Hausmeisterin?«

»Gut möglich«, sagte Vitus.

»Aber wo!«, ereiferte sich Haselbacher.

»Der ist doch nicht blöd, dass er nach Hause zu seiner Frau geht. Der muss ja glauben, dass wir die Speckbachergasse beobachten.«

»Und?«, fragte Vitus Veitschegger provokant. »Tun wir das?«

»Werden'S jetzt nicht pampig! Das steht Ihnen nicht zu, haben'S verstanden? Nein. Ich hab' ohnehin keine Leute!«

Es dauerte gut eine Woche, bis der Zeichner, nach den oft verwirrenden Beschreibungen des Gesichtes von Savo Potočnić, endlich etwas zu Papier gebracht hatte, mit dem schließlich alle übereinstimmen konnten.

[101] Jiddisch: Gesicht

Altendorfer hatte beispielsweise auf die Frage des Zeichners: »Ist seine Gesichtsform rund, oval oder eher länglich?«, geantwortet: »Quadratisch.«

• • •

»Dragan Zaradicz«, sagte der jugoslawische Botschafter, beugte sich in seinem repräsentativen Amtssessel vor, öffnete eine Lade in dem nicht weniger repräsentativen Schreibtisch und nahm ein Kuvert heraus, »Dragan Zaradicz, für dich. Dein Taschengeld.«

»Danke, Exzellenz«, erwiderte der, warf einen kurzen Blick in das Kuvert, in dem wie immer eine stattliche Anzahl Fünfzig-Dollar-Noten steckte. Und wie immer ging ihm dabei nur ein einziger Gedanke durch den Kopf: Mit wie viel Gewinn hat er das Zeug wohl in Belgrad losgeschlagen?

Dann griff er in die mitgebrachte Aktentasche, nahm ein Plastiksackerl heraus und leerte dessen Inhalt auf dem Schreibtisch des Botschafters aus. Der schaute ein wenig erstaunt und schob die vielen in Stanniolpapier verpackten Haschisch-Stückchen vor sich auf einen Kreis zusammen.

»Das sind aber mehr als hundert Stück.«

»Es sind ungefähr zweihundert Stück. Ich habe es aufstrecken lassen.«

»*Vrlo dobro*«[102], sagte der Botschafter, »lass es für den Transport ordentlich verpacken. Ich fliege Ende nächster Woche wieder hinunter.«

[102] Serbisch: Sehr gut

»Verstanden, Exzellenz. Ich werde Sie diesmal nicht mit dem offiziellen Dienstwagen nach Schwechat fahren.«

»Spinnst du, Dragan?«

»Nein, Exzellenz, gar nicht.«

Und dann berichtete Dragan von Savo Potočnić, den beiden Herren vom KGB und dem geplanten Attentat, für das er die Bombe platzieren und so einstellen sollte, dass sie, noch bevor sie losfuhren, vor der Botschaft im Auto detonierte. Der Botschafter schwieg.

Dann musste er fast schmunzeln. »Zuerst wollen sie Josip Broz Tito umbringen und jetzt, weil er nicht kommt, wollen sie mich umbringen. Noch dazu spektakulär, gleich vor der Botschaft!«

»Exzellenz«, sagte Dragan Zaradicz, »ich habe einen Plan.«

»*Vrlo dobro*«, sagte der Botschafter.

• • •

Savo Potočnić sah sein Konterfei zum ersten Mal durch die Scheibe des Fensters einer Straßenbahn.

Er fuhr sich durch sein dunkelgraues Haar, verwüstete seine Frisur und senkte instinktiv den Kopf. Er war auf dem Weg zu den beiden KGB-Männern, die sich in einem Arbeiterquartier nahe der alten Donau versteckt hielten.

»Bist du wahnsinnig?«, fragte der eine, als Savo in einem bestimmten Rhythmus an die Tür der Baracke geklopft hatte. »Deine Fresse hängt an allen Ecken.«

»Habe es gerade gesehen. Ich muss verschwinden, bis alles erledigt ist und wir nach Moskau fliegen. Soll ich mich unter diesen Umständen untertags vielleicht in irgendwelche Lokale setzen oder in einen Park?«

»Los, komm herein und mach die Tür zu«, sagte der andere und setzte sich auf eines der sechs Stockbetten in der notdürftigen Behausung, in der es nach saurem Schweiß und Elend roch.

Einer der Russen nahm aus einer Art Sporttasche eine Flasche mit Wodka und reichte sie herum. Jeder nahm hastig zwei, drei ausgiebige Schlucke. Nachdem die Flasche wieder verstaut war, sagte der andere: »Wir müssen auf die Baustelle, Schichtwechsel, verstehst du? Du bleibst so lang hier, und wenn die anderen kommen, erzählst du ihnen, dass du neu bist, dein Gepäck erst holen musst ... lass dir etwas einfallen. Es sind außer uns ohnehin nur Jugos. Schlafen kannst du hier nicht, weil alles belegt ist. Sag, wir hätten dich hereingelassen, damit du nicht in der Kälte warten musst, bis du wo unterkommst ... du weißt schon. Es interessiert sich da sowieso keiner für den anderen.«

»Wo schläfst du denn?«, fragte der andere Russe.

»Zu Hause, bei meiner Frau in Ottakring.«

»Ottakring?« Er hatte Mühe, das Wort auszusprechen.

»Egal. Am anderen Ende der Stadt.«

»Hast du Geld?«

»Geht so. Die Frau hat Hausmeisterposten.«

»Wann wird sich dieser Dragan melden? Weißt du schon was?«

»Noch nicht, das hängt davon ab, wann der Botschafter wieder ausfährt.«

»Du sagst sofort Bescheid, wenn du was weißt«, sagte der Größere. »Wir müssen den Flug bei unserer Botschaft anfordern. Wenn der Wagen explodiert, werden wir schon am Flugplatz sein.«

»Wenn du nach Hause kommst«, warf der andere ein, »packe gleich, damit wir nach Erledigung so schnell wie möglich in den Flieger kommen.«

Die beiden verabschiedeten sich.

»Also, in Gottes Namen!«, sagte Savo.

»Gott?«, fragte der Kleine und lachte. »Gott ist konterrevolutionär.«

Als die Tür hinter ihnen zufiel, faltete Savo die Hände zusammen und wiederholte mit fester Stimme: »In Gottes Namen!«

• • •

»So. Da ist es«, sagte Vitus Veitschegger, blieb vor dem serbischen Spezialitätenrestaurant *Trabicz* stehen und wandte sich gleich wieder zum Gehen.

»Was ist?«, fragte Walter. »Kommst du wirklich nicht mit?«

»Spinnst? Ich bin in Uniform, und überhaupt kennt mich die Frau von der Hausdurchsuchung.«

Walter nahm Edna, die ihm nur zögerlich folgte, beim Arm und betrat das *Trabicz*. Die Tische waren etwa zur

Hälfte besetzt. Walter wendete sich an Zoran, den Chauffeur, der gleichzeitig kellnerierte.

»Ist Frau Tur zu sprechen?«

Zoran grinste. »Zu sprechen? Reden wollen Sie mit ihr, oder?«

Walter nickte.

»Sie ist hinten in der Wohnung, nehmen Sie Platz. Muss kommen jeden Moment. Vielleicht essen etwas? Haben frische *Đuveč*.[103]«

»Danke, wir wollen nichts essen«, sagte Edna.

»Vielleicht einen *Sjlivovica*?«

»Warum nicht«, sagte Walter, »und ein Bier.«

»Und junge Dame?«

»Ein Coca-Cola.«

»Wir haben nur *Club Cola*, Fräulein.«

»*Nisht keyn khiluk*«[104], sagte Edna.

Walter kippte den Sliwowitz, spülte mit Bier nach und nahm Ednas Hand. »Das wird schon, Liebling, wir … äh … du kriegst das hin. Augen zu und durch.«

Edna fragte mechanisch: »Und Kind … Kind wollen wir keines?«

»Edna, bitte, das haben wir doch besprochen. Wir wollen kein Kind! Das wär … das wär …«

Walter suchte noch nach der passenden Vokabel, als die Schamanin hinter der Schank hervor ins Lokal kam, mit Zoran ein paar Worte wechselte und sich dann zu Walter

[103] Serbischer Eintopf

[104] Jiddisch: Egal

und Edna an den Tisch setzte. Bevor die beiden etwas sagen konnten, legte sie ihre Hand ganz leicht auf Ednas Wange.

»Du bist schwanger.«

Edna nickte.

Die Schamanin stand auf, reichte Edna die Hand und wollte sie nach hinten führen, doch Edna blieb ein wenig störrisch sitzen. Walter erhob sich.

»Komm, Edna.«

»Du bleibst sitzen. Frauensache.«

Zu Edna sagte sie: »Nimm ruhig mit dein Cola.«

Edna winkte ab. »Zu warm.«

• • •

Die schwarze Limousine mit den getönten Scheiben stand abfahrbereit vor dem hohen Eisentor der jugoslawischen Botschaft, allerdings waren die zwei Polizisten nirgends zu sehen, die das Fahrzeug gewöhnlich begleiteten.

Nur die beiden botschaftseigenen Sicherheitsleute standen zwischen der Limousine und einem Kastenwagen mit laufendem Motor, der mit der Frontseite in Richtung Einfahrt des Botschaftsgebäudes geparkt war.

Der Botschafter, dicht gefolgt von Dragan Zaradicz, ging auf die Limousine zu. Dragan hielt ihm die rechte hintere Tür auf und schickte sich an, am Fahrersitz Platz zu nehmen.

Wenige Sekunden später setzte sich der Kastenwagen in Bewegung und fuhr durch das offene Tor auf das Grundstück der Botschaft. Die beiden Sicherheitsleute sahen sich um, vergewisserten sich, dass der Platz vor der Botschaft menschenleer war, und gingen dann zurück in das Gebäude, dessen Tore sich hinter ihnen sofort schlossen.

Die Limousine stand da und plötzlich ertönte ein dumpfes Geräusch. Sie hob mit den Hinterrädern leicht vom Boden ab, eine gut zwei Meter hohe Stichflamme stieg auf, die Scheiben barsten. Es vergingen mehrere Minuten ohne irgendeine Reaktion seitens des Sicherheitsdienstes der Botschaft. Das Auto brannte fast aus, bis endlich die beiden Leibwächter, gefolgt von Männern, die für diesen Anlass lächerlich kleinformatige Handfeuerlöscher trugen, herbeieilten und den Brand unfachmännisch zu löschen begannen.

Erst endlose Minuten später hörte man Feuerwehr und Rettung.

• • •

»Um Gottes willen, Herr Botschafter«, hatte der Innenminister drei Tage zuvor gesagt, »woher wissen Sie von dem geplanten Attentat?«

»Ich weiß eben«, hatte der Botschafter geantwortet. »Sie sehen, unser Nachrichtendienst arbeitet ... äh ... wie sagt man ... *echauffierter* als Ihre Leute.«

»Echauffierter? Sie meinen vielleicht ›effizienter‹?«

»Wenn es Sie sagen.« Der Botschafter nickte. »Übermorgen wird mein Dienstwagen vor der Botschaft in die Luft gehen, aber ich werde nicht sitzen darinnen. Verlassen Sie an, dass Ihre Polizei nicht anwesend ist, sondern schicken Sie Ihre Männer auf den Flughafen in die General Aviation und lassen Sie zwei Russen festnehmen, die nach der Explosion mit einer russischen Maschine nach Moskau fliegen wollen. Mit großer Sicherheit ist ein dritter bei ihnen, ein Serbe, Savo Potočnić. Das ist der, der Josip Broz Tito umbringen hat gewollt und jetzt, weil der nicht kommt, mich killen möchte.«

»Selbstverständlich, Herr Botschafter, ich werde alles in die Wege leiten, um die Sache nach Ihren Wünschen über die Bühne gehen zu lassen.«

»Wie? Bühne? Wieso?«

»Ach, das sagt man so.«

• • •

»Ja, Herr Minister«, sagte der Polizeipräsident, »natürlich, Herr Minister, wird erledigt, Herr Minister. Ich schicke sofort meine besten Leute nach Schwechat …«

»Morgen Abend genügt, Joschi, und wenn es so weit ist … kein Aufsehen, keinen Wirbel und vor allem keine Presse!« Darauf telefonierte der Polizeipräsident mit Hofrat Oberst Ableitinger.

»Hören Sie zu, Ableitinger, wir haben ab morgen einen Spezialeinsatz in Schwechat, General Aviation. Schauen

Sie, dass Ihre Leute da im Kommissariat Grubergasse keinen Blödsinn machen. Lassen Sie diesen Potočnić in Ruhe, der wird samt zwei KGB-Leuten am Flugplatz festgenommen. Haben Sie verstanden?«

»Herr Präsident, ich verstehe nur Bahnhof ...«

»Flugplatz, Ableitinger, Flugplatz!«

• • •

»Wie bitte, Herr Oberst?«, fragte Haselbacher verdutzt. »Wir sollen den Potočnić laufen lassen? Von dem hängen Phantombilder in fast ganz Wien.«

»Ah so?«, sagte Ableitinger. »Mir ist noch nichts aufgefallen. Hat sich schon wer gemeldet, der weiß, wo er sich aufhält?«

»Nein, noch nicht, Herr Hofrat. Aber der ist praktisch überführt und muss nur noch gefasst werden, die Fahndung läuft auf Hochtouren, ich werde ...«

»Sie werden gar nichts, Haselbacher, hören Sie? Gar nichts! Bis Sie einen anderslautenden Befehl erhalten.«

»Ja, aber, Herr Oberst, was sollen wir denn machen, wenn wir den erwischen? Der hat zwei Leute umgebracht und furchtbar zugerichtet. Von dem einen wissen wir noch immer nicht, wer er ist ... war!«

»Haben Sie mich nicht verstanden, Haselbacher? Sie machen derweil nichts. Ich sag' nur: KGB. Da geht's um weit mehr als um zwei patscherte Morde!«

»*Patschert*, sagen Sie, der hat ...«

»Haselbacher!«, sagte der Oberst scharf. »Tun'S nicht nachreden! Das ist ein dienstlicher Befehl!«

»Jawohl, Herr Oberst.«

• • •

Edna saß mit Jovanna Tur, der Schamanin, in ihrer *Klinik* und hörte ihr mit einer Verwunderung zu, die sich langsam in Bestürzung verwandelte.

»Du bist Mitte zweite Monat, Edna ... das ist gute Zeitpunkt für Abbruch. Und du willst kein Kind? Du bist sicher?«

»Mein Freund, der Walter, der draußen sitzt, der will jedenfalls keines ...«

»Was Freund will, wurscht jetzt. Was willst du?«

Edna zögerte etwas mit der Antwort. »Nein ... ich will eigentlich auch nicht ...«

Die Schamanin strich ihr über das Haar. »*Eigentlich* ist komisches Wort in Deutsch ... gibt's nicht in Serbisch ... ist Wort, das nichts heißt. Wie spät ist eigentlich? Genau so spät wie nicht eigentlich ... also, du auch: kein Kind? Denn wenn Abbruch gemacht, es gibt kein ... wie sagt man ... gibt kein rückwärts.«

Edna zuckte die Achseln und nickte dann.

»Also gut, Kind, ich werde dich jetzt auf eine kleine schamanische Reise mitnehmen, dir geben dein Schutztier und deinen Geist vorbereiten ...«

Sie nahm sich eine der flachen Trommeln und begann, einen langsamen Takt zu klopfen, wobei sie mit kleinen

Schritten um Edna herumging. Der Rhythmus wurde kontinuierlich schneller und Jovanna summte kehlige Laute vor sich hin. Edna saß auf einem der Holzschemel in der Mitte des Raumes und schloss die Augen, blinzelte. Die Zeitspanne, in der sie ihre Augen geschlossen hielt, wurde immer länger, bis sie sie gar nicht mehr oder nur einen schmalen Spalt weit öffnen konnte.

Die Schamanin fingerte aus dem Glasbehälter ein Stückchen Fliegenpilz, schluckte es hinunter und schob ein weiteres, kleineres Stück Edna in den Mund. Sie spürte, dass ihre Patientin damit nicht ganz einverstanden war, aber das heidelbeergroße Stück Pilz dennoch schluckte. Edna fand die Prozedur lächerlich, doch mit jedem Trommelschlag und dem langsamen Anschwellen des gutturalen Gesanges wurde dieses Gefühl schwächer, bis es schließlich ganz verschwunden war.

• • •

Walter saß beim zweiten Bier und dem dritten *Šljivovica* draußen im Lokal. Er traute seinen Augen nicht, als der Herr Theo das Lokal betrat und von Zoran wie ein alter Freund begrüßt wurde. Auch Herr Theo machte kein Hehl aus seiner Verwunderung, Walter hier zu treffen.

»Was machst denn du da?«

»Ich? Gar nichts. Meine Freundin hat was mit der Chefin zu bereden.«

»Aaaaahh, ja«, sagte Theo, »toi, toi, toi.«

»Und was willst du da?«

»Ich hab' auch was mit der Chefin zu bereden.«

Zoran trat zu Theo mit diesem fragenden Blick des Servierpersonals, der sich stumm nach der Bestellung erkundigte.

»*Veliko pivo*[105]«, sagte Theo.

Zoran sah auf die Uhr. »Sie muss gleich herauskommen.«

Das Gespräch zwischen Walter und Theo verlief außerhalb der Kellner-Gast-Situation, die im *Savoy* herrschte, schleppend, immer wieder unterbrochen von peinlichen Pausen. Walter bestellte aus Verlegenheit noch einen *Šljivovica*, kippte die Hälfte hinunter und spürte jetzt erst ganz deutlich, wie sich wohltuende Wärme in ihm ausbreitete.

»Deinen Freund mit den langen, weißen Haaren haben sie umgebracht«, sagte Walter, um überhaupt irgendetwas zu sagen.

»Weiß ich doch«, antwortete Herr Theo trocken. »Und ich weiß auch, wer.«

»Ah, so?« In diesem Augenblick kam die Schamanin mit Edna am Arm ins Lokal. Beide, vor allem Frau Tur, hatten die Augen unnatürlich weit geöffnet. Die Schamanin sprach leise auf Edna ein, führte sie zu Walter und drückte sie sanft in den Sessel neben ihm. Dann nickte sie Theo zu und bedeutete ihm, ihr nach hinten zu folgen.

»Na, wie war's?«, fragte Walter an Edna gewandt.

»Du stinkst nach Schnaps«, sagte Edna und drehte sich weg.

[105] Serbisch: Ein großes Bier

Walter zündete sich eine Zigarette an. »Also, erzähl!«

Edna schaute einen Moment ins Leere und sagte dann mit verhuschter Stimme: »Es war ziemlich ... seltsam. Zuerst ist sie um mich herumgetanzt, hat auf eine flache, runde Trommel geschlagen und dabei gesungen. Mir ist dann irgendwie blümerant geworden, dann hat sie mir irgendwas in den Mund geschoben ... und ab da weiß ich nichts mehr Genaues.«

»Was hat sie dir in den Mund geschoben?« Walter klang besorgt.

»Weiß ich nicht, irgendwas Bitteres ...«

»Und hat sie ... äh ... hat sie's weggemacht?«

»Aber nein. Ich muss in ungefähr einer Woche wiederkommen, dann erst ... hat sie gesagt. Übrigens, mein Schutztier ist ein Reh.«

»Aha.« Walter wollte nicht in sie dringen, denn er bemerkte, dass sie nicht ganz bei sich war.

»Und wenn ich das nächste Mal aufs Klo muss, soll ich ein bisschen in ein Glas reinlullen und das dann trinken«, sagte Edna.

»Ist nicht wahr?«

»Hat sie gesagt!«

Walter kippte den Rest seines *Šljivovica*.

• • •

Herr Theo saß in dem Fauteuil in Jovannas Wohnzimmer, hielt sein Bier in der Hand und sagte in den leeren Blick der Schamanin hinein: »Ich weiß, wo der Hund ist, der den Ljubomir umgebracht hat.«

Theo hatte den Eindruck, dass sie ihn erst jetzt wirklich wahrnahm.

»Und?«

»Ich wohn' doch unten an der Alten Donau, und da habe ich den Typ schon zweimal gesehen, wie er in so ein Arbeiterquartier hineingegangen, respektive herausgekommen ist.«

»Diese Bestie? Aber woher du weißt, wie der ausschaut?«

»Bitte, von dem hängen in halb Wien diese ... wie heißt das ... Phantombilder ... und überhaupt habe ich ihn einmal bei dir im Lokal gesehen, wie ich mit dem Dragan da war. Dem seinen Quadratschädel vergisst man nicht so schnell. Der Dragan hat gesagt, der ist gemeingefährlich. Nicht nur, weil er einen religiösen Klamsch hat. Du musst sofort zur Polizei gehen und ...«

»Ich nix Polizei«, wehrte Frau Tur ab. »Die waren bei mir, haben alles angeschaut, auch Behandlungsstuhl in Klinik ... nein, besser gehst du ... eine Mann glauben die mehr als Frau ...«

»Ich? Ich soll zur Polizei gehen?«

»Besser gehst du hin, als Polizei kommt zu dir!«

• • •

Savo Potočnić, der es sich nicht hatte nehmen lassen, aus einer halbgeöffneten Haustür das Attentat zu beobachten, hielt, als die Bombe hochging, den Tragegriff seines kleinen Koffers so krampfhaft fest, dass die Knöchel seiner Faust weiß hervortraten.

»Gott schütze die Sowjetunion«, murmelte er.

Als die Limousine explodierte, aber danach nichts Besonderes geschah, keine Panik, keine Polizei, keine Presse, kein Heulen und Zähneknirschen, sondern sie nur gemächlich ausbrannte, wurde er misstrauisch. Seine Tagträume über ein Leben in Moskau als privilegierter KGB-Mann wurden mit einem Mal unscharf. Er vergaß jede Vorsicht und trat vor die Tür. Als die beiden Botschaftsangestellten mit den lächerlichen Handfeuerlöschern zu dem Wagen gingen und Feuerwehr und Polizei mit viel Trara, aber ohne Hast am Tatort vorfuhren, ahnte er, dass hier etwas faul war, und zog sich wieder zurück. Zorn stieg in ihm auf. Er ließ seinen Koffer los und biss sich in die blutleeren Knöchel.

Als die Feuerwehr unter Polizeiaufsicht das ausgebrannte Wrack abschleppte, musste er an sich halten, um nicht brüllend loszustürmen. Doch Savo riss sich zusammen, blieb auf seinem Posten und beobachtete, was weiter geschah. Nachdem die verkohlte Limousine vom Grundstück gebracht worden war, rollte aus dem Tor der Botschaft eine weitere schwarze Limousine heraus. Kaum eine Minute später stieg der Botschafter ein, bewacht von vier Männern in schwarzen Anzügen, die sich nach allen Seiten umsahen. Neben ihm Dragan Zaradicz.

Jetzt wurde Savo klar, dass Dragan den Botschafter und sich selbst in dem Kastenwagen in Sicherheit gebracht hatte. Die ganze Aktion war eine Falle gewesen. Vermutlich wartete bereits eine Polizeieskorte am Flughafen Schwechat auf ihn und die beiden Russen.

»Verräterschwein« knurrte Savo, »dich bring' ich um.«

Teil Fünf

One Too Many Mornings

An' the silent night will shatter
From the sounds inside my mind
As I'm one too many mornings
And a thousand miles behind

Bob Dylan, 1964

Kommissar Ludwig Haselbacher nahm einen Schluck Kaffee, zündete sich eine *Johnny* ohne Filter an und warf einen Blick auf die Titelseite der aktuellen *Kronen-Zeitung*.

2 KGB-AGENTEN IN SCHWECHAT VERHAFTET

Unmittelbar nach dem glücklich misslungenen Attentat auf den jugoslawischen Botschafter (wir berichteten), wurden, wie aus dem Innenministerium verlautet, in der General Aviation des Wiener Flughafens zwei Sowjet-Agenten festgenommen.

Sie beabsichtigten, in einer russischen Maschine mit Destination Moskau das Land zu verlassen. Die beiden Männer stehen unter dem dringenden Verdacht, Drahtzieher oder zumindest maßgeblich Beteiligte des Attentats zu sein.

Das österreichische Parlament hat einstimmig beschlossen, eine scharf verfasste Aufforderung zur Aufklärung an den Kreml zu schicken. Der Vorsitzende der Kommunistischen Partei Österreichs (KPÖ), Franz Muhri, steht bis dato nicht für eine Stellungnahme zur Verfügung. Die Polizei fahndet nach einem »Dritten Mann«, vermutlich getarnt als jugoslawischer Gastarbeiter, der, wie Polizeipräsident Holoubek bekannt gab, steckbrieflich gesucht wird, aber untergetaucht sein soll. Mehr könne man, so Holoubek, nicht preisgeben, um den Fahndungserfolg nicht zu gefährden.

Der Botschafter ist bei guter Gesundheit und wird seine Geschäfte routinemäßig weiterführen.

(Lesen Sie dazu die STABERL-Kolumne Bolschewikische Verschwörung im Blattinneren.)

»Klarer Fall«, sprach Haselbacher zu sich selbst, »den Potočnić suchen sie. Da kann ich mir einen schlanken Fuß machen.«

Er trank den letzten Schluck Kaffee, dämpfte seine Zigarette aus, stand auf und rief zackig zur Tür hinaus: »Faustenhammer, Altendorfer und Veitschegger! Vergatterung!«

• • •

Savo Potočnić, gerade aufgestanden, stand in der kleinen Küche der Hausmeisterwohnung und forderte von seiner Frau Milana Geld, das diese ihm ängstlich verweigerte.

»Ich habe dir diesen Monat schon alles gegeben. Du musst auf den nächsten Monatsersten warten.«

Langsam ging er auf sie zu, dann gab er ihr eine Ohrfeige, dass sie auf die Seite taumelte und sich ihre Hüfte schmerzhaft am Küchentisch stieß.

»Gib her, du blödes Weib! Wenn du Geld brauchst, dann lass dich vom Zaradicz ficken, vielleicht zahlt er dir wieder was dafür.«

»Savo, bitte nicht schlagen.« Milana hob abwehrend ihre Arme. »Das ist über dreißig Jahre her, das mit dem Dragan ... und ich habe dir schon hundertmal gesagt, dass ich kein Geld von ihm genommen habe.«

»Ah, auch noch freiwillig, du Drecksau. Wenn ich gewusst hätte, wer unter ihm gelegen ist, damals am Mokra Gora, ich hätte euch von den zwei deutschen Soldaten erschießen lassen! Und jetzt gib her!«

Milana öffnete eine Schublade, nahm siebzig Schilling heraus, reichte sie Savo, so wie man einem fremden Hund einen Bissen hinhält, gefasst darauf, dass er zubeißt.

Unmittelbar danach fuhr Savo an die Alte Donau, wo die jugoslawischen Gastarbeiter bereits auf den Bau gegangen waren. Er betrat seinen verlassenen Unterschlupf, saß allein auf einem Bett in seinem Behelfsheim, blickte in einen fast blinden Spiegel und besah den Bart, den er sich hatte wachsen lassen und die inzwischen langen Haare, den wirren Mittelscheitel, den er sich mühsam mit Wasser und Spucke gekämmt hatte und den er unter einer schäbigen Schiebermütze, die er sich tief ins Gesicht gezogen hatte, verbarg.

Nein, er hatte so gut wie keine Ähnlichkeit mehr mit dem skizzenhaften Gesicht, das da und dort plakatiert war und über dem GESUCHT stand, umso mehr, da die Steckbriefe, der spätherbstlichen Feuchtigkeit und dem Regen ausgesetzt, Blasen zu werfen begannen und zunehmend unkenntlich wurden.

Er nahm sein kleines, spitzes Messer und kratzte sich die schwarzen Ränder aus seinen teils abgebrochenen, teils eingerissenen Fingernägeln. Dann holte er die mittlerweile fast leere Wodkaflasche aus einem Spind, nahm einen kräftigen Zug, spülte sich den Mund und gurgelte, bevor er schluckte. Er prüfte, ob er die Tür versperrt hatte, legte sich auf ein Bett und schlief mit schwarzen Gedanken ein.

• • •

Jack Goldmann saß allein, sichtlich missmutig, im Café *Savoy*. Er beobachtete Herrn Theo, der jedes Mal, wenn die Tür aufging und neue Gäste kamen, zusammenzuckte und auch sonst fahrig, fast gehetzt wirkte, jedenfalls seine gewohnte Lässigkeit verloren zu haben schien.

Jack machte ihm ein Zeichen, an seinen Tisch zu kommen.

»Herr Theo, ich krieg ein Seidel, eine Buttersemmel leicht gesalzen und …«, er senkte die Stimme, »… ein Gedeck.«

Herr Theo nickte. »Ganz allein heut'? Wo ist denn die Suskia?«

Jack machte eine wegwerfende Handbewegung. »Wir haben … das heißt sie hat … Schluss gemacht.«

»Ah so?«

»Ja, weil ich ihr klar gemacht habe, dass ich nicht nach Indien auswandern will. Sie hat gemeint, ich wär' ein Wendehals.«

»Indien?« Herr Theo lachte. »Deswegen hat sie mich auch verlassen. Ich wollte genauso wenig nach Indien, zumindest damals nicht. Ich war allerdings kein Wendehals, nur ein alter Spießer …« Er schwieg unvermutet. Als er das Gedeck servierte, ging die Tür auf und er fuhr so heftig zusammen, dass er die Hälfte des Kleinen Braunen verschüttete und das Hunderter-Piece, das sich wie üblich unter der Tasse befand, beinahe auf den Boden gefallen wäre.

»Was ist denn mit dir los?«, fragte Jack. »Wieso bist du so nervös?«

Herr Theo setzte sich zu Jack. »Ich war bei der Polizei und hab' den Potočnić verzündet«, sagte er schmallippig.

Er erzählte, wie er, auf Geheiß der Schamanin, die Wachstube Grubergasse aufgesucht und ausgesagt hatte, dass er wisse, wo sich Potočnić versteckte.

»Ich wohn' ja bei der alten Donau, und da hab' ich gesehen, wie er in aller Früh in so ein Arbeiterquartier für Gastarbeiter einmal hineingegangen und einmal spät abends rausgekommen ist. Die Jovanna … also die Frau Tur … hat gesagt, dass er ihren Mann umgebracht hat und auch diesen Hofer … oder so.«

»Jovanna?«, fragte Jack.

»*Schamanin* sagen alle zu ihr.«

»Aha. Sagt mir nichts. Und wer ist ihr Mann gewesen?«

»No, der Ljubomir, der große Dünne mit den langen, weißen Haaren, der immer mit seinem Messer herumgespielt hat.«

»Ah, der Albino! Und dieser ...«

»Potočnić«, half Herr Theo aus.

»... hat ihn umgebracht?«

»Ja, das Genick gebrochen, genau wie dem Hofer.«

»Aber der Hofer«, sagte Jack, »also die erste Leiche, das war doch gar nicht der Hofer.«

»Das weiß ich auch. Vielleicht hat er anders geheißen, für mich war der immer nur der Hofer. Hat immer gutes Zeug verdealt.«

»Der hat sich nur so genannt ... Deckname, verstehst du? In Wirklichkeit heißt der Gottfried Gröbl und sitzt in der Türkei, in Ankara, im Häfen, wegen Rauschgiftschmuggel.« Jack machte ein zufriedenes Gesicht, als er Herrn Theo die Sache erklären konnte.

»Armer Teufel«, sagte Herr Theo.

»Du weißt schon, dass in der Türkei auf Haschischschmuggel die Todesstrafe steht? Hast du *Midnight Express* gesehen?« Jack nickte.

»Und wer diese erste Leich' ist, die sie in Ottakring gefunden haben, weiß man bis heute nicht?«

»Offenbar nicht«, sagte Jack und blickte verwundert auf Herrn Theo, bei dem sich scheinbar ein neuerlicher Fluchtreflex meldete, denn die Tür hatte sich abermals geöffnet, und ein Gast betrat das Caféhaus. Er stand hastig auf, blieb aber gleich darauf entkrampft neben dem Tisch stehen.

»Was ist?«, fragte Jack.

»Wenn der geisteskranke Serbe erfährt, dass ich der Polizei seine gegenwärtige Adresse verraten habe … der erschlagt mich im Caféhaus vor den Augen der Gäste.«

»Ja, der ist eine Kampfmaschine. Wir haben den einmal in Aktion gesehen vor dem *Reiterer* in der Dorotheergasse … frag nicht!«

»Deinen Freund, den …«

»… Walter …«

»Genau, den hab ich bei der Schamanin getroffen mit seiner Freundin. Ist die gar schwanger?«

»Ja, wieso weißt du das?«

»Weißt du nicht, was der ihr Geschäft ist? Die macht …«, wieder senkte Herr Theo die Stimme, »… Abtreibungen.«

»Sehr suspekt«, sagte Jack.

• • •

Als Bezirksinspektor Franz Faustenhammer, Rayonsinspektor Anton Altendorfer und der provisorische Wachmann Vitus Veitschegger zu Ludwig Haselbacher ins Zimmer traten, hätte dieser am liebsten gesagt: »Kameraden …«, besann sich aber gerade rechtzeitig. »Meine Herren, wir können berühmt werden, wenn wir es gescheit angehen. Vor circa einer Stunde war ein gewisser Theo …«, Haselbacher schob ein paar Zettel auf seinem Schreibtisch herum, »… Theo Kruger bei mir und hat ausgesagt, wo sich dieser Potočnić versteckt. Nämlich in so einer Baracke für Fremdarbeiter bei der Alten Donau. Er kommt jeden Tag zeitig in der Früh, geht mit den anderen Tschuschen der Form halber auf irgendeine Baustelle. Aber ...«, der Kommissar machte eine Kunstpause, »... bleibt immer wieder auch allein zurück und genau dann ...«, Haselbacher klatschte in die Hände, »... genau dann ... zack!«

Stille. Keiner sagte etwas.

Faustenhammer massierte seinen Schnauzer mit der Unterlippe, Altendorfer zupfte an seinen Koteletten herum. Schließlich brach Veitschegger das Schweigen.

»Herr Kommissar, wie wissen wir denn, ob er allein zu Hause ist oder ob er ...«

»Gute Frage, Bursche«, sagte Haselbacher. »Ihr drei werdet diese Hundshütten da unten ab fünf Uhr Früh observieren. Und wenn er allein ist, über Funk Bescheid sagen ... und dann, Hollodaro, samma schon do!«

Faustenhammer und Altendorfer stammelten fast zugleich: »Hollodaro.«

»Aber«, fuhr Haselbacher fort, »die Operation ist sozusagen ›Geheime Kommandosache‹ des Wachzimmers Grubergasse! Ich habe Befehl, in der Sache nichts zu unternehmen. Aber da haben die Großkopferten nicht gewusst, wo sich der Jugo verschanzt. Sie wissen es bis heute nicht, aber wir, wir wissen es.«

»Warum sollen wir uns das antun, wenn wir gar nicht dürfen?«, warf Faustenhammer wenig begeistert ein.

Altendorfer bekräftigte: »Genau!«

Haselbacher stand auf, straffte seinen unmuskulösen Pykniker-Körper und bemühte sich, stramm zu stehen. »Da geht's um die Ehre! Um die Ehre des Wachzimmers Grubergasse! Da geht's um Beförderung, höhere Bezüge, Belobigung … um Orden, um Ruhm. Jeder Sold … Polizist muss wissen, wann die Zeit zu handeln gekommen ist!«

Faustenhammer sagte mit einer Spur von Kampfgeist: »Gefahr in Verzug!«

Altendorfer stimmte, wenn auch halbherzig, zu: »Genau!«

Haselbacher stand noch immer, soweit es ihm möglich war, kerzengerade. »Veitschegger, Sie als Jungmann … als provisorischer Wachmann, übernehmen ab morgen fünf Uhr Früh den ersten Dienst. Dann Sie, Faustenhammer, und dann Sie, Altendorfer. Ein Dreier-Radl.« Mit einer Überzeugung, die von nichts anderem als seinen eigenen Worten angetrieben wurde, fügte er hinzu: »Den holen wir uns.«

• • •

In der Genossenschaftswohnung von Jakob Goldmann in der Reizenpfenniggasse hockten Walter und Jack je auf einem orientalisch gemusterten Lederpolster und rauchten Haschisch. Edna Goldmann saß unentspannt in einem abgewetzten Fauteuil. Auf dem Plattenteller drehte sich die LP »At Fillmore East« von der *Allman Brothers Band*.

Gerade als der Track »You don't love me« anfing, sagte Jack, während er dem Rauch nachblickte: »Ich hab' das vorgestern beim Theo im *Savoy* gekauft. Mir kommt vor, das ist dasselbe Zeug, das wir ihm damals verkauft haben.«

»Kann sein«, sagte Walter. »Vielleicht hat er sich was abgezweigt.«

»Das wäre wirklich sehr arg, wenn wir mit dem Geld aus dem Verkauf quasi unseren eigenen Shit kleinweise zurückkaufen täten.«

Walter grinste. »Das wär' wirklich sehr arg.«

Edna, die nichts rauchte, sondern nur von dem Tee trank, den ihr die Schamanin mitgegeben hatte, sagte: »Ich muss morgen zu dieser Jovanna, eine Abtreibung machen lassen, und ihr habt keine anderen Sorgen ...«

Walter und Jack nahmen sie bei den Händen und sprachen tröstend, vielmehr ermutigend, auf sie ein. Edna drückte die Hände der beiden so fest, als wollte sie gar nicht mehr loslassen.

»Ich hab' eine Scheißangst.«

Walter bedeckte Ednas Hand mit Küssen. Das Stück der *Allman Brothers Band* endete in einem scheinbar unorganisierten Wirbel aus Gitarren und Schlagzeug. Tosender Applaus eines unsichtbaren Publikums setzte ein. Dann Stille. Nur die Nadel des Tonarmes tanzte und kratzte auf den Auslaufrillen hin und her.

• • •

Vitus Veitschegger schob den Dienst um fünf Uhr Früh bei den Arbeiterbaracken an der Alten Donau, unweit des Gänsehäufels. Hundemüde schlenderte er die Schrebergärten entlang und blickte immer wieder auf das Arbeiterquartier. Gelegentlich verbarg er sich hinter einem der Bäume oder einem Busch. Es war kalt und diesig, und Vitus hauchte wiederholt in seine Hände.

Gegen Viertel vor sechs kamen die Arbeiter aus ihren Behausungen und schlurften zu einer Baustelle am »Bruckhaufen«. Savo Potočnić war mit dabei.

Vitus war schmerzhaft unausgeschlafen, denn er hatte die Nacht wieder mit Franzi, dem Lehrmädchen aus dem *Reiterer*, verbracht. Vor einer Woche war es in Vitus' Wohnung, einem Hinterzimmer in einem Zinshaus in der Österleingasse im 15. Wiener Gemeindebezirk, zum Äußersten gekommen, wie Franzi es nannte.

Es war für beide das erste Mal gewesen, und wäre sie nicht so verliebt gewesen, hätte Franzi es, nach zwei tollpatschigen Entjungferungsversuchen seitens Vitus', gar nicht zu einem dritten Mal kommen lassen. Als dieser aber dann schließlich mehr schlecht als recht gelang, war Vitus stolz, und Franzi freute sich, dass er glücklich war.

»Das war schön«, hatte Vitus erschöpft geseufzt und Franzi hatte ruhig erwidert: »Ja … schön …«

Seit dieser Premiere vor einer Woche verbrachte Franzi fast jede Nacht bei Vitus. Gestern hatte sie erstmals von sich aus, gleich hinterher, ein bisschen atemlos in sein Ohr geflüstert: »Du ... das war ... richtig gut.«

Vitus barst vor Stolz und sie schliefen erst gegen halb drei Uhr morgens ein.

Als Vitus nun sah, dass Potočnić wieder nicht allein in der Baracke geblieben war, wollte er seinen Posten schon verlassen und warf mit schweren Lidern einen letzten Blick auf die Unterkunft. Dabei bemerkte er einen Mann mit Schirmkappe, der ihm zunächst fremd vorkam, in dem er aber alsbald Savo Potočnić erkannte. Er kam allein zurück und verschwand in seinem Versteck.

Vitus entfernte sich, ein paar Schritte rückwärts gehend, vom Lager. »Alte Donau, Alte Donau an Grubergasse«, sprach er kehlig in das Funkgerät, »Grubergasse, bitte melden. Over.«

»Hier Grubergasse«, krächzte es aus dem kleinen Lautsprecher. »Ich höre. Over.«

»Ich bin's, Vitus Veitschegger. Er ist jetzt allein in seinem Zimmer ... in seinem Quartier. Over.«

Er vermutete, dass es Haselbacher war, der aus dem Gerät plärrte: »Objekt unter Tarnung weiter beobachten! Wir kommen.«

Dann hörte Vitus, wie am anderen Ende herumgeschrien wurde, bis er wieder die Stimme des Kommissars vernahm.

»Was? Was soll ich sagen?«

»Over!«, brüllte Faustenhammer ins Funkgerät.

• • •

Walter und Edna saßen im Fond und Jack neben dem Fahrer des schwarzen Mercedes. Chauffiert wurde der Wagen von Zoran, dem Kellner aus dem *Restoran Trabicz* in der Seeböckgasse.

»Dass uns ein Mercedes abholt, ist schon leiwand«, sagte Walter. Edna drückte seine Hand und lächelte milde.

»Ich finde es fast ein bisserl suspekt«, brummte Jack, »könnte ja auch sein, damit man die Spur zu dieser Schamanin nicht nachverfolgen kann.«

Edna gab ihm vom Rücksitz her eine *Dachtel*[106] mit der rechten Hand. Während sich Jack den Hinterkopf rieb, meinte Edna: »Super, mach mir nur Mut.«

Edna wirkte zumindest nach außen hin gefasst, ja beinahe gelassen. Sie betraten das Spezialitätenrestaurant, wo sie Frau Jovanna Tur, die Schamanin, erwartete. Blanca, die Reinigungskraft, wischte gerade die Tische ab und nickte Edna ermutigend zu. Jovanna ging mit ausgestreckten Händen, man hätte sagen können, *offenen Armen* auf Edna zu, und hieß sie an einem der Tische Platz zu nehmen.

»Guten Morgen. Sei ganz ruhig, ich bringe gleich die Tee.« Sie goss hinter der Schank aus einer Kanne eine dunkelgelbe Flüssigkeit in ein Glas und brachte es Edna. »Trinken langsam und nicht verwundern, wenn du musst ein bisserl übergeben dich … in halbe Stunde.«

[106] Leichter Schlag gegen den Kopf

»Was muss sie?«, fragte Jack. »Sich übergeben? Was geben Sie ihr da?«

»Gib Ruhe«, sagte Walter. »Die wird schon wissen, was sie tut.«

»Ist immer so, wenn man trinkt Opiumtee erstes Mal. Oder ist sie gewöhnt?«

»Opium? Hochsuspekt!«

Edna blies in den heißen Tee. »Jetzt sind wir schon da. Wir sollten ihr vertrauen.«

Walter strich Edna übers Haar. »Wenn sie schwanger bleiben würd, tät sie bald jeden Tag speiben.«

Jack suchte nach einer passenden Entgegnung, die er Walter an den Kopf werfen konnte, aber die Schamanin kam ihm zuvor. »Ihr zwei verschwindet dann oder setzt euch in Eck und haltet Pappen. Zoran!« Sie wandte sich an den Fahrer, der offenbar jetzt wieder zum Kellner mutierte. »Bring den Buben was zum Trinken.« Und zu Walter: »Und du ... hast du Geld?«

Walter nickte. »Geld nachher!«, sagte er.

»Nix nachher, Herr Walter. Für Klinik vorher zahlen.«

Walter hatte keine Lust, zu diskutieren. Er gab ihr zwei Tausend-Schilling-Scheine, die er tags zuvor von seinem Konto abgehoben hatte.

Sie warf einen Blick auf das Geld. »Danke, ist in Ordnung«, sagte sie und ging nach hinten.

Edna trank den Tee in einzelnen, großen Schlucken. Keiner sagte etwas, alle warteten darauf, dass sie aufsprang, um sich auf dem Klo zu übergeben.

Blanca, mit dem Putzen fertig, zog sich ihren Mantel an, ging zu Edna und strich ihr über die Wange. »*Sve u redu.*«[107]

In diesem Moment würgte es Edna, sie sprang auf und rannte Richtung Klo.

»Wiedersehen«, sagte Blanca.

Als Edna zurückkam, setzte sie sich erleichtert hin. Die Schamanin kam in das Lokal zurück und hielt das Teeglas hoch. »Bitte fertig trinken.«

• • •

Vitus Veitschegger saß trotz der Kälte auf einer Bank zwischen zwei Bäumen und schien zu schlafen. Als ihm jemand mit nach Zigarettenrauch riechendem Atem: »Nicht schlafen, Veitschegger«, ins Ohr flüsterte, sprang er auf und hätte Kommissar Haselbacher mit der Schulter beinahe einen Kinnhaken gegeben.

»Ist er noch da?«

»Ja, da hinter dieser Tür!«

Haselbacher machte Anstalten, sich zu entfernen.

»Gehn'S, Herr Kommissar, woher will er das denn wissen, wenn er im Dienst schlaft«, sagte Altendorfer lächelnd. »Ist ja verliebt, unser Herr Jungspund. Der wird wieder kein Aug' zugemacht haben in der Nacht!«

»Halten'S den Schlapfen, Altendorfer!«, bellte Haselbacher. »Nehmen'S Ihre Dienstwaffe und ... gemma! Veitschegger, Sie begeben sich aus der Gefahrenzone!«

[107] Serbisch: Alles gut

Haselbacher, Faustenhammer und als letzter Altendorfer schlichen sich an die Baracke heran, die Dienstwaffen vorschriftsmäßig mit beiden Händen im Anschlag. Haselbacher und Faustenhammer nahmen auf der einen Seite der Tür Aufstellung, Altendorfer postierte sich an jener Seite, an der die Tür angeschlagen war.

Es war gespenstisch still.

Nach zehn Sekunden Stille bellte vom Gehsteig her ein Hund. Die drei fuhren herum. Eine Pensionistin stand mit einem sich gerade erleichternden, schmutzig weißen Pudel da.

»Was ist denn los?«, rief sie. »Tun'S wen verhaften? Jössas, die haben ja die Revolver in der Hand! Komm, tummel dich, Bella ... schauen wir, dass wir weiterkommen!«

Die drei Beamten bedeuteten der Frau, still zu sein, und während ihre Blicke und somit ihre Aufmerksamkeit auf Frau und Pudel gerichtet waren, flog die Tür auf und Savo Potočnić hechtete geradezu aus dem Haus heraus, lief im Zickzack die wenigen Meter an der Barackenaußenwand entlang, bog um die Ecke, rannte weiter in Richtung Wasser und suchte Deckung im Dickicht des Ufers.

Die drei Polizisten jagten ungeordnet hinterher. Gerade als Potočnić in den Büschen zu verschwinden drohte, hob Faustenhammer die Dienstwaffe und gab zwei Schüsse ab. Danach rief er: »Polizei! Stehenbleiben und Hände in die Höh'!«

Der Verfolgte war nun nicht mehr zu sehen, keiner konnte sagen, welche Richtung er in dem Gestrüpp genommen haben mochte. Die Beamten blieben stehen, schauten sich noch eine Weile um, lauschten, ob ein Geräusch den Flüchtenden verriet, und pirschten sich zögerlich, übertrieben sondierend, an den üppigen Grünstreifen heran.

Sie hielten an.

»Was ist mit Ihnen, Altendorfer?«, erkundigte sich Haselbacher. »Sie bluten ja aus der Nase. Aber wie!«

»Der Orsch hat mir die Tür derartig auf meinen *Pumperer*[108] gedroschen, dass ich ihn mir mit voller Wucht selber auf die Nase gehauen hab'.«

Faustenhammer besah sich das Malheur. »Die ist gebrochen«, sagte er und grinste. »Zum zweiten Mal.«

»Faustenhammer, schießen'S in die Luft, falls Sie den Tschuschen vielleicht doch getroffen haben und sich wer wichtig machen will. Warnschuss, eh schon wissen.«

Die Alte mit dem Hund stand mehr oder weniger am selben Fleck, als die drei unverrichteter Dinge zurückkamen. Vitus stand bei der Frau, deren Hund ihn quietschend verbellte.

»Aus!«, schrie er den Pudel an, der sich gar nicht weniger darum scheren konnte.

»No, haben'S ihn?«, fragte sie geringschätzig, als sie sah, dass die Beamten gescheitert waren.

»Wir werden gleich Sie haben«, nuschelte Altendorfer in ein blutgetränktes Papiertaschentuch hinein. »Sie müssen in die Unfall-Ambulanz«, sagte Veitschegger.

»Gusch!«, gurgelte der Koteletten-Toni.

[108] Milieujargon: Schusswaffe, Pistole etc. ...

• • •

Der jugoslawische Botschafter saß einmal mehr beim österreichischen Innenminister, hob seine Kaffeetasse zum Mund, schaute über den Rand, ob vielleicht die eine oder andere kulinarische Kleinigkeit am Tisch stand, und stellte sie enttäuscht wieder ab.

»Bitte, Herr Minister«, sagte er, »Sie haben sicher gehört, dass es bei dem Elendsquartier für Gastarbeiter an der Alten Donau eine Schießerei gegeben hat. «

»Selbstverständlich, Herr Botschafter, und ich kann Ihnen versichern, dass die betreffenden Exekutivbeamten gegen ihre strikten Weisungen verstoßen haben, die ...«

»*U redu*«[109], beschwichtigte der Botschafter. »Aber bitte, überlassen Sie die Sache uns, wir kennen den Menschen, wir wissen, wo wir suchen müssen. Meine Männer sind bereits zu Position, bereit auf Zugriff. Alles, was geschieht ab jetzt, geschieht offiziell auf jugoslawisches Territorium, verstehen Sie? Und ist Sacher jugoslawischer Justiz.«

»Sacher?«

»Ja, wie sagt man ...?«

»Ah«, rief der Minister, »Sache, Sie meinen Sache!«

»*Da.*«

»Das können wir schon so machen, Herr Botschafter. Sie müssten nur sicherstellen, dass kein österreichisches Recht verletzt wird, wenn Sie wissen, was ich meine.«

»Alles wird geschehen im Stillen und Leisen ... soweit möglich!«

[109] Serbisch: Schon gut

Kaum war der Botschafter aus der Tür, begannen die hierarchischen Telefonate.

Minister ruft Polizeipräsident an. »... und bitte stell sicher, dass dein Verein nicht wieder berühmt werden will und in der Gegend herumschießt!«

Polizeipräsident ruft Hofrat Oberst Ableitinger an. »... haben Sie Ihre Leute nicht im Griff? Die sollen dazuschauen, dass auf den Kreuzungen in Ottakring nicht die Autos zusammenstoßen und nicht Räuber und Gendarm spielen!«

Hofrat Oberst Ableitinger ruft Kommissar Haselbacher an. »... sagen Sie, wissen Sie nicht, was ein Befehl ist? Was rennen Ihre Kasperln herum und schießen wild um sich wie in einem John-Wayne-Film? Sofort lassen Sie das bleiben, Haselbacher, das ist eine rein jugoslawische Angelegenheit, haben Sie mich verstanden?«

»Jawohl, Herr Oberst, aber ich habe geglaubt ...«

»Glauben überlassen Sie gefälligst den Gläubigen! Das geht uns nichts an. Ende der Durchsage!«

• • •

Der Mercedes hielt vor dem Haus in der Reizenpfenniggasse. Dem Vorschlag Walters, in seine Wohnung in der Wurlitzergasse zu fahren, war nicht nachgegeben worden.

»Auf keinen Fall«, hatte Jack gesagt. »In dein Loch mit Wasser, Klo am Gang und ohne Telefon lass' ich die Edna nicht. Nein, nein, wir fahren zu mir!«

Edna stieg mühsam, von Zoran unterstützt, aus dem Wagen. Walter und Jack nahmen sie in die Mitte.

»Sie braucht viel Ruhe, hört ihr, viel, viel Ruhe!«, rief Zoran, setzte sich hinters Steuer und fuhr weg.

»Schaffst du es in den zweiten Stock?«, fragte Jack.

»Muss ich wohl«, antwortete Edna leise.

»Du schaffst das, Baby.«

Walter machte ihr Mut, was angesichts von Ednas Mattheit sofort als leere Floskel enttarnt war. Sie schleppte sich an Walters Arm im Stiegenhaus hinauf bis zu Jacks Wohnung. Beide konnten sie nicht stützen, weil die Stiegen für drei Personen nebeneinander zu schmal waren.

Edna fiel entkräftet aufs Bett, Jack zog ihr Jacke und Schuhe aus, Walter schälte ihr alles Textile bis auf ihr T-Shirt und ihre mit einer dicken Binde ausgestopfte Unterhose, die im Schritt blutig war, vom Leib.

»Möchtest du etwas trinken, Edna?«

»Nein, ich möchte nur schlafen, ich bin total *schlacha.*[110]«

Die beiden Burschen deckten sie sorgsam zu, Walter legte ihr seine Hand auf die heiße Stirn, strich ihr, sichtlich hilflos, übers Haar und küsste sie zart auf den Mund. Aber da war Edna schon eingeschlafen.

• • •

Der erste Schuss schlug in den Stamm eines jungen Baumes ein. Der zweite traf Savo Potočnić am linken Ober-

[110] Jiddisch: „Zu Boden geworfen“ – geschlaucht

arm, knappe zehn Zentimeter über dem Ellbogengelenk. Nur seine Kampfausbildung ließ ihn den unerwarteten explosiven Schmerz, verbunden mit einem leichten Gewebeschock, mit einem zwischen den Zähnen eingezogenen Zischen wegatmen. Der Ärmel seines Cabans war an der Einschussstelle zerfetzt und füllte sich augenblicklich mit Blut. Mit der rechten Hand griff er instinktiv auf die Wunde und spürte mit Genugtuung, dass das Geschoss ihn zwar gestreift hatte, aber der Knochen nicht verletzt war.

Nur eine Fleischwunde, dachte er.

Seine Kampferfahrung war es auch, die ihn daran hinderte, panisch davonzurennen. So wartete er in aller Stille, ob abermals auf ihn geschossen werden würde oder sich jemand seinem Versteck näherte.

Beinahe eine halbe Stunde blieb er auf einem Baumstumpf sitzen und presste seine rechte Hand auf die Wunde, um die Blutung so gering wie möglich zu halten.

Wohin?, dachte er.

In die Seeböckgasse, zu der Schamanin, konnte er sich nicht wagen, obwohl sie mit ihren Kräutern und Essenzen wohl die Richtige gewesen wäre, seine Wunde zu versorgen. Sie würde ein Geschrei machen, ja vielleicht versuchen, ihn zu vergiften, noch dazu war seine Kampfkraft durch den Streifschuss naturgemäß zu geschwächt, um sie zu zwingen.

In ein Krankenhaus zu gehen war völlig ausgeschlossen, es brauchte ihn nur ein Arzt, eine Schwester oder ein Patient von den zwar mittlerweile schon ziemlich verwitterten

Plakaten erkennen und der Traum von einem sozialistischen, gottesfürchtigen Leben in Moskau war ausgeträumt.

Er hob den Blick zum Himmel und murmelte eine Fürbitte an die Gottesmutter. Nein, er konnte nur nach Hause zu Milana. Da würde er sich, trotz seiner Verwundung, durchsetzen können.

Sich nach allen Seiten umblickend, trat er wieder auf die schmale Straße, keine Sekunde zu spät, denn er sah den dunkelgrünen VW-Käfer der Polizei, wie er ohne zu blinken am Ende der Gasse links abbog.

Aber Savo entkam nicht ungesehen. Von einem Bootssteg aus hatten ihn Dragan Zaradicz und zwei weitere Personenschützer des Botschafters, verborgen hinter einer großen, rostigen Seilwinde, im Blick.

»Er ist angeschossen«, sagte einer. »Er gehört uns.«

Dragan hielt ihn zurück. »Ganz ruhig. Ich kenn' ihn, der ist wie ein angeschossenes Viech … schauen wir, wo er hinwill.«

»Wenn er in die Richtung weitergeht, kommt er zu einer Tramway-Station, Arminenstraße, da fährt der 25er.«

»Wohin?«, fragte Dragan.

»Weiß ich nicht«, sagte der nur halbwegs ortskundige Leibwächter.

• • •

Edna fuhr immer wieder aus dem Schlaf, schien mit Armen und Händen exzesshaft etwas aus der Luft greifen zu wollen, stieß mit weit aufgerissenen Augen und belegter Stimme kaum verständlich so etwas wie »Rote Tinte, rote Tinte!« hervor.

Walter nahm dann ihre Hände in die seinen und legte sie langsam und fürsorglich wieder neben ihren Körper. Dabei sagte er beschwörend: »Schlaf, schlaf weiter. Schlaf dich gesund.«

Das hatte seine Mutter zu ihm gesagt, wenn er als Kind krank gewesen war. Diese Worte hatten eine tiefe Wirkmacht auf ihn gehabt, und er war darauf immer, getröstet und geborgen, eingeschlafen. Am nächsten Morgen, so glaubte er sich zu erinnern, war er dann wieder gesund gewesen.

Jack legte seiner Schwester die Hand auf den Kopf. »Du, die glüht, greif einmal ihre Stirn an!«

»Fieber«, sagte Walter. »Hast du irgendwo ein Fieberthermometer?«

Jack antwortete, als wäre diese Frage vollkommen irrelevant. »Wieso soll ich ein Fieberthermometer haben?«

»Vielleicht sollten wir ihr Essigpatscherln[111] machen?«, meinte Walter.

»Was sollen wir ihr machen?«, fragte Jack.

»Essigpatscherln. Die hat mir meine Mutter immer gemacht, wie ich noch ein Kind war, die ›ziehen das Fieber aus dem Körper‹, hat sie gesagt.«

»Ich hab' doch keinen Essig, hörst! Bin ich ein Gasthaus, oder was?«

[111] Ein Handtuch oder Stofftuch, das man in warmes Wasser mit Essig taucht

»Pass auf«, sagte Walter entschlossen, weil Edna gerade wieder »rote Tinte« hervorpresste, »ich spring' schnell runter zum Greißler und kauf' welchen!«

»Was sagst du, *shvesterke*?[112]«, fragte Jack und beugte sich zu seiner Schwester hinunter.

Er hörte genau darauf, was sie sagte, und seine Augen wurden nass, als er verstand, was ihre Worte bedeuteten.

»Tote Kinder.«

• • •

Im Beiwagen der Straßenbahn Nummer 25 stand Dragan Zaradicz mit zwei seiner Kollegen und jeder von ihnen bemühte sich, teils unter Verrenkungen des Halses, den im Triebwagen sitzenden Savo Potočnić nicht aus den Augen zu verlieren.

»Wohin fährt der?«

»Egal, wir fahren mit.«

»Ob er schwer getroffen ist?«

Dragan schüttelte den Kopf. »Glaube ich nicht. Und selbst wenn … der steckt das weg.«

Savo saß, seine rechte Hand auf die Wunde gepresst, auf einem Einzelsitz und brauchte seine ganze Kraft, um nicht einzuschlafen oder gar in Ohnmacht zu fallen, denn der Schmerz raubte ihm fast die Sinne. Doch mit der Disziplin einer Kampfmaschine knirschte er nur gelegentlich mit den Zähnen, ließ sich aber sonst nichts anmerken.

[112] Jiddisch: Schwester

Die wenigen Fahrgäste spähten gelegentlich in seine Richtung, wandten aber schnell wieder den Blick ab. Seine Kenntnisse des Wiener Straßenbahnnetzes waren bald erschöpft, und er gab acht, wo er aussteigen musste, um in eine Straßenbahn der Linie J, dem sogenannten J-Wagen, umsteigen zu können. Denn der, so viel wusste er, fuhr nach Alt-Ottakring.

Er überlegte auch, ob er sich nicht in den hinteren Waggon setzen sollte, denn der wurde bereits schaffnerlos geführt. Hier im ersten Wagen konnte jederzeit der Schaffner, der sich seit zwei Stationen mit dem Tramway-Fahrer unterhielt, obwohl über diesem ein Schild angebracht war, das das »Sprechen mit dem Fahrer während der Fahrt« kategorisch untersagte, auf Savo zukommen und in vernuscheltem Ton »Zu-estiegen?« fragen.

Er hätte die Hand von der blutigen Wunden nehmen müssen, nach Geld kramen und sonst unnötig auffällige Sachen machen, das wollte er vermeiden. Der Schaffner dachte aber gar nicht daran, seiner Profession nachzukommen, sondern unterhielt sich weiterhin verbotenerweise mit dem Fahrer. Savo begann, sich vorsichtig umzusehen, versuchte, einen Blick in den Beiwagen zu erhaschen, was jedoch nicht möglich war, und als er den Kopf wieder nach vorn drehte, blieb sein Blick an zwei neugierigen Kinderaugen hängen, die ihn stumpfsinnig anstarrten. Kaum, dass sich ihre Blicke begegneten, hob das Kleinkind den Arm, zeigte mit seinem pummeligen Zeigefinger auf Savo und sagte entsetzlich laut: »Mama, was hat der Mann da … Wehweh?«

Alle Augen wandten sich abrupt Savo zu, der dem Kind, obwohl er es gar nicht verstanden hatte, einen mephistophelischen Blick zuwarf. Als er merkte, dass die Garnitur in eine Station fuhr, stand er zitternd auf und stieg aus. Der Schaffner, der seinen Schwatz mit dem Fahrer kurz unterbrach, läutete ab und kam jetzt seiner Pflicht nach, die Fahrscheine zu kontrollieren. Savo war keine Sekunde zu früh ausgestiegen, umso mehr, als er an der Haltestelle sah, dass neben »AK« und »BK« auch ein Schild mit »J« angebracht war.

»Scheiße, er ist ausgestiegen«, sagte einer der Verfolger im hinteren Waggon und machte Anstalten, vom fahrenden Zug abzuspringen, doch Dragan hielt ihn zurück.

»Bleib da! Ich glaube, ich weiß, wohin er will.«

• • •

Jack umwickelte Ednas Füße, die im Gegensatz zu ihrer Stirn kühl waren, mit einem Geschirrtuch, das er zuvor in eine Schüssel mit kaltem Wasser und Essig getaucht und ausgewrungen hatte. Walter hielt in verzweifelter Ratlosigkeit ihre Hand.

»Jetzt wird's gleich besser, jetzt wird's besser!«, sagte er mechanisch in ihr heißes Gesicht.

Jack trocknete sich die Hände ab und warf einen besorgten Blick auf seine Schwester.

»Wenn das nicht bald besser wird, müssen wir die Rettung rufen oder einen Notarzt.«

»Auf keinen Fall!«, protestierte Walter. »Wenn die rauskriegen, dass wir illegal abgetrieben haben, dann werden wir eingesperrt.«

»Willst du sie vielleicht sterben lassen? Überhaupt kämen sie in der Gerichtsmedizin gleich drauf, dass sie an einer Abtreibung gestorben ist. Und dann wären wir erst recht dran.«

»Geh, was redest du denn da vom Sterben? Wir dürfen jetzt nur nicht durchdrehen …« Er sah Edna an, die mittlerweile regelmäßig atmete und ruhig schlief. »Morgen schaut die Welt schon ganz anders aus.«

Walter setzte sich an den Tisch und machte Anstalten, einen Spliff zu drehen, aber Jack nahm ihm das *Dope*[113] weg.

»Nein, jetzt wird nichts geraucht!«

»Wieso?«

»So eben. Es kommt mir … falsch vor. Wir brauchen einen klaren Kopf, wenn was sein sollte.«

Sie stellten sich beide neben Edna und schauten sie stumm an.

• • •

Es war später Nachmittag an diesem klaren und doch grauen Mittwoch.

Ein Licht, wie man es nur in Wien und hier wiederum überwiegend in der Vorstadt fand. Der Tag war zwar grau

[113] Szene-Wort für Haschisch

in grau, jedoch in seinem Grau von bestechender Klarheit und Helle.

Savo Potočnić öffnete das verwitterte Tor zum Haus Speckbachergasse 20 und überquerte schwankend den Innenhof, um zu der Hausmeisterwohnung zu gelangen. Er klopfte in einem bestimmten Rhythmus an die Tür, rüttelte an der Schnalle, niemand öffnete. Zornig trat er mit einem Fuß gegen die Tür, was zur Folge hatte, dass sich im zweiten Stock ein Fenster öffnete, eine Frau in den Hof blickte und gerade noch erkennen konnte, dass ein Mann den Bretterschlag zum *vierten Stock* hinter sich zuzog.

»Ferdl«, rief die Frau hinter sich in die Wohnung, »da ist grad so ein Lackl unten in die Bretterbude rein …!«

Nachdem Ferdl nicht reagierte, machte sie einen Schritt vom Fenster weg und rief noch einmal, diesmal akkurater: »Ferdl!«

Sie murmelte für sich: »Mit dem Mann ist gar nichts mehr zum Anfangen.«

Dann schloss sie das Fenster.

Savo stand an eine der beiden desolaten Kredenzen gelehnt und verfluchte seine Frau. »Wo ist sie denn, dieses wertlose Weib? Ich verblute hier, und sie rennt weiß Gott wo herum … ich schlag' sie tot, diese Hure … ich schlag' sie tot.«

Er suchte einen Platz, um sich niederzulassen, denn er spürte, wie sich Kraftlosigkeit in ihm ausbreitete. Er fand unter dem Gerümpel im *vierten Stock* einen Schemel, den er mit einem Fuß zu sich herzog, und setzte sich. Er wusste, er durfte seiner Leibesschwäche nicht nachgeben und die Augen schließen. Er zwickte sich mehrmals heftig in die Wange, riss die Augen auf und starrte vor sich hin.

Das Bild vom Mokra Gora vor dreißig Jahren nahm wieder Raum in seinem Kopf ein. Milana, die junge, dunkelhaarige Milana mit den frechen, schwarzen Augen, um die er sich seit Wochen gezielt, wenn auch ungeschickt bemüht hatte, war es gewesen, die unter Dragan gelegen und mit ihm vor Geilheit vergessen hatte, worauf es im Krieg in erster Linie ankam: Wachsamkeit!

Ja, sie hatte später ihn, Savo, geheiratet. Doch nachdem sie ein Jahr verheiratet gewesen waren, rutschte ihr bei einem Streit, einer Kleinigkeit wegen, die Wahrheit heraus: dass sie vor ihm in Dragan verliebt und sie selbst es gewesen war, der er damals zusammen mit Dragan in den Bergen das Leben gerettet hatte. Als er das hörte, starb Savos Seele vor Schmerz und Zorn. Seine Wut richtete sich aber nicht gegen Dragan, sondern gegen Milana, das Weib, das, wie es in der Bibel hieß, vom Teufel angeleitet, die Männer zur Sünde reizte, um sie unglücklich zu machen.

Milana wiederum war in einer Ehe gefangen, in der sie stets trachten musste, ihrem Mann den Willen zu tun, seine Wünsche zu erfüllen und seinen Anweisungen penibel Folge zu leisten, sonst gab es Schläge. Anfangs wollte Savo, dass sie ihn jeden Sonntag in die Kirche begleitete, ihm die Büßerin vorspielte und Reue mimte, was sich, als sie nach Österreich kamen, legte, da Savo es vorzog, im neuen Land gewissermaßen privat fromm zu sein und sich mehr der Sache der Weltrevolution widmete.

Als Milana mit ihrer Einkaufstasche in den Hof kam, rief ihr die Frau vom zweiten Stock zu und unterstützte körpersprachlich, was sie zu sagen hatte.

»Bitte, Frau Potočnić, Mann da drinnen ... in Hütte bei Baum ... vielleicht rufen Polizei ... Ferdl, sag' doch auch was!«

Milana ging auf die Holztür zu, um nachzuschauen, was los war, da stürmte Savo schon auf sie zu, packte sie mit seiner unverletzten Rechten im Genick und führte sie zur Wohnungstür.

»Los, gehen wir rein, du musst mir helfen ...« Die Frau vom zweiten Stock stand nicht mehr am Fenster, doch ihre Stimme war über den ganzen Hof zu hören.

»Ferdl, mach keine blöden Witze, Ferdl, ich bitt' dich, sag was!«

Doch Ferdl schwieg.

• • •

Die Rettung stand mit rotierendem Blaulicht vor dem Haus in der Reizenpfenniggasse und zwei Burschen, begleitet von einem Notarzt, hievten die Bahre mit Edna, dic an einer Infusion hing, in den Wagen.

Walter und Jack gingen schweigend, wie traumverloren, hinterher, wollten einsteigen, der Notarzt aber hielt sie auf.

»Moment, meine Herren, sind Sie Angehörige der Patientin?«

»Ich bin ihr Bruder …«

»… und ich ihr Freund.«

»Freund gilt nichts«, meinte Dr. Weintritt, der heute Notdienst schob, damit er nicht immer nur mit Toten zu tun hatte. »Aber kommen'S mit, wenn wer fragt, sagen'S, Sie sind ihr Mann.«

Das gnadenlose *Tatütata* des Folgetonhorns klang wie die Posaunen der Apokalypse. Walter verstand zunächst nicht, was Dr. Weintritt, der Notarzt, ihn fragte.

»Sie müssen jetzt ehrlich zu mir sein, weil draufkommen tun die im Spital sowieso. Hat sie eine Abtreibung gehabt? Die Menge Blut in der Riesenbinde kommt nicht von einer Regelblutung, und bei ihrem Zustand handelt es sich mit ziemlicher Sicherheit um eine Sepsis. Je mehr ich denen in der Notaufnahme sagen kann, desto besser stehen ihre Chancen!«

Walter nickte. »Ja, bei einer Schamanin. Wird sie … werden wir jetzt eingesperrt?«

»Darüber würde ich mir derweil nicht den Kopf zerbrechen«, erwiderte Dr. Weintritt sachlich. »Herr …«

Der Arzt konsultierte die Unterlagen: »Horvath. Beten Sie lieber zu Gott, dass sie überlebt.«

Walter war unfähig, etwas zu empfinden. Er schaute zuerst Weintritt, dann Jack an, der leise murmelte: »*Adoschem.*[114]«

[114] Hebräisch: In Gottes Namen

Als die zeitraubenden Formalitäten in der Notaufnahme endlich erledigt waren, wurde Edna, der eine Beatmungsmaske über die Nase gestülpt worden war, im Laufschritt auf die Intensivstation gefahren. Walter und Jack mussten in einem Gang warten, der von kaltem Neonlicht ungemütlich erhellt wurde. Bevor er hinter einer Tür verschwand, gab ihnen Dr. Weintritt noch einen Rat. »Und lasst euch nicht einschüchtern, vor allem nicht, wenn's katholisch wird.«

• • •

Milana zog Savo den Mantel aus. Der Schmerz ließ ihn fluchen. Er begnügte sich jedoch nicht damit, seinem Schmerz nur mit lautstarkem Ausatmen Rechnung zu tragen, sondern beschimpfte seine Frau aufs Unflätigste. Als sie ihm das Oberhemd auszog und seinen linken, verwundeten Arm aus dem Ärmel schälte, schlug er zuerst mit der Hand, dann auch mit der Faust auf sie ein und beschimpfte sie nur noch stärker.

Als Milana die Wunde gesäubert und Savo nach allen Regeln der Kunst einen Verband angelegt hatte, ließ er sich erschöpft auf das Pflegebett fallen und Milana konnte sich endlich um ihr Nasenbluten kümmern. Als sie das viele Blut vom Boden aufzuwischen begann, geschahen drei Dinge so knapp hintereinander, dass man hätte meinen können, sie geschähen zugleich. Die ersten beiden ereigneten sich in der Hausmeisterwohnung:

Savo bellte, dass Milana ihm Hose und Schuhe ausziehen und danach in einer Apotheke Antibiotika besorgen solle. Gleichzeitig wurde fordernd an die Wohnungstür geklopft und Savo vernahm die Stimme von Dragan Zaradicz.

»Mach auf, Savo! Freiwillig, sonst machen wir uns selbst auf!«

»Dragan, *Kurvin sin!*«[115] Savo stand vom Bett auf, legte Milana seinen rechten Arm von hinten um den Hals und hielt sie fest wie in einem Schraubstock.

»Möge euch die heilige Gottesmutter den Kopf zertreten wie der Schlange! Wenn du reinkommst, dann breche ich deiner Hure den Hals, hörst du, Dragan?«

Dragan und die beiden Leibwächter schauten sich vor der Tür an.

Einer versuchte leise, die Schnalle niederzudrücken, sah, dass die Tür unversperrt war und sich leicht öffnen ließ. Dragan flüsterte den beiden etwas zu und bedeutete ihnen dann, die Wohnung zu erstürmen. Die beiden Leibwächter rannten schreiend in die Wohnung, schossen ein paar Mal in die Luft, drangen ins Zimmer mit dem Pflegebett vor, schossen wieder in die Luft und brüllten herum, während sich Dragan hinter den abgelenkten Savo, der die neuerlich nasenblutende Milana eisern festhielt, geschlichen hatte und Savo seinen linken Arm um den Hals legte, ihn mit der rechten beim Kinn packte und seinen Kopf mit einem gewaltigen Ruck nach rechts riss. Aber so schnell konnte man Savo nicht den Hals brechen. »Ver-

[115] Serbisch: Hurensohn

räter«, krächzte der und seine Hals- und Nackenmuskeln spannten sich.

Er ließ Milana los, wollte sich aus Dragans Griff herauswinden und versuchte, ihm mit einem gewaltigen Hieb, von einer Hüftdrehung unterstützt, seinen rechten Ellbogen nach hinten an den Kopf zu knallen.

Aber Dragan, der die gleiche Ausbildung, ja denselben Ausbildner wie Savo gehabt hatte, zog das Kinn zur Brust und hob Savo am Hals hoch, sodass der Hieb seine Wirkung verfehlte. Gerade als Savo Luft holen wollte für einen neuerlichen Befreiungsversuch, sein Körper also nicht mit genügend Sauerstoff versorgt war, machte Dragan eine plötzliche, ebenso aus der Hüfte kommende Drehbewegung. Ob Savo das finale Knacken seines brechenden Genicks hörte oder bereits ins Jenseits übergetreten war – das kann nicht gesagt werden. Dragan schüttelte seine Arme aus. »Bringt ihn weg!«

Das dritte, fast synchron ablaufende Ereignis betraf die Frau aus dem zweiten Stock, von ihrem Mann immer »Lintschi« genannt, die in den Hof hinuntergekommen war und verwirrt herumstand. »Der Ferdl ist tot, glaub' ich«, rief sie mit ihrer dünnen Altfrauenstimme. »Redet kein Wort und rührt sich nicht …« Aber die Schreie und Schüsse übertönten ihr Klagen.

Bevor die beiden Leibwächter den toten Savo Potočnić aufnehmen konnten, beugte sich Milana, den Wiegehobel in der Hand, über Savo und drückte ihm diesen, mit aller Kraft hin- und her wiegend, ins Gesicht, wobei einige große Blutstropfen aus ihrer Nase auf Savos geometrisch zerschnittenes Gesicht fielen.

»Djavo te odnio!«[116]

Nach dieser unromantischen Verabschiedung wurde die Leiche von den beiden Leibwächtern des Botschafters vor der Haustür Speckbachergasse 20 in das Rinnsal gelegt.

Als nur Minuten später ein Lieferwagen vorfuhr, um den Toten wegzuführen, stand bereits der grüne Polizei-Volkswagen vor der Tür und Kommissar Haselbacher, Bezirksinspektor Faustenhammer und Dr. Weintritt, der nahtlos vom Notarzt wieder in sein ursprüngliches Metier gewechselt war, stiegen aus.

»Na, das kennen wir doch«, sagte Haselbacher angesichts des Szenarios. Als er Milana Potočnić sah, die noch immer aus der Nase blutete und den blutigen Wiegehobel in der Hand hielt, wandte er sich an sie.

»Und unsere ›Nix waas da‹-Dame in flagranti mit dem Tatwerkzeug in der Hand. Die Leiche mit dem zerschnittenen Gesicht, das ist doch der werte Gatte, der als Querschnittsgelähmter herumgelaufen ist, oder?«

Milana ging auf Haselbacher zu, kam mit dem Gesicht ganz nah, blickte ihm direkt in die Augen und sagte, ja schrie fast: »Das ist die Hofär!«

Dann warf sie ihm den Wiegehobel vor die Füße. »Ich hab' gewusst, dass sie das sagen wird«, brummte der Kommissar nach einer Schrecksekunde.

[116] Serbisch: Hol dich der Teufel

Er gab Faustenhammer einen Wink und beide griffen gemächlich zu ihren Dienstwaffen. Bevor sie diese jedoch ziehen konnten, blickten sie bereits in drei auf sie gerichtete Pistolenläufe. »Bitte keine Aufregungen, Gospodin Komesar«, sagte Dragan Zaradicz zu Haselbacher. Er steckte die Pistole weg, nahm seinen Dienstpass heraus und zeigte ihn dem Kommissar. »Bitte schön, hier Dienstpass. Kennen sich aus, Gospodin Komesar? Das hier ist reine jugoslawische Angelegenheit, das hier ...«, und er machte eine umfassende Geste, »... das hier ist jugoslawischer Boden. Bitte keine Einmischung in nationale Angelegenheit!«

»Was will er?«, fragte Faustenhammer.

Haselbacher erinnerte sich an das Telefonat mit Hofrat Oberst Ableitinger am Nachmittag und dass dieser ihn gewissermaßen zur Untätigkeit verurteilt hatte. Er warf noch einmal einen Blick in den Dienstpass, dann nickte er.

»Das geht uns nichts an«, sagte Haselbacher zu Faustenhammer.

»Sie haben es ja gehört. Kommen'S, kümmern wir uns um die Leich'.«

Er wies auf den Toten und sagte zu Dr. Weintritt: »Ihr Patient, Herr Doktor.«

Mittlerweile hatten sich um die betagte Frau, die, wie sich herausstellte, Karoline »Lintschi« Letovsky hieß, fast alle Hausbewohner geschart und hörten sich ihre Geschichte an.

»Der Ferdl sitzt oben in der Wohnung in seinem Fauteuil, rührt sich nicht und sagt keinen Mucks. Und ich glaub', in die Hosen gemacht hat er auch. Ich mach' mir die größten Sorgen.«

»Frau Letovsky«, mischte sich Dr. Weintritt ein, der in Hörweite gestanden war, »wie lang sitzt denn der Gatte schon so da?«

»Ich weiß gar nicht, Herr Doktor, mir ist es vor einer guten Stunde erst aufgefallen. Der Ferdl hat nie viel geredet oder sich gar bewegt.«

Dr. Weintritt ging zügig hinauf in den zweiten Stock, sah Herrn Letovsky, den Ferdl, stocksteif dasitzen, in einer Haltung, als würde er jeden Moment aufstehen und irgendwo hingehen. Als er nähertrat, bemerkte er den Fäkalgeruch.

»Soll ich die Rettung rufen?«, fragte Frau Letovsky, die jetzt, nach der Bewältigung von zwei Stockwerken, kurzatmig im Wohnzimmer stand.

»Nein, gnädige Frau, Rettung brauchen wir keine. Der Gatte ist tot.«

Sie machte einen Schritt auf ihren Mann zu. »Ferdl, was machst denn?«

• • •

Am Gang vor der Intensivstation des Wilhelminenspitals saßen Walter und Jack. Walter hatte das Gesicht in seinen Händen verborgen, Jack lehnte, die Beine von sich gestreckt und ausdruckslos vor sich hinblickend, auf einem der stumpfblauen Plastiksessel. Ednas und Jacks Eltern, Herr und Frau Goldmann, die vor einer Stunde gekommen waren, gingen beständig drei Schritte in die eine, dann wieder drei in die andere Richtung.

Als sie auf der Station angekommen waren, hatte Frau Goldmann sofort ihren Sohn umarmt und Herr Goldmann darauf beide in die Arme genommen, während sie für Walter nur je ein fassungsloses Nicken übrighatten. Hie und da hob Walter den Kopf und blickte resigniert auf die Tür mit den zwei kreisrunden Fenstern, die für Leute, die nicht unter *Nur medizinisches Personal* fielen, verschlossen blieb.

Jack schraubte sich alle paar Minuten aus seinem Stuhl, ging bis an die gegenüberliegende Wand, um sich danach wieder genau so hinzusetzen, wie er gesessen hatte, bevor er aufgestanden war. Die Goldmanns hielten in ihrer Bewegung immer wieder inne, blickten synchron auf ihre Uhren, um dann gleich wieder drei Schritte hin, drei Schritte her zu gehen.

Endlich, nach beinahe zweieinhalb Stunden, schwang die Tür auf. Ein Arzt, begleitet von einer Frau in hellblauer Schwesterntracht mit einer Flügelhaube und einer Kette um den Hals, an der ein etwa zehn Schilling großes Kreuz hing, kamen auf die Wartenden zu. Die beiden Gruppen standen einander in einem Abstand von gut einem Meter gegenüber.

»Es tut uns unendlich leid«, sagte der Arzt amtlich. »Wir haben sie verloren.«

Schweigen. Schier endloses Schweigen.

Frau Goldmann *(stockend)*: »Ist sie …? Sie ist tot.«

Herr Goldmann *(nimmt seine Frau in den Arm, blickt über ihre Schulter hinweg den Arzt fragend an)*

Arzt *(dienstlich)*: »Eine schwere Sepsis, zusammen mit einem nicht unbedeutenden Blutverlust. Wir konnten den Erreger der Blutvergiftung nicht feststellen, dazu war die Infektion schon zu weit fortgeschritten. Hätten wir gleich im Anfangsstadium eingreifen können, wäre eine neunzigprozentige Überlebenschance gegeben gewesen … aber nach beinahe vierzig Stunden …« *(zuckt die Achseln)*

Die vier Hinterbliebenen standen da, nicht in der Lage, etwas zu sagen, zu weinen, zu schreien, zu fluchen oder sonst auf irgendeine Art mit Gott zu hadern.

Die Schwester mit der Flügelhaube mischte sich vorsichtig ein. »Sollen wir einen Priester kommen lassen, um der lieben Toten die Sterbesakramente …«

Jack gelang es, mit lauter Stimme zu sagen: »Nein, wir brauchen keinen Priester …«

»Wenn wir wen brauchen täten, dann einen Rabbiner«, fuhr Herr Goldmann fort.

»Ah, Sie sind nicht katholisch«, sagte die Schwester mit der Flügelhaube und in ihrer Stimme schwang Tadel mit.

»Wenn Sie Anzeige erstatten wollen«, sagte der Arzt, »wegen illegaler Schwangerschaftsunterbrechung, wir schicken Ihnen Arztbrief und Befundschreiben in den nächsten Tagen zu. Trotzdem muss Ihre Tochter … Ihre

Schwester … respektive Ihre Frau in die Gerichtsmedizin. Schon allein, um den oder die Erreger festzustellen.«

Der Arzt machte Anstalten, sich mit Handschlag zu verabschieden, ließ es aber bleiben, denn er spürte, dass ihm keiner die Hand reichen würde. So verbeugte er sich nur leicht. »Wir haben getan, was wir konnten, aber … leider …« Er wandte sich zum Gehen.

Bevor auch sie davonschritt, sagte die Schwester mit der Flügelhaube noch: »Gott stehe Ihnen bei!«

»*Lech tizdayen*[117]«, sagte Jack.

• • •

»Warum soll ich zu Ihnen in Ihr Gruselkabinett kommen, Herr Doktor?«, fragte Haselbacher.

»Sie werden mir ja wohl einen Bericht schicken, was diesen Potočnić betrifft, und, Herr Doktor Weintritt, dass dem wer den Hals umgedreht hat, ist ja nichts Neues für mich.«

»Natürlich. Ich dachte nur, weil ich die Sensengasse verlasse …«

»Was? Sie gehen weg?«

»Ja, um an einem universitären Forschungsprojekt über Zellzerfall mitzuarbeiten.«

»Was, und da wollen'S mich zum Abschied in Ihre Geisterbahn einladen?«

»Herr Kommissar Hasel…«

[117] Hebräisch: Fuck you

»No, Herr Doktor, was glauben Sie … -brunner, -bacher, -gruber, -berger?«

»Haselbacher. Wissen Sie einen besseren Ort, um Abschied zu nehmen?«

Zwei Stunden später saß Haselbacher in Dr. Weintritts *Geschäft* bei der zweiten Flasche *Schwechater Hopfenperle.*

»Dieses Mal habe ich einen *Hattrick*, gleich drei Patienten auf einmal«, erzählte der Arzt nicht ohne gewissen Stolz.

»Wie gesagt, der Potočnić hat einen Genickbruch. Aber was für einen Genickbruch, dem haben sie den Schädel auf zwölf Uhr Mittag gedreht, der Mörder muss über Riesenkräfte verfügen und über eine … äh … perfekte Technik.«

»An was ist denn der alte Herr aus dem zweiten Stock gestorben, dieser Herr …«

Weintritt raschelte mit seinen Formularen.

»Letovsky, Ferdinand Letovsky.« Der Doktor schnalzte mit der Zunge. »Dem hat's ein Aneurysma im Kopf zerfetzt. Aber wie! Der war von einer Sekunde auf die andere hinüber.«

»Und das dritte Opfer?«, fragte Haselbacher.

»Die ist wirklich ein Opfer. Junges, hübsches Mädel, noch keine zwanzig. Schwangerschaftsabbruch in irgendeinem Hinterzimmer … schwere Sepsis …«

»Sollen die jungen Mädels doch warten mit dem Ditschgerln, bis sie einer heiratet, der sie und ein Kind erhalten kann!«

Haselbacher schüttelte den Kopf.

»Überhaupt gibt's ja jetzt eh diese Pille. Und *Nahkampfsocken*[118] gibt's auch! Aber sich um nichts kümmern und dann abtreiben, das geht nicht. Noch dazu illegal!«

»Lassen wir das, Herr Kommissar, ich bin sicher, dass die Fristenlösung kommt. Der Kreisky bringt das durch.«

»Sind Sie gar für den Kreisky und seine jüdische Sozi-Partie? Dieses *G'schwerl*[119] kennt weder Gott noch Vaterland!«

»Sind's froh, Herr Kommissar, dass wir heutzutage mit Gott und Vaterland nichts mehr zu tun haben.«

Haselbacher wollte aufbrausen und die Diskussion vertiefen, aber dazu war er (noch) zu vorsichtig. Ein, zwei Flaschen Bier mehr hätte er da schon gebraucht.

So aber kam ihm nur dieses seltsame Zimmer – Wo war das gewesen? In der Seeböckgasse, in diesem Tschuschen-Wirtshaus? – in den Sinn. Da hatten doch Altendorfer und Veitschegger den Verdacht geäußert, dass diese Jugofrau, diese Schamanin ... eine was? ... eine Engelmacherin sei. Deutlich sah er den als gemütliches Sitzmöbel getarnten »Behandlungsstuhl« vor sich. »In Ottakring, in meinem Bezirk«, sagte Haselbacher, »da haben wir eine Schamanin, wie sie sich nennt, die macht sowas. Überhaupt, eine Jugoslawin, das ist doch strafbar!«

»Können Sie das zweifelsfrei beweisen? Haben Sie Zeugen? Ich glaube, da werden Sie nichts reißen, Herr Kommissar. Wir leben ja jetzt seit gut zwanzig Jahren in einem

[118] Alt-Wienerisch für Kondome

[119] Alt-Wienerisch für Gesindel

Rechtsstaat, davon profitieren auch die Gastarbeiter. Obwohl es kein so richtiger Vorteil ist, Gastarbeiter in Österreich zu sein, Herr Haselburger.«

Haselbacher schlug mit der flachen Hand so fest auf den Tisch, dass seine *Johnny* aus dem Aschenbecher hüpfte. »Herr Doktor, vorher am Telefon haben Sie es so schön gesagt … und jetzt? Machen Sie mir das zu Fleiß? Ist das Ihr Abschiedsgeschenk?«

»Bitte vielmals um Vergebung, Herr …«

»Also … Herr Hasel…?«

»Hasel…«

Da läutete das Telefon. Doktor Weintritt hob ab.

»Schönen guten Tag, Herr Professor …«, sagte er, hielt dann die Hand über die Muschel und sagte leise: »… die Uni Graz, der Projektleiter des Forschungsauftrages …«, dann wieder in den Hörer: »Nein, Sie stören gar nicht, ich stehe Ihnen ganz zur Verfügung.«

Der Kommissar dämpfte seine Zigarette aus, trank den letzten Schluck Bier, stand auf, holte sich einen Zettel und schrieb: HASELBACHER – das BACHER dreimal unterstrichen – und verließ Dr. Weintritts *Geschäft*.

Am Gang erschauerte er vor diesem süßlichen Geruch, den man auch mit noch so viel Jod und Chlor nicht ganz unterdrücken konnte. Er war die Kopfnote, wie man im Parfümeriewesen sagte.

• • •

Herr Goldmann legte einen Stein auf das Grab von Edna Goldmann (1952-1971) und ging dann mit Jack zu seiner Frau, die unter Tränen mit dem zuständigen Rabbiner sprach.

Walter kam sich auf dem jüdischen Friedhof in Wien-Simmering verloren vor, hätte aber auch an keinem anderen Ort zu sich gefunden. Er hatte keine Tränen mehr, er zog nur immer wieder durch die Nase auf.

Als er sich zum Gehen wandte, holte Jack ihn ein und gab ihm ein Papiertaschentuch. Nach zwanzig Metern stießen sie auf Suskia, die sich an Herrn Theos Arm schmiegte. Die beiden standen ungeschickt mitten im Weg, sodass es Jack nicht möglich war, sie zu ignorieren. Noch dazu löste sich Suskia von Theo, ging auf ihn zu und umarmte Jack ein wenig theatralisch. Jack stand stocksteif da und reagierte nicht, als Herr Theo grunzte: »Beileid.«

Walter war weitergegangen und hörte gerade noch, wie Suskia ihm etwas hinterherrief.

»Wir verschwindien nach Indien.«

Er entfernte sich mit eckigem Schritt, wie ein Zombie, und stieg in die Straßenbahnlinie 71 ein.

Vor dem Zinshaus in der Wurlitzergasse 19 stand ein Rettungsauto. Zwei Sanitäter trugen Herrn Summer, dessen eine Gesichtshälfte nicht mehr zu der anderen zu gehören schien, auf einer Trage aus dem Haus. Neben der Trage ging schluchzend seine Frau.

»Den Schlaganfall hat er sicher wegen Ihnen und Ihrer sauberen Freundin gekriegt!«, rief sie, als sie Walter bemerkte. »Weil die immer in so kurzen Kleidern herumgerannt ist, hat er sich immer so aufregen müssen!«

Herr Summer bellte mit halbem Mund wütend etwas Unverständliches in Richtung Walter, der ungerührt dastand.

»Verreck!«, knurrte er ohne jedes Engagement.

Die drei Witwen aus dem dritten Stock sagten hintereinander:

»So ein Pülcher!«

»Hat die Welt schon sowas gehört?«

»Was hat er gesagt?«

Walter setzte sich in seiner Wohnung auf das Bett und starrte auf die Wand mit der ausgebleichten, altmodisch gemusterten Tapete, an der das Poster einer Konzertankündigung von *The Who* im *Marquis-Club* in London hing. Hinter dieser Wand wohnten die Summers. Walter starrte und dachte ... nichts. Gewohnheitsmäßig wollte er sich einen Spliff drehen, ließ es aber bleiben. Er nahm seine Gitarre und spielte leise und mit langen Pausen dazwischen zuerst A-Moll, dann D-Moll, dann E-Moll.

Immer wieder und wieder. A-Moll, D-Moll, E-Moll.

Es brauchte seine Zeit, bis er erkannte, was neben Trauer und Verzweiflung so schmerzte:

Schuld.

... A-Moll ...

Schuld, dass er Edna zu dieser verfluchten Abtreibung geraten, ja, sie dazu überredet hatte. Hätten sie doch dieses

Kind bekommen, wäre schon nichts gewesen. Alle möglichen Hippie-Paare, die genauso exzessiv gekifft hatten, bekamen Kinder, und keines wurde schwachsinnig oder verkrüppelt geboren. Die Zeiten der Unbekümmertheit waren halt dann für die jungen Eltern vorbei und sie traten nolens volens in jene Lebensphase ein, die abgeschmackterweise »Ernst des Lebens« hieß.

Er und Edna hätten das sicher auch geschafft, vielleicht mit Frust und Verlust von Lebensqualität, aber Edna wäre noch am Leben. Und er säße jetzt nicht auf den Trümmern seines Ichs, mit nichts außer Traurigkeit und Schuld im Kopf, ja, im ganzen Körper.

... D-Moll ...

Zur Schuld mischte sich Zorn.

Zorn auf diese Ärzte, die aus feiger Autoritätsgläubigkeit einerseits und frömmelnder Religiosität andererseits einen medizinisch sauberen Eingriff verweigerten und junge Frauen zwangen, sich von Kurpfuschern helfen zu lassen. Zorn auf diese bigotten Katholen, die aggressiv »Schutz des Lebens« skandierten, einer jungen Mutter, die ungewollt ein Kind gebären musste, aber den Lebensentwurf ausradierten, sie in einen existentiellen Abgrund stießen und sie ungerührt ihrem Schicksal überließen.

... E-Moll ...

So als käme es für ein geglücktes Leben nur auf Hirngespinste wie »Seelenheil« und »Gottgefälligkeit« an, und dass die »Gottesmutter im Himmel nicht weinen« musste.

Es war entsetzlich, was die Kirche für einen Einfluss auf ihrer aller Leben hatte.

Durch das Fenster, das in den Hinterhof hinausging, hörte er, wie eine Rauchfangtaube in kurzen Abständen bösartig gurrte, als würde das Schicksal hämisch feixen. Walter machte die Lade auf, in der die alte, staubverklebte Pistole lag, die er damals im *vierten Stock* gefunden hatte, nahm sie heraus und öffnete langsam und leise das Fenster. Die dreckige, fette Taube blickte ihn an und gurrte.

Er hob die Waffe, zielte, drückte ab … einmal *klick*, ein zweites Mal *klick*.

Nichts. Kein Schuss.

Das Mistvieh verschwand im Grau der spätherbstlichen Mittagsstunde.

• • •

»Wieder nichts«, sagte Franzi, das Lehrmädel vom Gasthaus *Reiterer* in der Dorotheergasse, und hielt einen Schwangerschaftstest hoch.

»Dabei habe ich letzten Monat ganz sicher den Eisprung gehabt, als wir…«

»Vielleicht liegt's an mir«, sagte Vitus Veitschegger. »Vielleicht bin ich … äh … zeugungsunfähig?«

Franzi sah ihn an. »Dir scheint das wurscht zu sein, ob ich schwanger bin oder nicht, was?«

»Aber nein.«

»Willst du auch wirklich ein Kind?«

»Natürlich«, beteuerte Vitus und erwähnte nichts davon, dass er nicht so ganz davon überzeugt war. Aber das hätte, so sagte er sich, die ganze Stimmung verdorben, so verliebt, wie sie waren, und so sexy, wie ihre Beziehung war.

So richtig progressiv: *Make love, not war.*

»Und du willst auch, dass wir heiraten?«, fragte Franzi inquisitorisch.

»Klar«, antwortete Vitus, »überhaupt, wo wir 15.000 Schilling kriegen und uns für die Genossenschaftswohnung am Gallitzinberg im Liebhartstal angemeldet haben.«

»Der Kreisky ist ein Heiliger«, meinte Franzi und umarmte Vitus.

• • •

Walter steckte sich die Pistole hinten in den Hosenbund, zog seine Raulederjacke an, stieg in den J-Wagen ein, um in die Seeböckgasse zu fahren und dieser Schamanin, die durch ihre Anmaßung und ihre Fahrlässigkeit in seinen Augen die unmittelbare Schuld an Ednas Tod traf, den Boden unter den Füßen heiß zu machen.

Er wollte sie zwingen, ihm das Geld zurückzugeben, und ihr mit Anzeige und Polizei, Gefängnis und Abschiebung drohen. Wirklich anzeigen konnte er sie ja nicht, denn sonst wären wahrscheinlich auch er und vielleicht sogar Jack dran gewesen. Aber irgendetwas musste er tun. Irgendetwas, das zumindest teilweise die Leere in ihm ausfüllte und ihm ein wenig von seinem Lebensekel nahm. Er käme sich wie ein Feigling, ein Duckmäuser vor, bliebe er untätig und ließe die Sache auf sich beruhen.

• • •

Kommissar Haselbacher war schlecht gelaunt. Immer wieder las er den halbseitigen Artikel, der unter der Rubrik INNERES in der Kronen-Zeitung abgedruckt war.

Ehrung von Hofrat Oberst Ableitinger

Der Polizeichef von Ottakring, Stefan Ableitinger, wurde in den Amtsräumen des Innenministers, in Anwesenheit des Jugoslawischen Botschafters, Exzellenz Gojko Cidericz, offiziell belobigt für sein diszipliniertes Vorgehen im Zuge einer Fahndung nach einem mehrfachen Mörder mit politisch-terroristischem Hintergrund. Nicht zuletzt dank seiner Besonnenheit konnte der Täter gefasst und unschädlich gemacht werden. Oberst Ableitinger erhielt eine Ehrenurkunde des Landes Wien und ein offizielles Dankschreiben der jugoslawischen Botschaft. Nach dem Festakt lud der Innenminister zu Kanapees und Petit Fours aus der Konditorei DEMEL, die sich besonders der Botschafter schmecken ließ.

Im Text sah man ein passbildgroßes Foto Ableitingers mit den Urkunden, neben dem Text ein Bild des Herrn Botschafters, wie er sich gerade ein Cremekrapferl zwischen die Kiefer schob. »Dass ich nicht lach'«, sagte Haselbacher zu sich selbst, »diszipliniertes Vorgehen, Besonnenheit ... nichts, gar nichts hat er gemacht, dieser Saure-Milch-Heini. Die haben ihn doch gar nichts machen *lassen*. Mir hat er verboten, weiter aktiv zu sein mit meinen Leuten. Faustenhammer! Altendorfer! Veitschegger! Zu mir!«

Faustenhammer und Altendorfer traten ein. Veitschegger fehlte.

»Wo ist denn der Jungspund?«, fragte Haselbacher.

»Der hat frei gekriegt, weil er einen Amtsweg hat oder so.«

»Was hätt' denn der Frischling für Amtswege?«

»Ich glaub', der sucht um eine Genossenschaftswohnung im Liebhartstal an«, sagte Altendorfer.

»Und heiraten will er, mir scheint, auch«, ergänzte Faustenhammer.

»Vielleicht muss er heiraten«, grinste Haselbacher, dann nahm er wieder die Zeitung zur Hand.

»So, jetzt horchts euch das an ...« Und er las den beiden Beamten mit entrüsteter und gegen Ende erhobener Stimme den Bericht vor. »No, was sagt man da? Ist das eine Frechheit?«

Die beiden Polizisten nickten beflissen.

»Aber wir werden was tun! Wir werden diszipliniert und ... äh ... besonnen zu dieser Hex' da in die Seeböckgasse fahren, in Richtung illegaler Abtreibung ermitteln und diese …«

»Schamanin!«, sagte Altendorfer und zog an einer seiner Koteletten.

»… festnehmen. Vielleicht stehen wir dann auch in der Zeitung!« Der Kotelett-Toni deutete auf einen Artikel, den Haselbacher übersehen hatte. »Da schauen'S her, Herr Kommissar, lesen'S das einmal.«

FALL HOFER:
Identität des Opfers weiter ungeklärt

(apa) Eine neue Wendung um den Leichenfund in der Speckbachergasse, 1160 (wir berichteten). Aus einem knappen Schreiben, das von offizieller Stelle in Ankara an das Wiener Sicherheitsbüro-Drogendezernat ging, geht hervor, dass auf Anfrage ein wegen Suchtgiftschmuggels in Haft befindlicher Österreicher, der zunächst vorgegeben hatte, HOFER zu heißen, und erst in weiteren Verhören und nach Vorlage einer Kopie seines Reisepasses, die von INTERPOL angefordert worden war, zu Protokoll gab, dass sein richtiger Name Gottfried Gröbl sei.

Weiters heißt es, dass Auslieferungs- oder Gnadengesuchen nicht stattgegeben werden könne, da Rauschgiftdelikte in der Türkei Kapitalverbrechen seien.

Das vermeintlich erste Opfer in der Mordserie »zerschnittene Gesichter« war also weder Opfer noch Täter (wie zuallererst vermutet wurde). Die Polizei weiß nach wie vor nichts über dessen Identität.

Haselbacher schüttelte den Kopf.

»Gröbl ... kennts ihr einen Gottfried Gröbl?« Nachdem Faustenhammer und Altendorfer nur die Köpfe schüttelten, stand Haselbacher energisch auf. »Alsdann, meine Herren, diszipliniert und besonnen!«

• • •

Walter betrat das *Restoran Trabicz* in der Seeböckgasse. Nach außen hin strahlte er eine Gelassenheit aus, die seiner mentalen Entrücktheit entsprang. Es war früher Nachmittag, und das Lokal war bis auf Jovanna Tur, die hinter der Pudel Geld zählte, und Zoran, der das restliche Geschirr abräumte und die Tische abwischte, leer.

Die Schamanin blickte auf. »Ah, Herr Walter. Wie geht es Ihrer Frau Edna?«

Walter zog die Pistole und richtete sie auf Jovanna. »Meine *Frau* Edna ist tot.«

Jovanna schluckte.

»Am dritten Tag nach Ihrem Hokuspokus verstorben.«

Hätte er sie voll Wut angeschrien, geduzt, auf's Heftigste beschimpft, wären vielleicht weder Zoran noch Jovanna zu Stein erstarrt. Seine Sachlichkeit, seine Ruhe und seine offensichtliche Entschlossenheit signalisierten ihnen jedoch, dass er Jovanna sicherlich und Zoran voraussichtlich erschießen würde.

Walter deutete auf das Geld in der Hand der Schamanin. »Geben Sie mir die zweitausend Schilling zurück.«

»Ich ... ich ... habe so viel Geld nicht vorn hier ... muss gehen nach hinten in Wohnung und ...«

Walter deutete mit der Pistole zuerst ihr, dann Zoran, vor ihm in die Wohnung zu gehen.

Zoran sagte etwas auf Serbisch, aber Walter schnauzte mit einer Kälte, die nicht aus ihm selbst zu kommen schien: »Redets Deutsch!«

Jovanna und Zoran gingen vorsichtig ein, zwei Schritte rückwärts. »Bitte nicht schießen, Herr Walter, ich habe nicht ... Hokuspokus ... ich ... mir tut leid ... ich ...«

Da flog die Tür auf und Haselbacher, Faustenhammer und Altendorfer, mit ihren Dienstwaffen im Anschlag, traten entschlossen ins Lokal.

»Da schau her, lauter Bekannte!«, rief Haselbacher.

Walter drehte sich zu ihm, sodass seine Pistole auf Haselbachers Brust zeigte.

»Legen'S die Waffe weg, hören'S«, fauchte Faustenhammer, und Altendorfer drängte: »Sofort!«

»Herr Kommissar ...« Walter lächelte doch tatsächlich und führte die Pistole an seine eigene Schläfe.

»Die schießt gar nicht ... ist kaputt ... schauen Sie.« Und drückte ab.

Unmittelbar nach dem hochtönenden Knall warf es Walters Kopf gegen seine linke Schulter. Ob ihm noch so viel Leben blieb, verdattert zu schauen, oder dieser letzte Blick dem in seinen Kopf eindringenden Geschoß geschuldet war, kann nicht gesagt werden.

Alle schrien synchron auf. Als Walters linkes Bein einknickte, seine Arme herabsanken, zuerst die Pistole und dann er selbst zu Boden fiel, sagte Faustenhammer: »Jetzt kommen wir sicher in die Zeitung.«

Epilog

Tomorrow Never Knows

Turn off your mind
Relax and float down stream
It is not dying
It is not dying
Lay down all thoughts
Surrender to the void
It is shining
It is shining

The Beatles, 1966

Der Botschafter und Dragan Zaradicz saßen einander auf der erst neulich gelieferten Wohnlandschaft im Amtsraum seiner Exzellenz Gojko Cnidericz gegenüber. Sie tranken türkischen Kaffee, den Milana Potočnić in einer Kupferkanne serviert hatte, rührten bedächtig mit Holzstäbchen in ihren Tassen um, auf dass sich der dazu gereichte Kandiszucker auflösen möge.

Sie rauchten jugoslawische Zigaretten der Marke *Filter 57* und tranken Rakija aus Cokanji-Schnapsgläsern. Der Botschafter schluckte ruckartig seinen Rakija hinunter und stieß einen gutturalen Laut aus, der Behagen simulieren sollte.

»Auf den General!«

»Auf den General«, echote Dragan und kippte ebenfalls tollkühn sein Glas.

»Ich danke Ihnen, Zaradicz, Sie haben diese ganze Affäre sehr elegant erledigt.«

»Stets der Ihre«, sagte Dragan.

»Was glauben Sie, wurde dieses Attentat tatsächlich vom KGB angeordnet? Die beiden Russen wurden zwar auf Betreiben Moskaus ausgeliefert, aber wenn das eine konzertierte Aktion des russischen Geheimdienstes gewesen wäre, säße ich … säßen wir wahrscheinlich heute nicht hier.«

Dragan nahm einen großen Schluck Kaffee, denn der Kandiszucker hatte sich aufgelöst. Er zog an seiner *Filter 57*.

»Exzellenz, soweit ich das beurteilen kann, waren die zwei Russen nicht von der ersten Garde. Die waren, scheint mir, nur zur Kontrolle da. Dieser Potočnić war ein fanatischer Stalinist, der auf eigene Faust gehandelt und den Kreml sozusagen nur der Ordnung halber informiert hat.«

»Die haben sich gesagt, lassen wir ihn machen … schaden kann es nicht.« Der Botschafter nickte.

»Und damit der besessene Serbe keinen Blödsinn macht, haben sie diese beiden Schmalspuragenten geschickt, um auf ihn aufzupassen.«

»Trotzdem, ich muss dem General berichten. Nur, sagen Sie, Dragan, dieser Savo Potočnić, heißt es, soll merkwürdigerweise tiefgläubig serbisch-orthodox gewesen sein und besonders in die heilige Jungfrau verliebt?«

Dragan holte aus seiner Sakkotasche eine Halskette hervor, an der ein Medaillon in der Größe eines Schillings hing.

»Das«, sagte er und ließ den Deckel des Anhängers aufspringen, »das habe ich ihm abgerissen, als ich die Sache erledigt habe.«

Der Botschafter blickte auf das etwas vergilbte, aber erkennbare, zarte Gesicht eines jungen Mädchens auf der einen Seite des geöffneten Medaillons, auf der anderen stand winzig klein: *Sveta Djevo*.[120]

»Hm«, machte er, »schönes Mädchen.«

»Das ist seine Frau … seine Witwe … Milana, der Sie freundlicherweise die Stelle hier in der Botschaft gegeben haben.«

[120] Serbisch: Heilige Jungfrau

»Die Milana?«, fragte der Botschafter und deutete auf die Kaffeekanne. »Für die Sie sich verwendet haben ist ... war das? Bei aller Schlechtigkeit dürfte er sie geliebt haben, wie man meinen könnte.«

»Für ihn war sie die Madonna. Trotzdem hat er sie immer wieder geschlagen und behandelt wie eine Leibeigene«, entgegnete Dragan.

Von seiner Liebelei mit der jungen Milana, damals in den Tagen des Kampfes, sagte er nichts.

Der Botschafter trank seine Tasse aus und goss beiden Rakija nach.

»Wie auch immer«, sagte er. »Nebenbei, Dragan, hat unser Lieferant frische Ware? Ich fliege Anfang übernächster Woche hinunter.«

»Leider nein, Exzellenz, der ist, soviel ich weiß, nach Indien verschwunden.«

»Das ist schlecht, Zaradicz, mein Taschengeld wird langsam knapp.«

Dragan wusste, dass mit »mein Taschengeld« auch das seine gemeint war.

»Ich werde mich umgehend nach jemand Neues umschauen. Ich habe da schon wen im Auge.«

Seine Exzellenz hob das Glas. »Živeli.«

»Živeli«, sagte Dragan.

• • •

»Haselbacher, Sie sind eine Heimsuchung ...«, sagte Hofrat Oberst Ableitinger.

Der Kommissar nahm den Hörer ein Stück weit vom Ohr.

»... haben Sie die Zeitung gelesen? Haben Sie's gelesen?« Und der Oberst las vor: »›Der erst knapp 20-jährige Walter H. (*Name der Redaktion bekannt*) lag entseelt‹ – *entseelt*, Haselbacher, haben Sie's gelesen? – ›in seinem Blut.‹ Das macht einen Eindruck, was?«

»Herr Oberst, was hätten wir denn machen sollen, bitte?«, fragte Haselbacher.

»Ich sehe durch die Glastür den Burschen mit einer Pistole in der Hand vor dieser Schamanin stehen ... Gefahr in Verzug ... sage sofort: ›Zugriff‹, wir gehen rein, der Bezirksinspektor Faustenhammer ruft: ›Waffe weg!‹, der Kerl sagt: ›Haha, Pistole kaputt, schießt nicht‹, haltet sich die Krachen an die Schläfe, grinst noch blöd, drückt ab ... und *bumm* ... liegt er da.«

»Ja, ich weiß, so steht's im Bericht. Es steht aber auch im Bericht, dass die drei in der Waffe verbliebenen Patronen alle Blindgänger waren ... also müsste die eine ja auch ein Rohrkrepierer gewesen sein, weil wieso sagt er sonst: ›Schießt nicht‹? Die Polizei stellt den Vorfall als *irrtümlichen* Selbstmord dar ...«

Haselbacher schaute auf die vor ihm liegende Zeitung. »Herr Hofrat«, stammelte Haselbacher, »so blöd das auch klingt ... der hat sich unabsichtlich erschossen!«

»Das erklären Sie einmal dem Joschi und der Presse! Vor allem den ganzen hysterischen Langhaarigen, die seit gestern demonstrieren und ›Fuck the Police‹ schreien.«

»Herr Oberst, ich kann nichts anderes sagen als die Wahrheit.«

»Die Wahrheit ist eine Keule, mit der man andere erschlägt.«

»Bitte, wie?«

»Nichts, Haselbacher. Aber dass das Ganze ein Nachspiel hat, ist Ihnen schon klar?«

»Herr Oberst, was glauben Sie, was los wäre, wenn ihn einer von uns, also zum Beispiel ich, erschossen hätte?«

»Dann, Haselbacher«, sagte Ableitinger, »dann könnte ich Sie einfach suspendieren, ein Disziplinarverfahren einleiten und Sie einsperren, wenn's blöd hergeht. Das wäre einfacher!«

»Herr Oberst«, versuchte der Kommissar abzulenken, »ich möchte Ihnen nachträglich zu Ihrer Ehrung gratulieren ... wegen Disziplin und Besonnenheit ... Herr Oberst ...?«

Hofrat Ableitinger hatte aufgelegt und nahm einen Mundvoll saurer Milch. Der Kommissar hatte vor sich den Akt HOFER liegen und blätterte gedankenverloren darin herum, ehe er ihn mit einem Seufzer schloss.

• • •

Alle Bewohner des Hauses Speckbachergasse 20, die über Fenster verfügten, die in den Hinterhof hinausgingen, hatten sich die Nasen an den Scheiben plattgedrückt, damit ihnen ja nichts vom Einzug der neuen Hausmeisterfamilie entging. Frau Milana Potočnić sollte, wurde gemunkelt, einen schönen Posten in der Stadt samt Dienstwohnung bekommen haben.

Als nach knapp einem Monat der neue Hausmeister begann, den Holzverschlag, der windschief neben der Platane im Hinterhof an der Wand kauerte, systematisch abzubauen und das Gerümpel zu einem Haufen auftürmte, auf den er zum Abschluss scheppernd das Blechschild *4. STOCK* warf, nahm kaum jemand davon Notiz.

Nur das Fenster von Frau Lintschi Letovsky stand offen.

»Ferdl«, sagte sie und hob den Blick zum Himmel, »Ferdl, schau, sie reißen die alte Holzhütte unten im Hof ab.«

Dann schloss sie das Fenster und murmelte: »Hast recht, Ferdl. Das geht mich nichts an.«

• • •

Vitus und Franzi hatten in einem Gasthaus, Ecke Österleingasse und Mariahilfer Straße, 1150 Wien, äußerst preiswert gegessen, stand das Lokal doch im Touristenführer für amerikanische Studenten »Vienna for 1 Dollar a day«, welches sich allerdings nur auf Verpflegung und öffentlichen Transport bezog.

Ihre erotische Frequenz hatte sich mit verstreichender Zeit naturgemäß verringert.

Darum saßen Franzi und Vitus jetzt nicht so wie in den ersten zwei, drei Monaten ihrer Beziehung nackt auf dem Bett und teilten sich eine Wurstsemmel, nur um nach dem Verzehr hastig die Semmelbrösel von Leintuch und Bettwäsche zu wischen und gleich darauf wieder kichernd unter die Decke zu schlüpfen.

»Wir müssen da raus«, hatte Franzi eines Tages gesagt, »wir können ja nicht ein Leben lang in diesem Loch hausen. Stell dir vor, wir kriegen ein Kind in nächster Zeit!«

»Ich habe uns eh angemeldet bei der Genossenschaft ›Heim‹, für eine Wohnung im Liebhartstal«, beruhigte sie Vitus. »Und wir sind auch schon vorgemerkt: Funkengerngasse, 21a, Tür 7. Wenn wir heiraten, können wir mit den 15.000 Schilling vom Kreisky locker die Einschreibgebühr zahlen, dann ist die Geschichte fix.« Er küsste sie auf die Wange. »Zwei Zimmer, Kabinett, Bad ... sogar ein eigenes Klo gibt's«, schwärmte er Franzi vor. »Und ich mach' in nicht ganz einem Jahr die Organmandatsprüfung, nach achtzehn Monaten die Dienstprüfung, und dann bin ich Inspektor. Du brauchst dir also keine Sorgen machen.«

Als sie das Gasthaus verließen und die Mariahilfer Straße Richtung Westbahnhof gingen, fragte Franzi: »Du, weiß man inzwischen vielleicht, wer dieser erste Tote in der Speckbachergasse war? Der soll ein Rauschgifthändler gewesen sein, oder?«

Obwohl der Fall »Hofer« bereits zu den Akten gelegt worden und aus dem Zentrum des öffentlichen Interesses gerückt war, fragte Franzi Vitus manchmal, ob neue Erkenntnisse aufgetaucht waren.

»Gar nichts weiß man«, antwortete Vitus dann und zuckte mit den Schultern. »Das Einzige, das man weiß, ist, dass der nicht der Hofer war, wie am Anfang alle geglaubt haben. Einen Hofer hat es praktisch nie gegeben. Und dass der erste Tote was mit Rauschgift am Hut gehabt hat, ist auch eher unwahrscheinlich.«

»Kann uns ja auch wurscht sein. Aber eines versprichst du mir ...« Franzi nahm Vitus' Hand in die ihre. »Du lässt die Finger von dem Zeug, hörst du?«

»Geh, das ist doch harmlos. Überhaupt wüsste ich gar nicht, wo ich es herkriege.«

Dass Vitus erst vergangene Woche mit einem gewissen Dragan Zaradicz gesprochen und dieser ihn gefragt hatte, ob er, Vitus, selbstverständlich gegen ein angemessenes Taschengeld, von in Zukunft konfiszierten Suchtmitteln etwas abzweigen könnte, davon sagte er nichts.

»Harmlos? Dein Freund da hat sich erschossen, so harmlos ist das!«

»Franzi«, Vitus fasste sie zärtlich am Kinn, »das eine hat doch gar nichts mit dem anderen zu tun.«

»Vitus«, entgegnete sie und blickte ihm ernst in die Augen, »unser Kind braucht einen Vater.«

Dann küsste sie ihn zart.

»Und ich, ich brauche dich auch, verstehst du?«

Vitus lächelte sie an. Dabei machte sich, wie von Zeit zu Zeit, eine Frage in seinem Kopf breit: Warum hat der Walter sich eigentlich erschossen?

• • •

»Herr Kommissar«, sagte der Kotelett-Toni, »wollten wir nicht bei dieser Schamanin vorbeischauen ... illegale Schwangerschaftsunterbrechung mit Todesfolge? So weit sind wir doch damals nicht gekommen, wegen diesem unabsichtlichen Selbstmord.«

»Gehen'S, Altendorfer, das bringt gar nichts«, antwortete Haselbacher. »Wir haben keine schlagenden Beweise, soll heißen, keine Hinweise auf einen Zusammenhang zwischen der Tätigkeit dieser Tschuschenhex' und dem Tod von dem Fräulein, dieser ...«

»Edna Goldmann«, half ihm Altendorfer.

»Und selbst wenn wir ein paar Indizien zusammenkriegen ... in eineinhalb Jahren haben wir die Fristenlösung von diesem Kreisky, da kriegen'S heute wahrscheinlich von keinem Staatsanwalt mehr eine Anklage.«

Haselbacher zündete sich eine *Johnny* ohne Filter an, blies den Rauch aus und dachte: ein roter Bundeskanzler. Und obendrein ein Jud.

• • •

Dragan Zaradicz saß mit Milana Potočnić im Spezialitätenrestaurant *Trabicz* in der Seeböckgasse. Sie hatten zusammen Mittag gegessen und stießen gerade mit zwei Rakija an, die Jovanna Tur *besplatno*[121] spendiert und die Zoran serviert hatte.

Milana hatte sich etwas zurechtgemacht und Dragan entdeckte in Spuren wieder das Anmutige ihres Gesichtes, in das er damals so lang hatte blicken können. Er beugte sich vor und umschloss mit einer Hand ihre beiden. »Du machst deine Sache gut, Milana, der Botschafter ist sehr zufrieden mit dir.«

Sie lächelte. Zum ersten Mal seit Jahren unverkrampft. »Ich danke dir, Dragan.«

• • •

In der Wurlitzergasse 19, im dritten Stock, führte Frau Summer ihren seit dem Schlaganfall gehbehinderten Mann auf das Klo am Gang, das jetzt ihnen allein gehörte. Herr Summer, in seine Frau eingehakt, kläffte durch seine vom Schlaganfall bedingte, halbseitige Gesichtslähmung mehr als er sprach und deutete mit seinem Kopf auf die nun schon seit Monaten leerstehende Nachbarwohnung.

»Eine heilige Ruh', seit sie diese katilinarische Existenz erschossen haben«, wobei er die Vokabel »katilinarisch« nur mit Mühe hervorbrachte.

[121] Serbisch: auf's Haus, gratis